Frau Schüler: *Toll, dass es mich gibt!*

für Konrad

TOLL, DASS ES MICH GIBT!

von Frau Schüler

ISBN 978-3-7557-9147-8

Herstellung und Verlag:
BoD – Books on Demand, Norderstedt

Gestaltung und Satz:
Peter Zickermann, Bielefeld
(www.buero-z.de)

Printed in Germany

Bibliografische Information der Deutschen Nationalbibliothek:
Die Deutsche Nationalbibliothek verzeichnet diese Publikation
in der Deutschen Nationalbibliografie; detaillierte bibliografische
Daten sind im Internet über dnb.dnb.de abrufbar.

INHALT

PROLOG

»Kennste diese kleinen magic Dingsbums?«

»Was denn für Dingsbums?«

»Da gibt man etwas Wasser drauf, und dann entfalten die sich erst.«

»Ahh, so magische Handtücher oder Waschläppchen?«

»Ja, das gibt es mit ganz vielen Dingen. Blumen zum Beispiel oder kleinen Spielfiguren.«

»Ja, und?«

»Das hier ist so was.«

»Was?«

»Das Buch.«

»Es wird größer, wenn man Wasser draufkippt?«

»Nein, es ist das Wasser.«

»Hast du einen im Tee?«

»Ich meine das ganz ernst. Wenn man das hier liest, dann blüht man so auf, wie 'n magic Dingsbums.«

»Wer das liest, wird ein Waschlappen?«

»Wer das liest, wächst und entfaltet sich in seiner gesamten Schönheit.«

»Wow!«

»Genau.«

―――――

KAPITEL EINS

»KÖNNTEN SIE JETZT BITTE MAL NICHTS SAGEN!«

Neunundzwanzig. So viele Teilnehmer des Seminars *Mentales Krafttraining* sind wir insgesamt. Der adrett vorbereitete, doppelreihige Stuhlkreis ist voll besetzt. Die meisten meiner Mitstreiter sehen eigentlich völlig normal aus. Niemand trägt Federschmuck im Haar. Kein Batikgewand in Sicht. Immerhin. Neben mir sitzt ein Typ in Sneakers, Jeans und vatikanroten Socken. Ich glaube, die Farbe nennt man Purpur. Sehr normal. Mag ich. Meine Augen scannen die Runde, mein Gehirn wertet in Nullzeit aus und verteilt unsichtbare Aufdrucke auf Teilnehmerstirnen. Fast enttäuscht stelle ich fest, dass niemand einen fiesen Stempel erhält. Ich sehe nicht Mamis Liebling, keine frustrierte Menopausierende, keinen »Ich weiß es, ich weiß es, darf ich's sagen?« und nicht mal den obligatorischen Seminarteilnehmer »Ich wurde hierher gezwungen«. Was zum Teufel stimmt mit all denen denn nicht, dass sie sich von so einem esoterischen Quatsch einlullen lassen? Ich blicke in interessierte Gesichter, erkenne freudvolles Staunen. Einige machen sich Notizen. Was schreiben die auf? Die Einkaufsliste für übermorgen? Lösen sie Sudokus? Dieses Gefasel von Energie und Schwingung können doch diese allesamt intelligent wirkenden Menschen nicht wirklich ernst nehmen! Ich zweifle an meinem Weltbild.

Doch plötzlich! Wortmeldung einer Teilnehmerin, die ich bisher nicht sehen konnte, weil sie so klein ist und bis eben verdeckt saß. Mein Gott, da ist sie, schießt es in mein Hirn und der Stempel klatscht auf ihren Vorderkopf. Die lila Esoteriktante. Sie ist doch da! Die gehört hierhin. Jede Wette, sie erzählt gleich was vom Universum. Bingo. Die Wette habe ich gewonnen, leider nur mit mir selbst. Mein Blick sucht im Raum die erwartete Ablehnung, das Augenrollen, den Protest – nichts dergleichen. Nichts! Kurz fällt mir der Witz vom Autofahrer auf der Autobahn ein, als dieser folgende Verkehrsmeldung im Radio hört: »Vorsicht, auf der A7 Flensburg Richtung Kassel kommt Ihnen auf Höhe Dings ein Falschfahrer entgegen.« Und der Autofahrer ruft: »Einer? Tausende!«

Bin ich die Falschfahrerin hier? Die Falschfahrerin im Universum? Die Einzige, die nicht merkt, dass das hier alles gar kein Humbug oder das Gelaber von Verzweifelten ist?

Mir im Stuhlkreis gegenüber sehe ich ein Augenpaar blitzen. Och nö! Weint die etwa? Sie zuckt und zittert so verdächtig. Doch dann nimmt sie die Hand vom Mund und ich sehe, dass sie lacht. Leise. Unterdrückt. Sie lacht Tränen in meine Richtung und nickt mir zu. Ich wachse direkt um eine halbe Kopflänge. Ich habe eine Gleichgesinnte gefunden. Meine Weltordnung war kurzfristig aus den Fugen geraten, doch die Lachtränen des Nicht-fassen-Könnens meiner Seelenverwandten geben mir Hoffnung.

In mir beginnt sich mutige Unruhe ihren Weg Richtung Sprachrohr zu bahnen. Ich dachte, dass dieser Kurs mir zeigt, wie ich mit bestimmten Mentalstrategien schneller an meine Ziele gelange. Ich wollte lernen, mich zu fokussieren, einfach mehr aus mir herauszuholen. Mich hält es nun, auch durch das Wissen um eine Gleichgesinnte, nicht länger still auf dem Stuhl. Meiner guten Erziehung habe ich es zu verdanken, dass ich mein Esoterik-Tourette-Syndrom nicht zu einhundert Prozent auslebe. Ich verzichte auf die sonst üblichen Kraftausdrücke und melde mich zu Wort.

»Entschuldigung mal, wie soll bitte mein Arm wissen, was ich denke?«

Es geht um den kinesiologischen Muskeltest am zur Seite ausgestreckten Arm.

»Ihr Unterbewusstsein antwortet so auf Ja-Nein-Fragen. Es schwächt bei einer negativen Antwort für einen kurzen Moment diesen Muskel, sodass man bei gleichem Druck den Arm leichter runterdrücken kann als bei einer positiven Antwort.«

»Und woher weiß mein Unterbewusstsein, dass es das machen soll?«

»Es ist so, dass bei einer negativ belegten Aussage insgesamt kurzzeitig weniger Energie im Körper vorhanden ist.«

»Glaube ich nicht!«

Es wird gelacht.

»Vielleicht können Sie uns einfach zunächst einmal vertrauen?«

Oder aufstehen und gehen. Aber meinetwegen. Ist gut.

———

Es ist nicht so, als wäre ich grundsätzlich ein ablehnender Typ. Ich habe durchaus gewisse Kompetenzen auf zwischenmenschlichem Gebiet. Man kann mich also schon als gesellschaftsfähig bezeichnen. In einer Ansammlung von Menschen, sagen wir mal auf einer Hochzeit, fühle ich mich nicht notorisch dazu aufgefordert, gegen die Sitzordnung rebellierend, ganz offen die Platzkärtchen meinen Wünschen entsprechend umzustellen. Oder aber laut zu verkünden, dass es gefälligst niemand wagen soll, mich zu einem Ringelpiez-mit-Anfassen-Spiel aufzufordern oder umgedichtete Lieder auf das

Brautpaar mitzusingen. Selbst wenn mir danach wäre. Und das ist meistens so.

Auf Stadtfesten muss ich dem bunte Tulpen mit Frühlingsgruß verteilenden Bürgermeister nicht zwingend »Oh, nein, Entschuldigung, das ist mir aber jetzt sehr unangenehm« mein Bier über das Hemd kippen, nur weil ich ihn nicht mag.

»Man muss aber auch zu dem stehen können, wovon man überzeugt ist. Immer schön Wetter zu machen, ist im Zweifel eine Form von Schwäche«, habe ich dazu allerdings auch schon mal gehört.

Nun ja, ich sage es mal so — es kommt drauf an.

———

Hier lasse ich es drauf ankommen, halte zunächst still und versuche zu vertrauen. Ich gebe dem Esoterikgeplänkel also noch ein paar weitere von mir unbehelligte Schwingungsmöglichkeiten.

Zehn Minuten später bekommt mein malträtiertes Hirn Schluckauf.

»Wenn ich also irgendwas denke, dann kriegt das jeder mit? Aber ich denke es doch nur!«

»Sie denken es, aber Sie senden dabei Schwingungsfrequenzen aus, die im Raum, im Feld bleiben.«

Ich fühle mich plötzlich gläsern. Hieß es nicht, die Gedanken seien frei? Das, was ich denke, das ist sehr oft nicht nett. Ich liebe meinen Sarkasmus. Vor allem auch deshalb, weil er meist nur still in mir existiert. Wenn ich in Situationen, die mir nicht passen, jetzt auch schon nicht mehr denken darf, ohne meinen energetischen Fußabdruck zu hinterlassen, dann ...

———

Mir fällt die letzte Feier eines fünfzigsten Geburtstags im Bekanntenkreis ein. Wir sollten damals alle ein umgetextetes Ständchen mitsingen, dem die Melodie *Mit sechsundsechzig Jahren* von Udo Jürgens als Grundlage diente. Ich war dem Kind an diesem Abend so dankbar, dass es genau zum passenden Zeitpunkt anrief, um mitzuteilen, dass es in des Freundes Halbschuh gekotzt habe, weil es im Dunkeln das Klo nicht gefunden habe. Ich hatte ihn und seinen Zwillingsbruder bei diesem Jungen übernachten lassen wollen, um abends richtig, aber so richtig abzufeiern.

»Oh nein, mein armer, kranker Hase! Ich hole dich und deinen Bruder selbstverständlich sofort ab«, sprach ich gut hörbar ins Telefon und verabschiedete mich auf der Stelle untröstlich vom fünfzigsten Geburtstag, der auch für einen achtzigsten absolut inakzeptabel gewesen wäre. Wenn ich nur daran denke, was ich damals alles gedacht habe. Unangenehm.

———

Ich merke, dass ich aufgrund meiner abschweifenden Gedanken etwas verpasst haben muss.

Also wo sind jetzt diese Frequenzen? Im Raum oder auf dem Feld? Ich verstehe es nicht.

Heilfroh bin ich, dass mir meine Schwester im Geiste zu Hilfe eilt und auch noch mal nachfragt. Wir erfahren daraufhin, dass es etwas gibt, das uns alle umhüllt. Wir sehen das nicht. Anfassen können wir das auch nicht. Aber ein Beispiel wird geliefert.

»Haben Sie schon mal einen Vogelschwarm oder einen Fischschwarm beobachtet?«, fragt der Vorturner.

»Die sind zu Hunderten, manchmal Tausenden unterwegs. Alle bewegen sich in dieselbe Richtung und plötzlich, zack!«

Ich zucke erschrocken zusammen und bin auf der Stelle sehr aufmerksam. Ich achte auf die Handbewegung. Blitzschnell zischt des Redners Arm von links nach rechts.

»Da ändern alle synchron ihre Richtung«, vollendet er.

»Kein Fisch rammt den anderen, kein Vogel fliegt in den Kollegen.«

Korrekt, habe ich auch noch nicht beobachtet. Ich nicke anerkennend.

»Haben Sie je darüber nachgedacht, wie das funktioniert? Wie machen die das?«, fährt er fort.

Wir lernen, dass man annimmt, dass es eine Art Cloud gibt, über die die Tiere miteinander kommunizieren. Und das geht eben nur, wenn jemand von den Vogelkollegen zum Beispiel denkt: Och nö, über Wanne-Eickel fliegen wir heute mal nicht. Bisschen weiter links, wir gucken mal, ob es Bielefeld wirklich nicht gibt.

Und weil es zu lange dauern würde, wenn die das mit stiller Post gemacht hätten, der Erste also schon in Bad Tölz wäre, bis der Letzte es verstanden hätte, würden sie eben nie alle zusammen über Bielefeld fliegen können.

Diese Cloud nennt sich wohl unter anderem morphogenetisches Informationsfeld. Kurz morphisches Feld. Ganz kurz Feld. Oder auch Raum. Ich fange an zu verstehen. Feld ist kein Acker und Raum ist kein Zimmer. Es sind Teekesselchen. Nun ist also ein Vogelgedanke ebenso wie ein Fischgedanke irgendwie in Schwingungsfrequenzen messbar. Diese werden in Nullkommanix in das Informationsfeld geschickt und alle anderen können unmittelbar drauf zugreifen. So weiß jeder, der die Information auf der Frequenz erhält: Links rum!

Das klingt — ich gebe es zu — irgendwie cool. Ja, ich bin angefixt. Nur ein winziges bisschen allerdings. Nun sind wir Menschen ja keine im Schwarm lebenden Wesen. Im Gegenteil. Wir sind doch alle irgendwie Einzelgänger. Es gibt Familien, klar, aber wie oft bin ich schon in einen meiner Söhne gerannt? Wir haben doch diese Gabe gar nicht. Ich frage mich ständig: Was haben sie vor? Wanne-Eickel oder Bielefeld? Ich spüre so etwas nicht. Dabei bin ich schon sensibel. Mir wird ein hohes Maß an Empathie bescheinigt. Aber ich kann doch keine Gedanken lesen. Doch, mein Arm kann das ja angeblich. Ich bin verwirrt.

»Und wie ist das jetzt bei uns Menschen?«, möchte ich ganz dringend wissen.

»Alles, was wir denken, sagen und machen, hat eine Schwingungsenergie auf einer bestimmten Frequenz. Wir senden immerzu. Und wir empfangen immerzu. Energie vergeht nicht. Sie bleibt immer da. Also achten Sie auf Ihre Gedanken.«

Zu spät. Mein Sarkasmus bleibt nun für immer im Feld. Ich muss lachen. Herrlich.

———

In der Pause erfahre ich den Namen meiner Unterstützerin. Tina ist voll auf meiner Wellenlänge. Beim Pausenkaffee tauschen wir uns aus und fragen uns, wie es sein kann, dass so viele normal wirkende Menschen auf dieses Seminar gekommen sind. Wir bekommen Gesprächsfetzen der anderen mit und müssen beide feststellen, dass die nicht nur normal aussehen, sondern auch normales Zeug zu besprechen haben.

»Mag noch jemand energetisiertes Edelsteinwasser?«

Oder doch nicht? Wir lachen beide. Sie verabschiedet sich kurz, um mit ihrer Familie zu telefonieren, und ich sehe sie mit Kopfhörern in den Ohren und Handy in der Hosentasche telefonieren. Ich benutze meine Kopfhörer nur, um Musik oder Hörbücher zu hören. Ich wusste nicht mal, dass da auch ein Mikrofon dran ist. Komisch.

———

Nach der Pause müssen wir die Plätze wechseln und natürlich sitze ich nun neben Tina.

Es geht um schlechte Energien in Häusern. Ein Fachredner tritt vor und behauptet, er sei Architekt und reinige Häuser. Da passt doch was nicht. Ein Architekt plant Häuser. Ich weiß das, denn ich wohne in einer Doppelhaushälfte, die eine Architektin geplant hat. Und ich bin sehr sicher, dass sie noch nie zum Putzen da war. Es stellt sich dann heraus, dass er nicht physischen Dreck wegschrubbt, sondern Häuser oder Räume — ich vermute, dass in diesem Zusammenhang Zimmer gemeint waren — von nicht sichtbaren, schlechten oder gar bösen Energien befreit.

»Ich dachte, Energien bleiben für immer und verschwinden nicht«, platzt es aus mir raus. Hatten die doch gerade alle behauptet.

»Richtig, man kann sie nur umleiten, sozusagen dorthin schicken, wo sie nichts Negatives bewirken.«

Ja, ist klar. Ich verdrehe die Augen, melde mich und will schon zum Sprechen ansetzen. Doch ich höre: »Könnten Sie jetzt bitte mal nichts sagen! Es ist schön, dass Sie kritisch hinterfragen, doch bitten wir Sie im Sinne der anderen Teilnehmer freundlich, sich kurz ein wenig zurückzuhalten, damit die anderen achtundzwanzig Gäste eine Chance haben, die Informationen zu bekommen, für die sie bezahlt haben.«

Autsch.

Ich hatte zuvor schon mal von ein paar Mentaltechniken gehört, wandele nun eine davon kreativ ab und klebe mir ein unsichtbares Pflaster über mein vorlautes Mundwerk.

Tina malt ein Galgenmännchen auf ihren Notizblock und kichert.

»Haben Sie auch schon mal von so einem Scheidungshaus gehört?«

Überrascht nicke ich stumm und brav. Ich könnte jetzt die Geschichte aus meinem Heimatort erzählen. Da gab es dieses eine Haus. Roter Klinkerbau in der Luisenstraße direkt an der Ecke bei der gelben Telefonzelle. Großer Garten, Doppelgarage. Säulen vorm Eingang. Es war sicher teuer. Aber schön für damalige Verhältnisse. Gute Lage. Kurz nachdem die Bauherren dort eingezogen waren, stritten sie sich. Es ergab sich ein mieser Rosenkrieg. Das Haus wurde verkauft. Ein neues Ehepaar zog ein. Es dauerte kein Jahr und auch diese Ehe ging auseinander. Wenn ich es nicht selber mitbekommen hätte, würde ich es nicht glauben, doch das Ganze passierte ernsthaft noch ein drittes Mal. Danach wollte niemand mehr das Haus kaufen. Es sei ein Unglückshaus, erzählte man sich im Ort.

Der putzende Architekt plaudert aus seinem eigenen Nähkästchen. Von einem alten Haus, das er umgebaut habe. Die eingezogenen Menschen seien plötzlich traurig und depressiv geworden. Die Frau habe sich schließlich umgebracht. Der Witwer sei daraufhin aus dem Haus ausgezogen und in seiner neuen Unterkunft nach überwundener Trauer regelrecht aufgeblüht.

Die nächste Bewohnerin des besagten Hauses sei eine alleinstehende Lehrerin gewesen. Auch sie wurde zusehends trauriger und meinte schließlich zu ihm, dass etwas mit dem Haus nicht stimmen würde.

»Ich hatte mich schon vor vielen Jahren mit Spiritualität, Schwingungsfrequenzen und Energien beschäftigt«, erklärte der Reiniger, »sodass ich mich mit der Eigentümerin zusammen im Ort mal umhörte, was das denn früher für ein Haus gewesen ist.«

Es stellte sich dann wohl heraus, dass sich in dem Haus vor zwei Generationen ein fürchterliches Familiendrama mit mehreren Toten ereignet haben soll.

»Diese Energien von Tod und Leid, die bleiben da. Sie sehen die nicht. Aber sie sind da.«

Hm.

»Kennen Sie das Gefühl, das Sie haben, wenn Sie ein Krankenhaus betreten? Es ist irgendwie beklemmend, nicht wahr? Selbst wenn Sie zu einem freudigen Ereignis jemanden im Krankenhaus besuchen. Sie betreten die Halle unten und es fühlt sich irgendwie mulmig an.«

Stimmt.

»Sie spüren die Energie dort. Vom Leid, vom Schmerz, vom Kummer, von den Sorgen, vom Tod.«

Ich weiß genau, was er meint. Ich dachte bisher allerdings immer, das läge daran, dass mich dieser groteske Anblick beinamputierter Menschen mit Sauerstoffschlauch unter der Nase und Kippe im Mund verstört. An denen muss man immer vorbei, wenn man ins Krankenhaus geht. Sie stehen, sitzen oder hängen draußen vorm Eingang und qualmen sich das Leben weg. Wenn das keine Beklemmungen hervorruft, dann weiß ich es auch nicht.

Sicher ist es für ein gutes Gefühl als Besucher im Krankenhaus auch nicht besonders förderlich, dass es dort nach einer Mischung aus Ausscheidungen, Desinfektionsmittel und Fleischbratling mit Kaisergemüse in Rahmsoße riecht. Doch ich gebe dem Architekten eine Chance.

Er führt noch mehrere solcher Beispiele an. Bei einem Neubau passierte Ähnliches — wieder Depressionen und Streit der Bewohner. Er habe sich zunächst keinen Reim darauf machen können, weil das ja ein Neubau gewesen sei. Da gab es in den Wänden und Zimmern ja keine alten, negativen Energien.

»Sicher hängt es mit dem Typen zusammen. Der hinterlässt da die miesen Energien«, flüstert Tina mir verschwörerisch zu. Strike. Zwei Ungläubige, ein Gedanke.

»Ich machte mich schließlich im Stadtarchiv des betreffenden Ortes auf die Suche nach dem, was früher an der Stelle war. Und was, glauben Sie, habe ich gefunden?«

Stille.

Tam tam taaaam.

»An dieser Stelle war früher, ganz früher, der Henkersplatz.«

Ich gucke auf Tinas Galgenmännchen. Sie streicht es vorsichtig durch, reißt den Zettel raus und knüllt ihn ganz langsam zusammen. Danke.

»Die Energien lösen sich nicht auf. Es gibt gute Plätze und schlechte Plätze.«

Ein schöner Telenovelatitel, aber ich bin ehrlich beeindruckt. Das hatte ich nicht erwartet. Schlagartig wird mir klar, warum ich an manchen Orten nicht gern bin und an anderen lieber. Gerade denke ich, dass ich aus mir unerfindlichen Gründen gerne einfach mal gegenüber in die leere katholische Kirche gehe, obwohl ich weder an den Kirchengott glaube noch die katholische Religionslehre anerkennen kann, da höre ich vom Redner:

»Die katholische Kirche kennt seit Jahrhunderten die Wirkungsweise von sogenannten Kraftplätzen. Katholische Kirchen stehen meist an Orten, von denen eine starke positive Energie ausgeht. Die katholischen Kirchenvertreter haben sich das seit langer Zeit zunutze gemacht, um ihre Lehren zu verbreiten.«

Nun möchte ich unbedingt wissen, wie er denn nun die Häuser von schlechter Energie befreit, aber ich darf ja nichts sagen.

Die Esotante meldet sich. Ich kann ihr Namensschildchen lesen. Eva. Süß.

»Ich kenn' das. Ich räuchere häufiger mal, wenn ich das Gefühl habe, die Energie im Raum stimmt nicht mehr.«

Hat die das jetzt wirklich gesagt? Sie räuchert? Aale, Forellen, oder was? Da habe ich gerade ein bisschen von diesem Energiekram als beachtens- und meine kritische Grundhaltung für überdenkens- wert empfunden, da haut mir diese lila Eva mit blondem Engels- haar als mein personifiziertes Vorurteil volle Breitseite dazwischen. Die räuchert! Mit Weihrauch. Nein, falsch, sie sagte, sie räuchere mit ihrem Lieblingsweihrauch. Ich habe eine Lieblingstasse, eine Lieblingshose und einen Lieblingslippenstift. Sie hat Lieblingsweih- rauch. Ich brech' zusammen.

Aufgrund der veränderten Sitzordnung kann ich ihr nun direkt ins Gesicht gucken. Und wow! Auf der Stelle schäme ich mich. So etwas Herzensgutes, so viel Liebe, so viel Güte, so viel Optimismus und so viel reine Freundlichkeit habe ich noch nicht gesehen. Sie sitzt da und strahlt. Keine einsachtundfünfzig groß, aber haut mich komplett um. Nein, nein, ich stehe schon auf Männer, so meine ich das nicht. Diese kleine Eva hat in dem Moment mein Herz berührt. Irgendwie. Sie lacht mich so offen an. Ich lache mal zurück. Macht sicher gutes Karma oder so. Aber eigentlich auch, weil ich sie anlachen möchte.

Der Redner erklärt, dass es ein eigenes Seminar über Hausreini- gung gebe und hier nur für das Vorhandensein von verschiedenen Schwingungsfrequenzen und deren mächtige Wirkungsweise sensi- bilisiert werden solle.

Lieblingsweihrauch. Ich komm' nicht drüber weg.

———

In der nächsten Pause bin ich dann doch mal mit der Eva im Gespräch. Sofort wird klar, dass ich blutiger Anfänger im Schwinger- bereich bin.

»Das mit dem Räuchern war für dich schräg, gell?«, fragt sie lieb.

»Och, schräg, also nein. Ich meine, ... ja!«, gebe ich zu.

»Was zur Hölle räucherst du denn zu Hause?«

Sie lacht so herzlich und umarmt mich von der Seite.

»Ich erzähl' es dir ein anderes Mal, gell?«

Ach Menno.

»Na, du alte Hupe?«, knufft mich eine sehr große, total locker aussehende Frau in meinem Alter in den Arm.

»Du bist ja putzig. Du glaubst nichts, was du nicht sehen oder anfassen kannst, stimmt's?«

Die Frau gefällt mir. Es stellt sich heraus, dass sie Chirurgin ist und Marlene heißt. Eine handfeste, bodenständige Schulmedizinerin. Prompt kam die erste Geschichte aus dem OP.

»Unser Chefarzt ist eine Koryphäe, was schwere Hämorrhoidalleiden angeht. Da putzt der täglich 3—4 Stück im Akkord unter Vollnarkose weg.«

Marlene ist nach meinem Geschmack. Deftig und kernig. Wie ich.

»Eines Tages stand auf dem OP-Plan der Name eines Kollegen aus der Orthopädie des Uniklinikums. Er wollte sich von meinem Chef den Blumenkohl wegschnippeln lassen. Gute Wahl, ich sag' euch, wenn ihr mal so was habt, der Typ hat's drauf.«

Vom Räuchern zum Schnippeln, ich stehe mit fasziniert geöffnetem Mund in grinsender Erwartung und einem Glas Wasser da.

»Jedenfalls hat unser Chef 'ne kleine Macke. Er hört im OP immer laut AC/DC. Sein Ritual sieht folgendermaßen aus.«

Jetzt kommt's sicher. Ich nehme schnell noch einen Schluck.

»Er betritt den OP und ruft jedes Mal ›Ist das Arschloch schon aufgebockt? Yeah, let the music play!‹, ernsthaft.«

Ich pruste das mit Edelsteinen energetisierte Wasser aus, weil ich mit allem gerechnet hatte, nur damit nicht. Doch die Pointe folgt erst noch.

»Leider hatte ich vorher vergessen, ihm zu sagen, dass der Kollege nur 'ne Spinalanästhesie hatte. Er konnte ihn also hören.«

Krasse Geschichte und urkomisch. Ich fange an, mich wohler zu fühlen. Diese Ärztin erscheint mir kein bisschen esoterisch. Es gesellen sich noch mehrere Teilnehmer zu uns. Arztwitze aus der erlebten Praxis sind offenbar ein Stimmungsgarant. Interessanterweise sind unter den mit mir neunundzwanzig Personen drei Mediziner.

Meine Eltern sind unglaublich arzthörig. Was der studierte Weißkittel sagt, ist heiliges Gesetz. Ein wenig ist davon auch an mir hängen geblieben. Deshalb wundert mich, was so richtig echte Ärzte hier auf diesem Seminar, das für mich irgendwie in eine viel zu spirituelle Richtung geht, lernen wollen.

Auf der Wiese vorm Seminarraum läuft wieder Tina mit den Stöpseln im Ohr ihre Runden und telefoniert. Ich winke ihr zu und gebe körpersprachlich zu verstehen, dass das Seminar weitergeht.

———

Neue Sitzordnung. Links von mir eine Heilpraktikerin, die ich für eine Rechtsanwältin gehalten hätte, und rechts von mir ein Rechtsanwalt, den ich für einen Heilpraktiker gehalten hätte. Kein Scherz. Sie in Businessbluse hanseatisch bleu, Bleistiftrock zu High Heels und bildschön. Er in Norwegerpulli, Jeans und Crocs.

Frau Schüler, denke ich, du musst dein Schubladensystem überarbeiten. Diese Leute hast du alle falsch einsortiert.

Es geht weiter um Schwingungen, Frequenzen und Co.

»Sie sehen die nicht. Aber Sie müssen es einfach glauben, dass es sie gibt.«

Jaja, denke ich. Glaub fest genug dran und dann wirkt es. Was auch immer.

»Frau Schüler, sagen Sie mal«, ich bin geliefert, »sehen Sie fern? Surfen Sie im Netz? Haben Sie vielleicht ein Handtelefongerät?«

Der Saal lacht. Ich nicke nur.

»Mal angenommen, Sie telefonieren gleich mit Ihrem Liebsten. Wie funktioniert das?«

Er will jetzt sicher nicht erklärt bekommen, wie man ein Wischhandy bedient. Ich lächle freundlich. Sehr freundlich.

»Mit Funk, Frau Schüler. Mit Funk.«

Ich glaube, er hat recht.

»Und sehen Sie den?«

Er erspart mir die Antwort.

»Nein, das war eine rhetorische Frage. Sie sehen die Funkwellen und deren Frequenzen nicht. Und dennoch existieren sie.«

Meinetwegen.

»Bei der Mobilfunknutzung kommt noch die elektromagnetische Strahlung des Smartphones hinzu, welche man auch nicht sieht. Von der weiß aber inzwischen ja jeder: Nicht gut fürs Brain. Deshalb telefonieren wir ja alle sicher, wie Frau Sundermann es super vorgemacht hat, mit dem Kopfhörer, um uns nicht ständig den angebissenen Apfel direkt ans Ohr zu halten.«

Er zeigt dabei auf Tina.

»Streberin«, forme ich lautlos mit den Lippen in Richtung Tina und mir wird einiges klar.

»Wir haben mit den Kollegen mal 'nen Test gemacht«, wirft Marlene, die Chirurgin, ein und ich hoffe, dass es nicht wieder um Analgeschichten geht.

»Wenn man um ein Stück Fleisch sechs Handys legt und sich alle gegenseitig anrufen, kann man sehen, dass das Fleisch anfängt zu garen.«

Ich wünsche mir sehr, dass sie mit Fleisch ein Schnitzel meint, die Schnipplerin, bin aber tatsächlich etwas erschrocken. Ich notiere mir gedanklich: Headset kaufen.

»Und wenn Sie, Frau Schüler«, mein Gott, was hat er denn nur mit mir, »nun den Tatort gucken möchten, aber ZDF einschalten und die Helene Fischer Weihnachtsshow empfangen, dann kann es passieren, dass sie entweder total begeistert sind oder aber brechen müssen.«

Mir war vorher gar nicht aufgefallen, dass der Typ meinen Humor hat.

»Denn Sie haben eine andere Frequenz als Tatort in der ARD gewählt.«

Ich kann dem nichts entgegensetzen, verstehe aber den Punkt noch nicht in Gänze.

Als hätte er es gehört, folgt prompt: »Kennt jemand von Ihnen das Gefühl, einem Menschen zu begegnen, bei dem einem nicht ganz wohl ist? Ich meine jetzt keinen mit schwarzer Sturmhaube und mit auf Sie gerichtetem Lauf einer Waffe. Sondern einen ganz normal aussehenden Menschen. Der steht vor Ihnen und Sie denken sich: Mit dem stimmt was nicht.«

»Ja«, sag' ich, »das ist dann so ein Bauchgefühl.«

Oh Gott, durfte ich schon wieder sprechen?

»Genau, das ist das Bauchgefühl. Frau Schüler hat ein Bauchgefühl. Bravo. Bauchgefühl ist ein gesellschaftlich durchaus anerkannter Begriff. Schwingungsfrequenz eher nicht so«, schmunzelt er.

Sehe ich da etwa einen Hauch von Spott? Egal. Mir wird durch die folgenden Ausführungen klar, dass das, was ich bei einem schlechten Bauchgefühl spüre, die Schwingungen sind, die diese Person ausstrahlt.

»Jeder Mensch ist zugleich Sender und Empfänger von Schwingungsfrequenzen. Und sollten Sie bei einer Person ein schlechtes Bauchgefühl haben, vertrauen Sie drauf. Mit dem Gegenüber wird tatsächlich etwas nicht stimmen. Entfernen Sie sich am besten.«

———

Das muss ich am Ende des Tages erst mal alles sacken lassen.

»Gibt's hier Aperol Spritz im Hotel?«

Meinetwegen auch mit Edelsteinen.

———

KAPITEL ZWEI

»KRASS, DER WAR IRGENDWIE IN MIR DRIN!«

Ja, es gab Aperol. Und Spritz. Keine Edelsteine.

———

Ich sitze im Hotelzimmer auf meinem Bett und spule die Gespräche und Szenen des Tages und dessen Ausklang noch mal zurück. Sandra, das ist der Name der Heilpraktikerin ohne Jurastudium, beeindruckte mich damit, dass sie an der Bar einigen von uns erzählte, wie sie das von ihr und ihrem Mann erworbene alte Haus energetisch reinigte.

»Das war sozusagen mein Lernprojekt.«

Mich hatten sowohl der Inhalt dieser Information als auch die Tatsache, dass sie das so selbstverständlich erzählte, als berichte sie über ihr Rezept für Donauwellen, schwer beeindruckt und gleichzeitig verstört.

Auch jetzt, ungefähr drei Stunden später, erkenne ich in ihrem schönen Gesicht keinerlei Unsicherheit oder Anzeichen von Scham.

Sie glaubt daran. Nein, anders. Sie lebt das. Daran zu glauben, scheint mir zu eng verknüpft mit kindlicher Naivität, möge sie noch so süß sein, was den Weihnachtsmann und seine Kollegen angeht. Es ist mehr, als nur erhaltene Informationen zu glauben und nachzumachen. Wie nennt man das? Ich komme noch nicht drauf.

Marlene, so bekam ich in der Bar mit, liebt ihren Garten. Sie baut in ihrer wenigen Freizeit selbst Gemüse und Kräuter an. Kennt sich mit Heilpflanzen aus, als habe sie das Wissen aus Hunderten von Jahren zusammengetragen. Jemand aus unserer Runde fragte sie nach einem Kraut gegen ein bestimmtes Leiden, das sie ihm empfehlen könne.

»Geh einfach mal durch deinen Garten und schau, was da so wächst. Wild. Zwischen den Beeten. Im Rasen. Das ist dann genau das, was du gerade brauchst.«

Meine linke Augenbraue schoss augenblicklich in die Höhe. Ich habe das nicht unter Kontrolle. Bei Zweifeln führt sie jedes Mal ein Eigenleben. Marlene lachte sofort in meine Richtung.

»Na, Frau Schüler, da zuckt in dir alles zusammen, hm? Gerade hattest du gedacht, die Marlene, das ist 'ne coole Sau und nun faselt die so was. Gib's zu.«

Ich habe grundsätzlich ja auch einen Vornamen, aber seit diesem Seminartag existiert der offensichtlich nicht mehr. Und Marlene operiert nicht nur Pöter, sondern kann auch noch hellsehen.

Eva mischte sich ein.

»Das ist so, dass wir alle mit allem verbunden sind, weißt?« Ich bin ja Ostwestfälin, ich finde »weißt?« total niedlich. Wir hauen ja eher so das derbe »weißte, nä?« raus. Sie kommt offenbar aus Süddeutschland.

»Na ja«, wagte ich einen Vorstoß, »ich fühle mich vielem verbunden, aber ja nicht dem, was ich nicht kennen kann.«

»Dein Verstand, dein Bewusstsein kennt das vielleicht nicht. Aber du bist Teil der göttlichen Intelligenz. Du bist alles und du weißt alles. Dein Unterbewusstsein ist angebunden an alles Wissen. An die Schöpferkraft, weißt?«

»Ich hätte gern noch einen Aperol Spritz, bitte!«

Was für ein Kraut hatte die denn geraucht? Sicher eins, das in ihrem Garten wächst. Das war ja nüchtern nicht auszuhalten. Ich hatte gesehen, dass auch Tina grinsen musste. Wir prosteten uns zu und ich bemühte mich, Eva irgendwie ernst nehmen zu können.

Jetzt, wo ich dabei bin, mir die Schlafanzughose anzuziehen, fällt mir auf, dass ich ganz schön toleranzarm bin. Intolerant wäre jetzt zu weit gefasst. Jedenfalls plagt mich gerade ein wenig das schlechte Gewissen ob meiner unbestreitbar arroganten Grundhaltung.

Denn Eva hatte durchaus gemerkt, dass ich sie sicher auch nach dem vierten Aperol nicht wirklich hätte für voll nehmen können, und hatte ihren Kopf an meine Schulter gelegt und gemeint: »Das ist viel, gell?«

Ich hatte erst mit dem zweiten Denker verstanden, dass sie nicht den Inhalt meines Glases, sondern den ihrer vorherigen Äußerung meinte.

»Wart’s ab. Das verstehst schon noch.«

»Pass auf, Mädchen, ich sag’s mal in deiner Sprache«, unterstützte Marlene. »Dein Körper weiß, was er braucht. Was ihm fehlt, wenn du von irgendetwas einen Mangel hast zum Beispiel. Sagen wir, wenn im System etwas nicht ganz rund läuft.«

Ah so.

»Dein Bewusstsein haste oben inner Birne. Damit denkst du.« Sie klopfte mir vor die Stirn. Auf die Stelle etwa, an der bei ihr mein Stempel »Rampensau« prangte.

»Dein Unterbewusstsein lebt da.«

Sie zeigte auf meinen Oberbauch.

»Eisbergbild. Kennste, stimmt’s? Titanic und so? Oben guckt die sichtbare Spitze raus, unter Wasser ist der Bärenanteil, ungefähr neunzig Prozent des Eisberges. Siehste halt nicht. Im Kopf haste den weißtürkisen Eisberg, im Bauch alles das, was du vom riesigen Eisberg eben nicht siehst. Das ist dein Unterbewusstsein. Siehste nicht. Haste aber.«

Mein Aperol wurde serviert.

»Nimm mal einen kräftigen Schluck, du siehst ja ganz verstört aus, Frau Schüler«, lachte es von hinten.

Ottokar.

Wer bitte nennt sein Kind Ottokar, muss ich jetzt beim Zähneputzen noch mal schmunzeln. Ottokar war sicher auch vor geschätzten vierzig Lebensjahren kein aktueller Babyname für ihn. Was machte er noch gleich? Ich habe es vergessen. Mir fällt nur noch ein, dass er ständig vor die Tür ging, um zu rauchen.

Ich nahm gleich drei Schlucke und hatte plötzlich ein sehr kaltes Gefühl im Magen, sicher von den Eisbergen im Getränk.

»Dein Bauchgefühl, das kennste ja. Das kommt nicht von da oben. Das kommt von da unten.«

Da unten. Ottokar lachte. Männer.

»Dein Bauch, dein Unterbewusstsein weiß, wenn was nicht stimmt. Wenn ’ne Situation brenzlig ist. Wüsste, wenn Ottokar ’ne Bedrohung für dich wäre. Haste doch selbst gesagt. Du kennst son komisches Bauchgefühl.«

Als ich mein Kopfkissen zurechtlege, muss ich noch mal nicken. Stimmt. Das kenne ich. Auch andersherum. Also auch bei Menschen, denen ich vertrauen würde. Oder bei denen ich mich aus unerklärlichen Gründen sofort wohlfühle.

Ich kuschle mich ins Hotelbett und knipse das Licht aus. Handy in den Flugmodus. Mein erstes Mal. Habe bisher immer Angst gehabt, etwas zu verpassen. Jetzt habe ich Angst vor krossem Hirn.

»Frau Schüler, sind Se noch bei uns?«, witzelte Marlene.

Yes, Sir.

»Dein Unterbewusstsein kommuniziert permanent mit allem. Es weiß, wenn du Eisenmangel hast. Es sendet die Frequenz dessen, was du brauchst, aus. Und dann findest du in deinem Garten eben auch Löwenzahn. Der ist blutbildend.«

Wow.

»Nenn es einfach dein Bauchhirn«, schloss sie und kniff mir in den Bauchspeck.

Ich sinke immer tiefer in die Matratze und die Müdigkeit, sehe im Halbschlaf noch herrlich krossen Frühstücksspeck vor meinen Augen und schlafe endlich ein.

———

Als ich am nächsten Morgen aufwache, fällt es mir ein. Das Wort, das mir gestern noch fehlte. Es ist Wissen. Sandra erzählte nicht von etwas, an das sie glaubt, sondern von etwas, das sie weiß. Sie weiß, dass es Energien gibt, die man nicht sieht. Sie weiß, dass wir ständig auf unterschiedlichen Frequenzen senden und auch auf solchen empfangen. Sie weiß das alles; deshalb kann sie es mit genau der gleichen Überzeugung und Sicherheit erzählen, wie wenn sie ihr Donauwellenrezept als gelingsicher verkauft. Und woher weiß sie, dass ihr Rezept immer einen Backerfolg garantiert? Weil sie den verdammten Kuchen schon hundert Mal gebacken hat! Natürlich. Sie weiß es aus Erfahrung. Sie hat es erlebt. Ich bin ganz aufgeregt.

Solange wir etwas nicht wirklich erlebt haben, können wir es nur glauben oder es eben lassen. Man kann da sicher in vielen unterschiedlichen Nuancen glauben. Aber es zu wissen, das ist die nächsthöhere Stufe.

Bevor ich meinem Patensohn sagte, dass Strom durch den Weidezaun fließt, hat er es grundsätzlich geglaubt und war vorsichtig. Da war er drei Jahre alt und mit mir auf einem Ponyhof. Nachdem er das obligatorische Pinkelspiel mit einigen anderen Jungs fünf Jahre später auf Langeoog spielte, weiß er, dass durch solche Zäune Strom fließt.

Die Sandra beobachte ich mal. Ich möchte herausfinden, was sie erfahren hat. Weshalb sie weiß, dass das, was ich für esoterischen Kram halte, wahr ist.

Oh, ich muss mein Handy ja jetzt wieder empfangsbereit machen. Drei Nachrichten auf Whatsapp. Ich denke plötzlich doch noch mal ganz anders übers Senden und Empfangen nach.

———

Im Frühstücksraum treffe ich auf Ottokar.

»Hey, Frau Schüler, wie war die Nacht mit Leonardo DiCaprio?«

Der Witz war flach, aber mein Bauchgefühl sagt mir, dass ich mich trotz seiner Raucherei irgendwie wohl in seiner Nähe fühle. Er sendet also auf guten Frequenzen, das sind die höher schwingenden, das habe ich von gestern noch behalten. Ich empfange sie. Von Eisberg zu Eisberg, Bauchhirn zu Bauchhirn, Speck zu Speck.

Ich muss in der Nacht einen Marathon gelaufen sein, so einen Hunger habe ich. Rührei passt gut dazu. Und ein Croissant. Am Schnittlauch treffe ich einen der Redner.

»Na, Frau Schüler, Sie geben uns noch eine Chance? Kurz hatte ich gestern das Gefühl, Sie würden noch abends Ihren Koffer packen.«

»Geben wir uns einfach beiden noch eine Chance.«

Ich ziehe mein imaginäres Pflaster vom Mund, knülle es zusammen und halte es ihm hin. Er versteht, lacht, nimmt es und wirft es weg.

»Deal?«

»Deal!«

Ich blicke durch den Raum und versuche, Schwingungen zu spüren. Wo fühlt man die jetzt noch mal? Im Arm oder im Bauch? Ein lautes Magenknurren liefert die Antwort.

Am Frühstückstisch lausche ich den Gesprächen der anderen. Jemand stellt eine kleine Pyramide aus Glas auf den Tisch und sagt: »Das gibt gute Energie. Ist eine Kraftquelle.« Marlene nimmt sie sofort wieder runter und wirkt tatsächlich etwas aufgebracht.

»Kollege, das darfste nicht einfach so machen. Mag ja deine Kraftquelle sein, aber das muss ja nicht für alle gelten. Ich will das Teil hier jetzt nicht. Bei so was muss man immer erst vorher fragen.«

Huch, was war denn da passiert? Welchen Teil habe ich verpasst? Sandra versucht zu retten.

»Du hast das sicher total lieb gemeint, Tim, hm? Bei solchen intensiven Geschichten muss man aber wirklich ganz sensibel sein.«

Was für intensive Geschichten? Er hat doch keine acht Worte gesprochen.

»So eine Pyramide ist energetisch hochkomplex. Die kann richtig in Systeme eingreifen. Es ist gut, wenn sie für dich richtig ist, Tim, aber das kann bei anderen tatsächlich anders wirken, sogar stören.«

Dieses Dekoteil aus Glas? Ich beiße mir nur auf die Lippen, weil Sandra das gesagt hat.

Eva lacht.

»Hast noch nie von den magischen Kräften der Pyramiden gehört, du?«

Schon irgendwie, aber die sind ja ein Stück größer und auch ganz woanders und nicht aus Glas und von Amazon. Ich lächle lieber nur. Hier fühlt es sich gefährlich an.

Ach guck, denke ich, ich spüre Schwingungen. Dabei hat keiner etwas auf Gefahr Hinweisendes gesagt wie: »Obacht, hinter Ihnen befindet sich ein beißbereites Krokodil!«

Ich betrachte das hier mal als Übungsaufgabe. Wer sendet auf dieser Frequenz? Klar, den Worten nach zu urteilen war das Marlene. Das ist ja nicht schwer zu erraten. Aber für Gefahr braucht es ja mehr. Das Krokodil ist ja nur dann gefährlich, wenn es mir Schaden zufügen kann. Und ich betrachte es nur als Gefahr, wenn ich auch darum weiß, dass es mir die Beine abbeißen kann. Es braucht also auch das passende Gegenstück dazu. Das Krokodil ist stark und ich bin schwach. Oder es ist mächtig und ich habe Angst. Nee, ich hab' es noch nicht ganz. Aber ich bin nah dran, das habe ich im Gefühl.

Marlene war eh fertig und geht zum Haareföhnen noch mal hoch.

Ich sehe Sandra und Tim an einem leeren Tisch freundlich debattieren. Sandra kommt kurz zurück zu ihrem Stuhl, geht an ihre Tasche und holt ein langes Röhrchen raus. Darin befindet sich ein Dings — ich habe keine Ahnung, was es ist. Eva, die liest mich irgendwie.

»Das ist ein Tensor, weißt?«

»So was wie ein Pendel?«

»Ja, genau.«

»Was macht sie damit?«

»Sie testet sicher, ob die Pyramide eine positive oder negative Energie ausstrahlt.«

Was ich alles darauf erwidern möchte, würde den Frühstücks-raum mitsamt seinen Gästen sofort zu Staub zerfallen lassen; des-halb beiße ich lieber einen großen Bissen von meinem Croissant ab. Das Pflaster wurde ja leider entsorgt.

Sandra und Tim setzen sich wieder zu uns.

»Und?«, fragt Eva.

»Die Grundenergie der Pyramide ist leider gar nicht gut. Es kann gut sein, dass Marlene deshalb so stark darauf reagiert hat. Tim kann versuchen, sie in seine große Amethystdruse zu legen, und schauen, ob sie sich reinigt.«

Das klingt versaut oder nach einem Geschwür. Ich möchte bitte keine weiteren Informationen.

»Ich gehe dann auch mal ... föhnen«, sag' ich und stecke meine furztrockenen Haare im Flur des Hotels gekonnt zu einem Messy

Bun hoch. Ja, solche Begriffe kenne ich. Amalgamdrüse sagt mir nichts.

———

Später im Seminarraum kommt Eva zu mir und zeigt mir auf ihrem Handy ein Bild von einem sehr großen ungeschliffenen Edelstein. Von außen grau und nach innen über weiß dann dunkellila werdend. Sieht aus wie ein riesiger Schlund. Irgendein Wesen aus »Star Wars« fällt mir ein.

»Das ist eine Amethystdruse. Ein Edelstein, der zum Beispiel andere Edelsteine reinigen kann. Der nimmt schlechte Energien von ihnen ab und lädt die positiv wieder auf. Du kanntest das nicht, gell?«

Sie lächelt.

»Danke schön.«

Ich mag sie. Sie redet komisches Zeug, aber sie ist dabei kein bisschen dogmatisch. Nicht arrogant. Sie ist verständnisvoll und behutsam. Sie hat etwas Feenhaftes. Eine gute Fee. Wunderlich, aber gut.

Neue Sitzordnung. Möge die Show beginnen. Ich nehme mir ganz fest vor, auch so verständnisvoll und aufgeschlossen zu sein, wie Eva es mir gegenüber ist. Zum Einstieg sollen wir alle meditieren. Oh my god. Lotussitz? Daumen- und Zeigefinger-O formen? Ommmm summen? Ich muss noch mal föhnen gehen, glaube ich. Doch da wird bereits erklärt, dass es nicht solch eine Meditation sein wird, sondern eine geführte. Eine Art angeleitete Traumreise, weil das zum Einstieg leichter sei.

Erinnerungen steigen in mir hoch.

———

Ich habe mal einen Kurs im autogenen Training mitgemacht. Die vollen zehn Abende habe ich durchgehalten. Was für eine Qual. Am Ende empfahl der Übungsleiter jedem den Fortgeschrittenenkurs und mir Aerobic. Ich lachte mit den anderen, fühlte mich aber auch ein bisschen gedemütigt.

Trotz dieser Erfahrung hatte ich auch noch mal das Meditieren versucht. Stille Meditation. Eine Kollegin war so begeistert davon, dass ich in eine Challenge einwilligte. Dreißig Tage am Stück hatte ich es geschafft und ich fasse zusammen: Es war die reine Folter. Mein Hirn kam wie auf Knopfdruck in den Partymodus, wenn ich es bat, jetzt mal fünfzehn Minuten nichts zu denken. Alles, alles, was ich je vergessen hatte, fiel mir in dieser Viertelstunde ein. Allein in den ersten zehn Sekunden ploppten in etwa folgende Gedanken in mir auf: Ha! Ich weiß wieder, wo ich meinen Zauberwürfel verstaut habe. Oh Gott, ich habe die Rechnung für die Winterreifen noch nicht bezahlt. Wie hieß noch mal der Typ aus der Autowerkstatt? Ach ja, Kasimir. Niedlich. Wie Ute, Schnute, Kasimir. Früher. Liefen die auf dem Ersten oder Zweiten Programm? Wir hatten ja nur drei Programme früher. Die Kinder heutzutage sind ja völlig reizüberflutet mit den vielen Medien. Hilfe, hab' ich das WLAN-Passwort auch geändert? Da fällt mir glatt ein neues ein. Und so weiter. Und so weiter und so weiter.

Ich schwöre, ich hatte die restlichen dreiundzwanzig Stunden und fünfundvierzig Minuten des Tages zusammengerechnet nicht so viele Gedanken wie in dieser qualvollen, kurzen Zeit. Allein bei der Erinnerung daran bekomme ich Herzrasen.

———

Jetzt gerade bin ich hin- und hergerissen. Tatsächlich verlässt ein Teilnehmer den Raum — das war wohl vorher so abgesprochen. Er wollte aus bestimmten Gründen nicht meditieren. Ich überlege, welche Gründe ich haben könnte, und mir fällt irgendwie keiner ein. Dennoch melde ich mich und gebe an, dass mir das unheimlich sei und ich das nicht könne.

»Abenteuer bezahlt man mit Mut, Frau Schüler. Ich möchte Sie von Herzen dazu ermutigen, es einmal auf diese Art auszuprobieren. Sie können jederzeit aufhören und die Augen öffnen. Dann aber bitte möglichst leise sitzen bleiben, damit die anderen nicht aus ihrem Meditationserlebnis gerissen werden. Hm, was meinen Sie?«

Eva nickt mir zu. Tina zuckt mit den Schultern und wiegt ihren Kopf so, dass ich es als Aufforderung verstehe, mich zu trauen.

»Ey, Perle, du erfährst nie, um was es hier wirklich geht, wenn du jetzt kneifst«, klatscht Marlene mir auf den Rücken und lacht.

Damit wäre die Entscheidung wohl getroffen.

Alle Handys auf Flugmodus oder komplett aus. Die einzige Frau des Vortragsrednerteams scheint nun ihren Auftritt zu haben. Vor ihr steht ein Mikrofon.

Wir sollen unsere Hände vor unserem Herzen reiben, um den Fluss des Qis anzuregen. Tschie! Das Qi, das hatte mir noch gefehlt! Doch ich bleibe. Wir schließen die Augen, sitzen aufrecht und hören der Stimme zu.

Wir verbinden uns in der Vorstellung mit Mutter Erde, indem wir Wurzeln bis ins Innere der Erde schlagen. Sie lässt sich Zeit und beschreibt genau. Dann sollen wir rotgoldenes Licht der Erdung durch die Wurzeln über unsere Fußsohlen in den gesamten Körper einsaugen. So seien wir fest mit dem Boden und der Mutter Erde, von der wir stammen, verbunden.

Mutter Erde. Na gut.

Vom höchsten Punkt unseres Kopfes denken wir uns nun eine Verbindung in den Kosmos. Gott sei Dank hat sie nicht Universum gesagt. Das ist für mich so ein unglaublich abgedroschener Begriff. Die Verbindung haben wir mit der Urzelle des Kosmos geschlossen. Aus ihr stamme alles Wissen, alles Göttliche komme von dort. Es fließt weißes Licht in unseren Körper, in dem alle Farben enthalten sind. Es verbindet sich im Körper mit dem rotgoldenen Licht und füllt uns aus. Musik wird eingespielt. Ich bekomme eine angenehme Gänsehaut.

»Du stehst auf einer Blumenwiese.«

Scheiße, ich bin raus. Blumenwiese! Geht es noch klischeehafter? Reiß dich zusammen, Frau Schüler. Lass dich drauf ein.

Sie beschreibt weitere Szenen, die eine immer tiefere Reise in uns selbst bewirken sollen, nehme ich an. Was sie uns visualisieren lässt, ist tatsächlich wunderschön. Es geht viel um Farben und Licht. Einen goldenen Tempel. Eine Lichtdusche aus goldenem Licht. Mir gelingt es erstaunlich gut, all das, was sie anleitet, umzusetzen, und ich fühle mich entspannt und irgendwie glücklich. Wir kommen innerhalb der Meditation in unserem inneren Raum an. Sollen uns dort umsehen und wahrnehmen, was wir erkennen.

»Ist es dort hell? Duftet es nach etwas? Ist etwas zu fühlen? Ist es ein Zimmer oder bist du in der Natur? Das, was dir als Erstes einfällt, ist genau richtig für dich. Sieh dich um. Fühl dich ein. Lass dir Zeit.«

Ich bin überrascht, dass sich sofort, ohne dass ich darüber nachdenke, wie wohl mein innerer Raum aussehen könnte, Bilder in mir entwickeln. Mein Raum hat eine atemberaubende Aussicht, das fällt mir als Erstes auf. Ich kann von dort aus alles sehen. Meer, Berge, Winter, Sommer. Es gelten scheinbar keine Naturgesetze. Wow!

Ich höre zwar noch ein paar Räusperer und Rumrutscher der anderen, aber sie dringen nicht wirklich zu mir durch.

In meinem Raum ist es recht steril. Keine Farben. Möbel ohne Kanten. Durchaus harmonisch, wäre aber niemals mein persönlicher Lebensstil als Frau Schüler. Hinter der offenen Seite mit dem unendlichen Ausblick jedoch, da ist irgendwie alles. Mir fallen nicht die passenden Worte ein. Alle Farben. Alle Formen. Farben, die ich noch nie vorher gesehen habe. Formen, die sich in alles verwandeln können. Wie geht das? Wie kann ich so was sehen, was ich doch eigentlich nicht kenne? Gedanken schwirren durch meinen Kopf. Die sollen weg. Weg mit euch! Ich will jetzt nicht denken. Plötzlich fällt mir der Tipp meiner meditierenden Kollegin wieder ein. Wenn Gedanken kommen, einfach zulassen. Nicht dagegen ankämpfen, nimm sie wahr. Du kannst sie auch mit einem Label oder Post-it-Zettel versehen. Ordne sie einer Kategorie zu. Zum Beispiel kommt ein Gedanke darüber, dass du nicht mehr gerade sitzen kannst oder dir der Hintern weh tut. Lable: Körperliches. Denkst du dran, was du zum Mittag kochen sollst, lable mit: Planung. Du kannst sie auch wie auf einem Touchscreen mit den Fingern wegwischen. Mir ist das zu viel Aktion innerhalb der Meditation. Das hatte nie funktioniert. Nicht denken, nicht denken. Oh Mann, ich wusste es. Ich höre jemanden schnäuzen. Noch mal. Ach komm, heult da jetzt etwa jemand?

»Und falls Gefühle in dir hochkommen, die dich überwältigen, dann sind die genau jetzt richtig und wollen gesehen und gefühlt werden. Alles, was jetzt geschieht, ist genau richtig.«

Da weiß ich mit einem Mal, wie ich es anstelle. Ich lasse die Gedanken durch meine Meditation ziehen wie die Aktienkurse unten in der Laufleiste bei NTV. Sie dürfen da sein und aufkommen. Sie fließen einfach am unteren Rand durch mich durch. Cool.

Ich nehme einen wunderschönen Ton wahr. Einen Klang. Was ist das? Es wird Gesang. Es füllt mich vollständig aus — innen und außen. Nein, das gibt es gar nicht mehr. Kein Innen und kein Außen mehr. Sie singt! Es erfüllt mich zur Gänze. Wie Wellen aus unglaublicher Liebe. Hab' ich das jetzt wirklich gedacht? Dieser Gesang berührt mich so sehr, dass ich ... oh Gott, ich merke, wie mir eine Träne über die Wange rollt. Wie peinlich. Nein, das will ich nicht. Nicht heulen! Das Singen wird wieder zu einem Summen. Dann ertönt erneut die Meditationsmusik über die Boxen. Ich habe die undichten Augen im Griff.

»Schau dich weiter um. Hast du genügend Raum für dich? Fühlst du dich dort wohl? Dies ist der Ort, an den du immer und zu jeder Zeit zurückkehren kannst. Er ist nur in dir und nur du bestimmst über ihn. Er wird sich mit der Zeit vielleicht verändern. Nimm auch das wahr und an. Alles ist richtig, wie es ist.«

Plötzlich trifft es mich wie ein Schlag. Ottokar berührt mich, der ist – ich weiß nicht wie – da. Irgendwie in meiner Meditation. Ich sehe ihn nicht in meiner Vorstellung. Er berührt mich auch nicht physisch im Seminarraum. Ich weiß auf eine Art, die ich bisher nicht kannte, dass er da ist. Als ob er in meinem inneren Raum stünde. Das erschreckt mich so sehr, dass ich den Rest der Meditation und auch das Wiederzurückkommen in das Hier und Jetzt nur mit halbem Ohr höre. Ich bin schon längst wieder Frau Schüler auf dem Stuhl im Hotel irgendwo in Bayern. Verstört.

Ich weiß gar nicht, wie ich mich fühle. Irgendwie bin ich entrüstet darüber, dass der Ottokar da auftauchte. Aber auch berührt und überwältigt von dem Erlebten und dem unbekannten Zustand.

Ich blicke in die Runde. Alle sind still, tatsächlich trocknen sich einige die Tränen ab. Zwei Männer und eine Frau. Was für ein intensives Erlebnis!

Man gibt uns Zeit. Im Raum ist eine ganz besondere Stimmung. Wahrscheinlich meine ich eine besondere Energie.

»Meditationen in der Gruppe sind sehr intensiv. Die Schwingungsfrequenzen jedes Einzelnen kommen hier konzentriert zusammen. Das ist das, was wir jetzt gerade spüren«, folgt die Erklärung prompt.

»Wer möchte seine Eindrücke mit der Gruppe teilen?«

Einige melden sich zu Wort und berichten über ihre subjektiven Empfindungen. Allesamt spannend.

»Herr Virchow?«, das ist Ottokar. »Ist alles okay bei Ihnen? Möchten Sie uns teilhaben lassen?«

Der Gute sieht total von der Rolle aus. Hoppla. Er schüttelt den Kopf und meint nur, dass alles okay sei, er aber gerade nicht reden könne.

Sie nickt nun mir aufmunternd zu.

»Frau Schüler?«

»Ja, das war total krass. Der war irgendwie in mir drin.« Ich gucke zu Ottokar.

»Ich habe mich total erschrocken. Ich kann das gar nicht beschreiben. Der hat mir voll in meine Meditation gepfuscht«, versuche ich es auf humorvolle Art.

Ottokar springt auf und ruft: »Du hast das auch gespürt? Ich war da. Ich war da bei dir drin. Ich weiß nicht, wie ich das beschreiben soll. Das ist doch verrückt.«

Er setzt sich wieder und sieht auf einmal völlig gelöst aus. »Das ist doch verrückt. Aber. Wow. Wow!«

Die Frau lächelt und sagt: »Ja. Ihr habt euch berührt. Ihr seid euch im Feld als reine Energie begegnet. Ihr habt es erlebt. Ich freue mich mit euch. Seid dankbar für diese Erfahrung.«

Ich habe es erlebt. Ich, Frau Schüler, habe diese Erfahrung gemacht.

———

Ich weiß es jetzt.

———

KAPITEL DREI

»WO SITZT DEINE SEELE, FRAU SCHÜLER?«

Ich beobachte in der Pause Ottokar beim Rauchen. So richtig etwas sagen kann noch keiner. Er bläst einen Kringel aus Rauch in die feuchte Morgenluft, während wir auf der Terrasse stehen. Der Kringel wabert davon, verändert seine Form und löst sich schließlich auf. Wir gucken uns direkt in die Augen, ganz lange. Da schlägt kein Blitz ein. Keine plötzlich erkannte Seelenverwandtschaft. Da steht halt Ottokar und qualmt.

»Was zur Hölle war das?«, fragt er mich.

»Vielleicht sollten wir besser mal jemanden aus der eingefleischten Schwingerszene dazu befragen.«

Ottokar bekam einen Hustenanfall, als er über meinen Witz lachen musste. So ganz langsam scheint sich alles wieder zu normalisieren.

Sandra steuert auf uns zu.

»Na, ihr zwei? Das war ja was, hm?«

»Ja, aber was?«, fragt Ottokar.

»In der Meditation kann man an seine wahre Essenz kommen.«

———

Mir fällt spontan die Geschichte ein, als meine Kinder in der vierten Klasse das erste Mal Kopfläuse hatten. Alles schnell behandelt und brav nach neun Tagen wiederholt, bekam ich aus den dicken, wunderschönen, kinnlangen Haaren meines Sohnes die schon längst toten, aber eben festklebenden Nissen nicht heraus. Wir hatten alles versucht. Den fiesen Kamm, Chemiekeule, Olivenöl, mehrere Sorten Shampoo. Letzten Endes sahen wir uns gezwungen, mit ärztlichem Schrieb, der bestätigte, alles Krabbelgetier sei nachweislich tot, zum Friseur zu gehen und den Look von verwegenem Naturburschen auf sehr, sehr kurz zu verändern. Die panische Friseurin, die bereits das Ordnungsamt ihren Laden schließen sah, als sie nur das Wort Läuse vernahm, schob uns mit den Worten: »Nehmen Sie Essigenzenz. Das hilft. Aber es muss Enzenz sein. Kein Apfelessig oder so. Enzenz!« hinaus.

Wir waren schon fast auf der anderen Straßenseite. Da rief sie noch mal: »Enzenz! Steht beim Putzmittel!«

Mein Sohn war völlig überrumpelt und konnte überhaupt nicht verstehen, warum ich so lachen musste. Auch noch nicht, als wir den Friseurladen schräg gegenüber betraten, der anstandslos meinen süßen, langhaarigen Jungen in einen wunderschönen, bald Pubertierenden mit verdammt cooler Frise verwandelte.

Enzenz.

———

Jetzt bin ich also eine Essenz. Warum müssen diese Begriffe alle so blöd sein? Mir gefällt das einfach nicht. Ich habe eine innere Abneigung gegen alle diese Worte. Schwingung, Frequenz, Energie, Universum und nun auch gegen Essenz.

»Kennst wohl nur Essigessenz, gell?«

Langsam wird mir die kleine Eva unheimlich.

»Pass mal auf«, mischt sich Marlene ein, »diese Frau Schüler, die braucht eine spezielle Ansprache.«

Mir wird klar, dass mein Gesicht ein offenes Buch gewesen sein muss, als Sandra so lieb erklären wollte, mir aber scheinbar alles entglitten ist.

»Herzchen, hast du eine Seele? Oder ist dir das auch zu esoterisch?«

Blöde Kuh.

»Natürlich habe ich eine Seele.«

»Zeig mir mal, wo die sitzt.«

Ich denke nach.

»Guck mal, ich bin Chirurgin. Ich kann dir jedes Detail im Körper zeigen und benennen. Ich habe schon im Studium Anatomie geliebt, zum Leidwesen meiner Kommilitonen. Meinste ich hab' jemals über eine körperliche Struktur namens Seele gelesen oder sie gar gesehen?«

Ich bin sicher, das war eine rhetorische Frage, und warte gespannt auf die Pointe.

»Du hast Leber, Galle, Milz und Konsorten. Alles, was zum Blutkreislauf gehört. Alle Drüsen, Sinnesorgane, Nerven, alles, was für den Bewegungsapparat wichtig ist und so weiter. Und du hast den schwabbeligen Chef da oben, gut im Schädel geschützt. Tock-tock.«

Komm zum Punkt.

»Wo ist deine Seele, Frau Schüler?«

»Ich weiß nicht, vielleicht im Kopf?« Ich denke kurz nach. »Oder im Herz?«, frage ich.

»Bisher hat sie niemand gefunden«, sagt Marlene.

Okay.

»Du hast einen Körper, der phänomenal funktioniert, der so unfassbar komplex und genial ist. Ein Wunderwerk, wenn man so will. Aber macht der dich aus? Ist das Frau Schüler? Bist du dein Körper?«

Ich ahne, was kommt.

»Frau Quittmann meint«, schaltet sich der Seminarleiter ein, »dass Sie nicht ein Körper sind, der eine Seele hat, sondern Sie eine Seele sind, die einen Körper hat.«

»Besser hätte ich es nicht sagen können«, grinst Marlene.

Die Meditationsanleiterin kommt hinzu.

»Ich höre hier spannende Diskussionen. Wollen wir das vielleicht im Stuhlkreis mit allen besprechen? Das ist nämlich hoch spannend und ganz wertvoll für alle.«

Stuhlkreis. Stuhlkreis gehört definitiv auch dazu.

Ich sitze neben Pyramiden-Tim. Den kann ich noch nicht richtig einschätzen. Ganz schwierig zu packen. Äußerlich ein Kerl von einem Mann. Ein Bär. Nicht dick. Aber groß und ruhig. Wie ein Fels in der Brandung. Den haut so schnell nichts um, denkt man, wenn man ihn ansieht. Jetzt, wo er so nah neben mir sitzt, passt der äußere Eindruck nicht mehr ganz. Ich muss also zugeben, dass der Spruch »Man guckt den Menschen immer nur vor den Kopf« nicht immer stimmt. Ich spüre hier einen Widerspruch zwischen dem optischen Eindruck und dem ... ja was eigentlich? Was ich empfange? Etwa seine Energie?

Herrje, ich habe so viele Fragen.

Das Meditationserlebnis, das Ottokar und mir widerfahren ist, hat in der Pause offenbar alle Teilnehmer beschäftigt. Es ist mir fast ein wenig unangenehm, dass ausgerechnet mir das nun passiert ist, wo ich doch so ablehnend all dem gegenüber bin. Oder war?

»Zwei unserer Teilnehmer haben heute direkt in unserer ersten Meditation eine aufwühlende Erfahrung gemacht, die für ordentlich Gesprächsstoff gesorgt hat.«

Alle gucken uns an. Öhm, werde ich etwa rot? Das ist mir zuletzt in den Zwanzigern passiert und inzwischen habe ich schon ein paar Mal meinen Neunundreißigsten gefeiert. Ohne Sitzordnung und Platzkärtchen.

»Wer schon lange meditiert, kennt solche Erlebnisse durchaus. Am ehesten lässt es sich damit beschreiben, dass sich alle Grenzen auflösen.«

Sie macht eine Pause. Die wirkt. Ja, das trifft es genau.

»In der Meditation ist alles möglich. Es gibt keine physikalischen Gesetze. Keine Logik. Keine lineare Zeit. Manche kennen vielleicht solche ganz besonderen Träume.«

Ich weiß genau, was sie sagen will. Wenn man dann jemandem von seinem Traum erzählen möchte, dann sagt man so Sachen wie: »Und dann waren wir in deiner Wohnung. Also, die sah überhaupt nicht aus wie deine, aber ich wusste, dass du dadrin wohnst. Und plötzlich tauchte Gertrud auf und stand im gleißenden Sonnenlicht, obwohl es Nacht war. Also sie sah viel jünger aus, als wir sie eigentlich kennen. Sie war da jugendlich. Obwohl wir ja zu Gertruds Jugend noch nicht mal geboren waren.« Dann sieht man das Stirnrunzeln des Gegenübers und gibt auf. Es ist eben nicht zu erklären. Im Traum aber, da war das alles noch völlig normal.

»In einem Zustand der tiefen Meditation ist man körperlos. Der Verstand weiß, dass er auf einem Stuhl in einem Raum sitzt. Doch der Verstand bleibt auch genau dort. Er muss ja zum Beispiel darauf aufpassen, dass wir bei Gefahr noch handlungsfähig sind.«

Obacht, hinter Ihnen befindet sich ein bissbereites Krokodil! Jetzt hab' ich es! Diese gefährliche Stimmung heute Morgen im Frühstücksraum, die hatte mit der Energie von dem Tim zu tun. Marlene hatte den kleinen verbalen Angriff gestartet, der einfach hätte verebben können, wenn er nicht auf etwas Schwaches, Unsicheres oder noch besser Verletzbares getroffen wäre. Der Tim, der hat so was an sich. Der sendet Verletzbarkeit aus.

Es gab also den Sender Marlene: »Alter, ich beiß' dir die Beine ab.«

Und den Sender Tim: »Ich bin ein wehrloser Käfer auf dem Rücken. Friss mich.« Oder so ähnlich.

Gleichzeitig gab es den Empfänger Tim: »Hilfe, die kann mir die Beine abbeißen.«

Und den Empfänger Marlene: »Welch verführerischen Duft nimmt mein Riechorgan denn da plötzlich wahr? Oh, welch Freude, es ist Eau de Opfer N° 5.«

Dadurch ergab sich dann wohl die spürbar gefährliche Stimmung. Aber warum wird mir das jetzt gerade klar? Ich weiß es nicht.

»Der Teil von uns, der nun in diesen Zustand der Grenzenlosigkeit, in den Raum der unbegrenzten Möglichkeiten eintaucht, der ist reine Energie. Unser kosmisches Sein. Unsere ursprüngliche Essenz.«

Ich seufze ein bisschen.

»Da denkt kein Verstand mehr. So ein Meditationserlebnis ist etwas vollkommen anderes als Tagträumerei zum Beispiel.«

Der Seminarleiter übernimmt.

»Stellen Sie sich Frau Schüler mal im zarten Alter von pickeligen vierzehn Jahren vor.«

Pass auf, Bursche!

»Sie sitzt am Freitagabend in ihrem Jugendzimmer. Schaut sich die Poster aus der *Bravo* an, die an ihrer Zimmerwand hängen, und schmachtet Gary Barlow von Take That an.«

Danke für das Kompliment. Auch wenn mir klar ist, dass er sich nicht aus Versehen um fünf bis zehn Jahre im musikgeschichtlichen Zeitgefüge vertan hat.

Wir sind wieder Freunde. Weitermachen.

»Frau Schüler fährt sich also mit der Zunge über ihre feste Zahnspange und träumt sich in Garys Arme. Hört, wie er ihr sagt, wie schön sie sei und dass er mit ihr zusammen sein wolle. Sie träumt mit offenen Augen, wie all ihre Mitschüler sie nun als Schwarm haben und wie sie die neidischen Blicke der Mädchen auf sich zieht, als sie mit Gary eng umschlungen vom Pausenhof Richtung Pommesbude geht.«

»Ich denke, das war anschaulich genug«, lacht die Frau. »Das ist ein Tagtraum. Den kreiert sich der Verstand, so wie er das möchte. Auch ein Tagtraum kann sehr intensiv sein und viele echte Bilder enthalten. Dennoch bleibt es ein mit dem Verstand ausgedachtes Szenario.«

Ehrlich gesagt weiß ich nicht mal, welcher der Take-That-Typen Gary Barlow ist.

»Was also hat diese Bilder vorhin während des Meditierens in Ihnen entstehen lassen?«

Einige hatten danach zum Teil wirklich berührende Szenen geschildert.

Jaja, der Essig, das hab' ich ja jetzt mehrfach gehört. Aber was heißt das genau?

»Sie sind in dem Moment sozusagen angedockt an ihr höheres Selbst. Sie können das wahrnehmen, was Sie wirklich sind. Frei von Ego und Verstand. Das ist ihr Draht zu Ihrem Unterbewusstsein und das Tor zu dem uns alle umgebenden Feld.«

Erklär mal einem, der keine Farben sehen kann, was Blau ist. Mir wird klar, dass unsere Worte, die ja in der Regel dem Verstand entspringen, dieses Thema nicht werden beschreiben können.

»Wenn ich nun also auch das Tor zu dem Feld, wie Sie sagen, durchschreite in der Meditation, dann müsste ich ja auch ganz viele

Frequenzen der anderen mitbekommen, oder?«, fragt jemand aus der Runde.

»Ja, mir ist das passiert. Ich will das alles nicht mitbekommen. Ich fand das ganz schrecklich«, platzt es aus einer recht jungen Teilnehmerin heraus.

Sie sieht richtig angegriffen aus.

»Können Sie erklären, was Sie genau meinen?«, wird fürsorglich nachgehakt.

»Ich krieg' das alles um mich rum mit. Es ist, als sei ich ein Schwamm und sauge das auf.«

Sie fängt an zu weinen.

Ich bin erstaunt, wie ernst das genommen wird.

»Es gibt sehr fühlige Menschen«, erklärt der Chefredner. »Nicht alle sind gleich empfänglich. Ich nenne es fühlig.«

Er zeigt auf seine Kollegin und sagt: »Ich bin zum Beispiel nicht so fühlig wie sie. Solche Einwände von Teilnehmern müssen wir also ernst nehmen und Hilfe anbieten.«

Die Frau ist nun an der Reihe. Ich bin gespannt. In die Richtung der nur noch leicht weinenden Teilnehmerin:

»Sie können sich energetisch schützen. Bevor wir morgen wieder meditieren. Machen Sie das.«

An alle Teilnehmer gewandt: »Nicht nur in Meditationen ist man den Frequenzen anderer Menschen unter Umständen stark ausgesetzt. Wer sehr fühlig ist, der sollte sich mit goldenem Licht schützen.«

Augenbrauenepilepsie, linksbetont.

Goldenes Licht. Ich hab' es immer gewusst. Gegen unangenehme Menschen hilft Licht aus Gold. Liest man ja auch ständig. Bestrahlen Sie sich drei Mal täglich mit goldenem Licht und alles wird gut.

»Das mag sich grotesk anhören.«

Nein. Ehrlich nicht.

»Die Farbe Gold hat eine transformierende Wirkung. In der Meditation standen Sie ja auch unter der goldenen Lichtdusche, heute Morgen.«

Stimmt. Das hatte ich völlig vergessen. Ich fand das sogar total angenehm, das hatte etwas ... etwas Reinigendes. Ja, das ist es. Ein energetischer Reset. Ich muss lächeln.

»Um sich vor anderen Energien, die Ihnen unangenehm sind, zu schützen, stellen Sie sich vor, dass Sie in goldenes Licht eingehüllt sind.«

Wir sollen es mal testen und sie leitet an.

Ich mache die Augen zu und befinde mich augenblicklich in einem übergroßen Wasserball. Nur ist der nicht aus Plastik, sondern aus goldenem Licht. Er lässt nur Gutes rein und leitet Schlechtes als graue Wolken raus. Wie Goretex. Ich bin in einer goldenen, durchsichtigen Goretexkugel.

»Wie ist Ihnen das gelungen?«, fragt sie die junge Teilnehmerin.

»Gut«, lacht diese. »Ich habe jetzt einen hautengen Catsuit aus goldenem Licht an.«

Du scharfes Luder. Steht dir sicher gut. Meine Variante ist ja eher nicht so figurbetont und sehr leger geschnitten. Sozusagen Goldgoretex von Ulla Popken in angesagter O-Linie. Aber Hauptsache, es wirkt.

»Sie können das immer anwenden, wenn Sie glauben, sich schützen zu müssen. Auch beruflich. Wenn Sie viel mit Menschen zu tun haben.«

Halten Sie bitte einen Moment inne und ignorieren Sie die Presswehen kurz, ich müsste da gerade in meinen Catsuit aus goldenem Licht schlüpfen. Die fühlige junge Dame ist nämlich Hebamme.

Langsam gehe ich mir mit meinen sarkastischen Zwischenrufen, auch wenn sie weitestgehend im Stillen ablaufen, selber auf den Geist. Ich beschließe, mich der Thematik noch aufgeschlossener zu nähern. Noch. Aufgeschlossener.

»Und wie war das nun möglich, dass Frau Schüler und ich uns da begegnet sind? Wir haben doch getrennt meditiert. Saßen ja auch nicht nebeneinander.«

Die Meditationsanleiterin lächelt.

»Nichts ist voneinander getrennt in Wahrheit.«

Sie lässt das eine Weile stehen. Irgendwer hatte das doch schon mal zu mir gesagt. Eva. Eva hatte gestern gesagt, alles sei mit allem verbunden. Weißt?

»Wir alle leben in der Illusion des Voneinander-Getrenntseins. Das ist natürlich für die Art Leben, das wir hier auf der Erde führen, oft hilfreich. Aber es ist in Wahrheit anders. Und genau das haben Herr Virchow und Frau Schüler heute erfahren.«

Ich gucke Ottokar an und er mich. Wir zucken mit unseren Schultern und nicken ergeben.

»Diese Erfahrung des Einsseins machen Sie am ehesten innerhalb der Meditation.«

Wir hören noch etwas über die Frequenzen und Wellen, in denen sich das Gehirn in den unterschiedlichen Wach-, Schlaf-, Konzentrations-, Traum- und Meditationsphasen befindet. Das ist bestimmt interessant, aber mich treibt eine andere Frage um.

Warum, bei Yodas faltigem Spitzohr, warum erlebe ausgerechnet ich diese tiefe Meditationserfahrung? Ich bin Frau Schüler. Ich habe alles, was ich hier gehört habe, von Beginn an abgelehnt. Ich bin als Ungläubige gestern Morgen gestartet.

Heute sitze ich hier als Wissende. Ich kann es nicht mehr leugnen.

»Warum ist mir das passiert?«, frage ich also.

»Was ist denn passiert?«

»Sie wissen schon, intensive und tiefe Meditationserfahrung. Schwingung und so. Dings. Feld. Essenz. Ottokar.«

Der Raum lacht.

»Nun, uns ist ja nicht entgangen, dass Sie eine eher verhalten offene Einstellung zu der Thematik mitgebracht haben«, beginnt der Leiter. »Um es mal deutlich zu sagen: Sie haben uns doch alle für verstrahlte Idioten gehalten.«

Erwischt, aber Gott sei Dank lacht er.

»Immer wenn jemand auf etwas stark reagiert, und dazu gehört auch Ablehnung, dann hat er selbst ein Thema damit. Das ist das Gesetz der Resonanz oder auch das Gesetz der Anziehung. Unser Thema für morgen. Freuen Sie sich schon mal drauf, Frau Schüler. Und alle anderen natürlich auch.«

———

Beim Abendessen beschließt ein Großteil der Gruppe, sich nach den obligatorischen Telefonaten mit der Familie ab zwanzig Uhr wieder in der Hotelbar zu treffen.

»Frau Schüler, heute stoße ich mit dir an«, meint Ottokar.

»Ist lieb gemeint, aber das hast du heute Morgen ja schon irgendwie. Ich komme nicht mehr runter. Ich muss mal in mich gehen«, lächle ich ihn freundlich an.

Ich wünsche allen eine angenehme Nachtruhe und verziehe mich auf mein Zimmer.

———

In mir macht sich eine laute Stille breit. Ich will nichts mehr sagen und habe auch gar keine Worte für meinen Zustand. Da kratzt ganz viel unter meiner Oberfläche und schickt sich an, sich den Weg durch meine harte Schale zu bahnen. Mein Mund ist still, ich möchte mit niemandem reden und auch keinen sehen.

Was ist nur mit dir los, Frau Schüler?

Ich krabble aufs Bett und sitze nun im Schneidersitz mitten auf dem riesigen Doppelbett. Allein. Irgendwo in Bayern. Es fällt noch etwas Abendsonne durch das Fenster. Die winzigen Staubkörnchen in der Luft glitzern mir ihr regenbogenfarbenes Licht entgegen, während sie für die letzten Minuten des Tages ihr Tänzchen tanzen. Gleich, wenn die Sonne diesen Fleck der Erde nicht mehr anstrahlt, ist der Glitzerstaub noch immer da. Aber ich werde ihn nicht mehr sehen können. Und doch werde ich weiterhin von Glitzer umgeben sein.

Bei diesem Gedanken bricht es aus mir heraus. Das, was unter der Oberfläche so unruhig scharrte, läuft in diesem Moment aus meinen Augen und es hört nicht wieder auf.

Da sitze ich, Petra Schüler aus Bielefeld, mit meinen fünfundvierzig Jahren und weine.

Ich weine alles aus, was durch die von meinem bissigen Humor bisher erfolgreich verstopften Kanäle nicht fließen konnte. Die sprichwörtlichen Schleusen haben sich geöffnet und ich mache keine Anstalten, irgendetwas dagegen zu tun.

Ich darf mir nichts vormachen. Es gibt ja Gründe, warum ich überhaupt hier bin. Da war die Trennung von meinem Mann vor zwei Jahren. Ein beginnender Burn-out. Mangelnde Leistungskraft, die mich schließlich auch bei der Arbeit um eine Beförderung gebracht hatte. Die Zwillinge, um die ich mich in allen Belangen zu neunzig Prozent allein kümmere. Mein Mann ist trotz der Trennung großzügig zu den Kindern und mir und so haben wir es gut. Doch es hatte sich in mir eine wahnsinnige Erschöpfung breitgemacht.

Diese Burn-out-Geschichte, auch wenn sie noch im Anfangsstadium war, hatte mich ganz schön erwischt. Ich fuhr plötzlich morgens zur Arbeit und konnte mich nicht mehr an den richtigen Weg erinnern. An anderen Tagen meldete ich mich am Bürotelefon mit meinem Mädchennamen, obwohl ich den Namen meines Mannes trage und behalten werde. Ich wollte auch mal meine Eltern anrufen und bekam immer das »Kein Anschluss unter dieser

Nummer«-Signal. Irgendwann merkte ich, dass ich die Telefonnummer gewählt hatte, die zu ihnen gehörte, als ich noch bei ihnen wohnte. Vor fünfundzwanzig Jahren. In einer ganz anderen Stadt. Und das passierte mir nicht nur einmal.

Ich bin gerade wieder völlig verzweifelt, als ich daran noch mal denke.

Mein Mann hatte mir damals Hilfe organisiert, wofür ich ihm bis heute dankbar bin. Ich fuhr einmal die Woche für eine kurze Auszeit nach Köln zu einem weiblichen Coach. Meiner Coacherette. Sie half mir über einige Wochen in dieser tiefen Krise der Erschöpfung durch wirklich gute Coachings. Ich blieb dann die Nacht in Köln und fuhr am nächsten Morgen mit dem Zug zurück nach Bielefeld direkt zur Arbeit. Heute bin ich ganz sicher, dass das die große Katastrophe abgewendet hat. Ich wollte mich in keinem Fall auch nur einen einzigen Tag deshalb arbeitsunfähig melden. Mir war klar, dass, wenn ich das machen würde, ich die Abwärtsspirale mit einem Fuß betreten hätte und diese mich mit ihrem verlockenden Sirenengesang ganz nach unten gerissen hätte.

Ich arbeite im öffentlichen Dienst mit der weltbesten aller Kolleginnen in einem Büro. Es gab Tage, an denen saß ich einfach nur da und habe auf den Bildschirm gestarrt. Meine Kollegin hat dafür gesorgt, dass es nicht allzu sehr auffiel. Meinen Chef hatte ich um ein offenes Gespräch gebeten und ihn eingeweiht. Wäre ich zu Hause geblieben, hätte ich die Arbeit überhaupt nicht erledigen können. Hier saß ich an schlechten Tagen tatsächlich nur rum und holte für meine Kollegin Drucke oder Faxe ab. An besseren Tagen schaffte ich ungefähr die Hälfte meiner Arbeit. An besonders guten Tagen war ich in den vier Stunden meiner täglichen Arbeitszeit fast vollständig leistungsfähig. Mein Chef sorgte dafür, dass ich in der schlimmen Phase keine neuen Fälle mehr zugeteilt bekam. Ich versuchte mich an den laufenden deshalb, so gut ich konnte, und bearbeitete diese mit der Unterstützung meiner unglaublichen Zimmerkollegin. Die absolute Tiefphase hielt ungefähr vier Wochen an. Danach schlich es sich aus, wie es gekommen war.

Doch all das hatte auch seine Folgen.

Die angestrebte Beförderung war futsch. Am Ende wurde ich tatsächlich auch in meinem Aufgabengebiet degradiert, was mich zutiefst traf, war ich bisher doch immer eine der Guten gewesen.

Ein neuer Tränenschwall übermannt mich. Salzige Tropfen rollen über meine Lippen, hangeln sich an meinem Kinn entlang und fallen dann von dessen Spitze auf die weiße Bettdecke. Sie hinterlassen einen nassen, kleinen Kreis mit schwarzer Farbe von der Wimperntusche.

»Schau dir mal dieses zweiteilige Seminar an«, hatte er gesagt.

»Mentales Krafttraining — rufen Sie Ihr gesamtes Potenzial ab und starten Sie in eine neue Dimension«, las er mir vor. Mein Mann. Er sorgte sich um mich. Ich wusste das. Es ist speziell zwischen uns. Wir haben es sechzehn Jahre miteinander versucht. Mit vielen Höhen und Tiefen. Doch irgendwann kam der Punkt, an dem wir erkennen mussten, dass unsere Wertschätzung füreinander größer ist, wenn wir nicht mehr in einer Liebesbeziehung leben. Es war für alle hart. Ich für meinen Teil weiß heute, dass es der richtige Schritt war. Ich liebe ihn auf eine gewisse Art wohl für immer. Für das tägliche Leben und das eines Paares mit all den Erwartungen daran sind wir miteinander aber nicht oder nicht mehr geschaffen. Und gerade deshalb ist es so schön, dass er sich um mich sorgt.

»Sieh das als Chance. Du brauchst alle Kraft für die Kinder. Sie kommen bald in die Pubertät. Wenn du da lernst, wie du mit den Stresssituationen besser umgehen kannst, das wäre doch toll.«

Ich war damals so gerührt, als er mir das teure Seminar schenkte. Jetzt, heulend auf dem fremden Hotelbett, schäme ich mich für jeden abfälligen Gedanken, den ich seit gestern Morgen hier gedacht habe.

Mich zerreißt es. All die überwältigenden Eindrücke der letzten beiden Tage, die müde Ohnmacht und der Kontrollverlust der vergangenen Monate. Ich schluchze laut und raufe mir die Haare. Am liebsten würde ich mein Gefühlschaos laut rausbrüllen, wie ein Tier. Ich presse stattdessen die Fäuste vor meine Augen und weine in mein Geschenk. Das Seminar »Mentales Krafttraining«.

———

Es ist inzwischen dunkel draußen, als ich mich beruhigt habe. Ich fühle mich gereinigt und klarer. Ich kann mich nicht erinnern, wann ich das letzte Mal so geheult habe. Ich mag das nicht, mir ist das peinlich. Gut, so eine Rührungsträne im Knopfloch, das kommt schon mal vor. Aber so einen richtigen Heulflash hatte ich zuletzt eher zu meiner Gary-Barlow-Zeit. Ich merke, Frau Schüler kommt zurück zu sich. Ich knipse das Licht an und gehe ins Bad, um mich für die Nacht fertig zu machen. Als ich mich im Badezimmerspiegel sehe, muss ich laut lachen. Mich schaut ein rothaariger Pandabär-Punk an. Meine Haare stehen in alle Richtungen und die Mascara ist definitiv nicht waterproof.

Ich lasse Wasser durch mein Gesicht laufen und wasche mir die restliche Schminke ab. Mein abgetrocknetes, nacktes Gesicht ist gerötet, die Augen sind verquollen. Mir gefällt der Anblick nicht. Ich verstecke mich gern hinter meinem Make-up. Doch zwinge ich mich jetzt hinzusehen.

Guck dich an, Frau Schüler. Das bist auch du. Echt und ungeschönt.

Jaja, nette Umschreibung für faltig und hässlich.

Nach dem Zähneputzen ziehe ich mich aus, sitze nur in Slip und Hemdchen auf der Bettkante und überlege, ob die Schminke für meine durchsichtige, dünne Haut das ist, was meine sarkastische Art für meine verletzliche Seele ist.

Es kann sein.

Ich bin eingeschlafen, bevor mein Kopf sein vollständiges Gewicht auf dem Kopfkissen abgelegt hat.

———

KAPITEL VIER

»KANNICH?«

Der Handywecker klingelt auch im Flugmodus. Ich schrecke hoch und spüre eine monströse Katze auf meinem Kopf. Ich bin fürchterlich verkatert. Versuche, mich krampfhaft an die Anzahl der mit Aperol gefüllten Gläser zu erinnern, die ich vernichtet habe, und reibe mir den Schlaf aus den Augen. Sie brennen und fühlen sich wund und dick an. Ganz langsam schwappt die Erinnerung an den gestrigen Abend in Wellen wieder hoch. Da war gar kein Alkohol im Spiel. Der Spruch meiner Freundin Kathrin fällt mir ein.

»Kein Alkohol ist auch keine Lösung.«

In diesem Fall hatte sie wohl recht. Gibt es einen emotionalen Kater? Es ist sechs Uhr morgens. Noch drei Stunden dreißig bis Seminarbeginn. Zeit genug, um klar zu werden.

Was war da gestern mit mir passiert? Ich taste mich vorsichtig unter der Bettdecke hervor und sehe die inzwischen zwar trockenen, aber doch dunkel gefärbten Spuren meiner abendlichen Heulerei auf der weißen Baumwolle. Es ist Anfang Mai und die Sonne mag vielleicht seit einer halben Stunde aufgegangen sein. Ich blinzle ihr entgegen, als ich die Vorhänge vorsichtig öffne. Meine Augen schmerzen, als das Licht ins Zimmer fällt. Sehr dankbar über eine Nespresso-Maschine und eine Auswahl verschiedener Kaffeekapseln auf dem Zimmer, versuche ich, dem Kater mit einem Koffeinschock den Kampf anzusagen. Mit jedem Schluck meines doppelten Espresso werde ich klarer. Was genau um alles in der Welt hat das gestern nur in mir losgetreten? Ich habe den leisen Verdacht, dass es etwas mit dieser Meditation zu tun hat. Wie hatten sie noch gleich gesagt? Während der Meditation kommst du an dein Innerstes. Deine Essenz. Du bist dann im Kontakt mit deiner göttlichen Energie. Bin ich mir begegnet und deshalb ging es mir schlecht? Ich bin also in Wahrheit eine Heulsuse? Aber so schlicht wird das wahrscheinlich nicht zu beantworten sein.

In meinem Schädel spielt jemand Korsakows »Hummelflug«. Nicht auszuhalten. Ich öffne das Fenster, biete den Hummeln ihre Freiheit an und warte auf Besserung durch Sauerstoffinhalation. In Zeitlupe lässt der Schmerz nach und ich beschließe, mich tagestauglich zu machen.

Als ich nach der Dusche den beschlagenen Spiegel mit der flachen Hand etwas freiwische, schaue ich in mein nacktes Gesicht. Schlagartig wird mir klar, warum hier so viele unesoterisch wirkende Teilnehmer sind. Wahrscheinlich hat jeder seine eigene sehr persönliche Geschichte, die ihn hierher gebracht hat. Genauso wie ich die meine habe. Wer weiß, was hinter Tinas ähnlich ablehnender Art steckt. Oder weshalb Tim Glaspyramiden als Kraftquelle braucht und so was Angreifbares ausstrahlt. Auch er wird einen guten Grund haben, sich das Seminar »Mentales Krafttraining — rufen Sie Ihr gesamtes Potenzial ab und starten Sie in eine neue Dimension« gegönnt zu haben.

Während ich über die Teilnehmer nachdenke, fällt mir auf, dass die sonst für Schulungen und ähnliche Veranstaltungen üblichen Fragen »Welche Erwartungen haben Sie an dieses Seminar?« und »Aus welcher Motivation haben Sie sich für diese Schulung entschieden?« gar nicht gestellt wurden.

Sicher haben die Veranstalter dafür einen sehr guten Grund. Sie werden ganz genau wissen, dass bei dem Thema des Seminars diese Fragen viel zu intim wären.

Ich selbst bin einfach hingefahren. Es war ein Geschenk. Es sollte mir guttun und fertig. Ganz schön eindimensional, Frau Schüler.

Gott sei Dank verspricht der Seminartitel ja das Erreichen weiterer Dimensionen, also male ich mir hoffnungsvoll mein Gesicht an. Ganz die Alte bin ich aber noch nicht. Ich beantworte schnell ein paar Whatsapps und hoffe dann, als Erste am Frühstücksbuffet zu sein. Als ich die Zimmertür öffnen will, betrachte ich mich im Ganzkörperspiegel. Das Gesicht habe ich einigermaßen frisch gezaubert, doch ich fühle mich trotz meiner Kleidung irgendwie nackt. Ich beschließe, mir noch eine Schutzschicht überzuziehen und bin dem Mai sehr dankbar, dass er außergewöhnlich kühl ist. Ich hülle mich in meine wadenlange graue Strickjacke und wickle dazu noch mein riesiges blassrosa Tuch um meinen Hals.

So geht's.

———

Ich bin nicht die Erste im Frühstücksraum. Am Tisch sitzt bereits Tina und hält sich an einer gefühlt einen Liter fassenden Kaffeetasse fest. Sie leckt sich Milchschaum von der Oberlippe und winkt mich an ihren Tisch.

Ich fülle mir schnell meinen Teller und die Tasse mit einem koffeinhaltigen Heißgetränk, geselle mich dann zu ihr und lasse sie über mein Rühreigesicht mit Radieschenaugen und Schnittlauchhaaren lachen. Dann schaut sie mich ernst an.

»Ich reise gleich ab.«

Ich verbrenne mich an meinem Kaffee.

»Mir ist das hier zu viel Hokuspokus. Das ist nicht meine Welt.«

Damit habe ich nicht gerechnet.

»Du verarschst mich.«

»Nee, ich hab' gestern noch mit dem Reinhard telefoniert.« Das muss ihr Mann sein.

»Der sagt, die Kinder vermissen mich und jetzt hat die Oma auch noch 'nen Rheumaschub und kann nicht wirklich mithelfen. Die kommen nicht klar ohne mich.«

Ich sage wohl zu ihrer Überraschung einfach mal nichts.

»Komm, was ist denn das hier für 'ne Thematik? Ich bin praktisch veranlagt. Ich brauche Ansagen, Tools und Ergebnisse. Dieses weich gespülte Blabla ist doch auch nicht nach deinem Geschmack, oder?«

»Ich tu' mich auch extrem schwer damit. Ich hab' das hier auch irgendwie ganz anders eingeschätzt. Aber es war ein Geschenk. Ich bleibe.«

Sie nickt und nippt am Milchkaffee.

»Außerdem muss ich noch rausfinden, was der Ottokar von mir will. Platzt der ohne Manieren einfach mitten in meine Meditation«, lache ich.

»Jetzt mal im Ernst, Frau Schüler, das hast du doch erfunden, um son bisschen die Stimmung anzuheizen. Sei ehrlich. Sag mal, wie heißt du eigentlich mit Vornamen?«

Ich trage das Namensschild vom ersten Tag nicht mehr. Muss wohl verdeckt gewesen sein; sonst hätte sie es doch bei unserem ersten Gespräch schon lesen können.

»Petra. Ich heiße Petra. Und ehrlich, ich wünschte fast, ich hätte es mir ausgedacht. Dann könnte ich weiter mit dir lustig ablästern und würde vielleicht doch nach Hause fahren. Aber das geht jetzt nicht mehr.«

Sie versteht mich nicht richtig, das merke ich.

»Und Ottokar, der alte Lüstling ist schuld«, lasse ich Frau Schüler sagen. »Der hat nun 'ne neue Anmachmethode. Fummelt mir von hinten in meiner Energie rum und guckt mal, was sich dann so entwickelt.«

Tina lacht.

»Die anderen wissen schon Bescheid. Wir saßen hier ja gestern noch in der Bar. Leider ohne dich. Aber da hab' ich mich bei den meisten schon verabschiedet. Hab' was von Notfall gefaselt. Wollte halt noch in Ruhe schlafen. Habe 'ne lange Autofahrt vor mir.«

»Schade«, sage ich. »Aber ich verstehe dich.«

Wir drücken und verabschieden uns. Ich mag sie. Als ich sie zehn Minuten später mit ihrem Rollkoffer über den Parkplatz laufen sehe, denke ich mir, dass sie ihr Päckchen offenbar wieder ungeöffnet mit nach Hause nimmt.

Inzwischen trudeln immer mehr Mentalkraft Trainierende ein. Muss eine lange Nacht in der Bar gewesen sein. Dem Geruch nach sind nicht alle Kopfkatzen emotionalen Ursprungs. Sandra setzt sich zu mir an den Tisch und fragt fürsorglich: »Ging es dir nicht gut gestern Abend?«

Ich weiß gar nicht so richtig, was ich darauf antworten soll. Ich hab' mir die Seele aus dem Leib geflennt? Stimmt ja nicht, die ist ja nicht im Leib. Da kommt auch Marlene aufs Gedankenstichwort an den Tisch.

»Ich war einfach furchtbar müde«, sage ich erst mal.

»Ey, der Ottokar hat jetzt, während ich zweimal rauf und runter bin — ich hatte meine Tasche oben vergessen — bestimmt drei Zigaretten durchgezogen«, stellt Marlene fest, hängt ihre prall gefüllte Tasche an den Stuhl und setzt sich.

Was schleppt die mit sich rum? Der Buko fällt mir ein und ich frage sie einfach mal mit einem Zwinkern.

»Was hast du denn da alles drin? Ist das dein Buko?«

»Mein was?«

»Dein Beischlafutensilienkoffer. Buko«, löse ich auf.

Sie lacht so derbe und schallend, dass natürlich alle wissen wollen, was passiert ist. Sie schreit es lachend durch den Raum.

»Beischlafutensilienkoffer! Ich kann nicht mehr.«

Viele finden es lustig. Bei Marlene kullern inzwischen die Lachtränen und ich frage mich, warum ein derart platter Spruch so einen Lachanfall auslösen kann, lasse mich aber von ihrer dreckigen Lache gerne anstecken.

Ottokar hält mitsamt seiner Rauchwolke Einzug. Sein üppiges Frühstück besteht daraus, dass er sich direkt zwei Pötte Kaffee auf einmal mit an den Tisch neben uns nimmt. Schwarz und schwarz natürlich.

»Ich esse morgens nichts. Kriege da einfach noch nichts runter«, rechtfertigt er sich unaufgefordert.

Gut, dass man Zigaretten nicht schlucken muss.

Eva schwebt in den Raum und irgendwie wird es plötzlich heller. Ich muss lachen, weil ich im Moment dieser Beobachtung sehe, dass Tim zeitgleich die Gardinen zur Seite gezogen hat. Gewundert hätte es mich aber nicht. Diese kleine Eva-Fee. Diese lila Esotante. Sie ist schon irgendwie ein Lichtblick hier. Ein kurioser Lichtblick.

»Du hast gefehlt gestern«, lacht sie mich an. »Wir haben noch so viel diskutiert. Haben deine Ohren nicht geklingelt? Du warst ständig Thema.«

Nee, die Protagonisten meines Abends waren eher nicht die Ohren, denke ich, und spüre meine brennenden Augen wieder.

»Erzähl, habt ihr euch ordentlich lustig gemacht über mich Ungläubige?«, grinse ich.

»Du schon wieder. Nee, wir fanden das alle total spannend. Wollten dich auch noch mal aushorchen. Einige hier meditieren ja schon seit Jahren. Dieses mit dem Verschmelzen hatte aber bisher noch keiner so richtig erlebt, weißt?«

»Wahrscheinlich habe ich mir das alles nur eingebildet«, versuche ich abzuwiegeln.

»Blödsinn«, kommt es vom Nachbartisch. »Ich war schließlich live dabei.«

Ich muss dringend Ottokar in Ruhe fragen, wie es ihm gestern Abend noch so ergangen ist.

»Ist dir das im Nachhinein unheimlich?«, fragt Sandra lieb. Du ahnst ja nicht wie sehr.

Ich nicke.

»Sollen wir dich damit einfach noch ein bisschen in Ruh' lassen?« Eva legt wieder ihren Kopf an meine Schulter.

»Passt scho'«, sagt sie.

———

Der dritte Seminartag beginnt. Kurz wird über Tinas Abreise gesprochen. Ein familiärer Notfall sei der Grund. Es scheint kein großes Thema in der Gruppe zu sein. Gut, dass sie es gestern Abend schon den meisten angekündigt hatte.

»Am dritten Tag fragen wir in der Gruppe immer gerne nach, ob wir uns auf das Du als Ansprache verständigen können.«

Finde ich gut.

»Wir warten damit meist die ersten zwei Tage ab, um eine kleine Distanz zwischen Teilnehmern und uns zu halten. Das dient nur einem Zweck«, er grinst. »Es ist reiner Selbstschutz.«

Ich kann nicht folgen.

»Die meisten unserer Teilnehmer kommen aus sehr persönlichen Gründen hierher.«

Ich lag scheinbar nicht so verkehrt mit meiner Vermutung.

»Wir haben auch schon einige wirklich verzweifelte Menschen in unseren Kursen getroffen. Viele suchen hier Antworten und Hilfe. Wir können das nicht in persönlichen Gesprächen leisten.«

So langsam erkenne ich die Richtung.

»Wenn wir uns sofort mit Bea und Rolf vorgestellt hätten und Herrn Kuttner, unseren Gastredner vom ersten Tag, mit Klaus, dann wäre von Beginn an eine zu vertraulich einladende Beziehung zwischen Ihnen beziehungsweise euch und uns suggeriert worden.«

»Wir vermitteln all unser Wissen sehr gerne. Oft entwickelt sich im Laufe der Tage auch ein enges Verhältnis zu dem ein oder anderen. Doch wir leisten hier energetisch hoch anspruchsvolle Arbeit und sehen uns nicht imstande, zum Beispiel auch noch Tür-und-Angel-Gespräche mit individuellen Thematiken zu besprechen«, ergänzt Bea.

»Das ist eine Entscheidung, die wir aus Erfahrung getroffen haben«, spricht Rolf wieder. »Wir bieten dieses Seminar seit Jahren einmal pro Quartal an. Es ist das Beste, es so zu halten. Das wissen wir.«

Alle sind einverstanden, dass wir zum allgemeinen Du übergehen.

Bea und Rolf also. Sie erzählen noch, dass sie Geschwister sind und seit Jahren so im Duo arbeiten.

Scheint ein gutes Konzept zu sein.

»Ottokar, wie ist es dir gestern noch ergangen?«, fragt Bea ihn.

»Ach, eigentlich ganz gut. Ich hab' mit den Kollegen hier noch ein paar Absacker getrunken.«

Und sicher eine ganze Schachtel durchgezogen, so grau wie der aussieht.

»Ich hatte Lust auf Gesellschaft und Small Talk. Mir war das tagsüber tiefgründig genug«, ergänzt er noch verlegen lächelnd.

»Ich frage deshalb, weil Meditationen auch etwas in einem auslösen können, was dann noch nachwirkt«, erklärt Bea.

»Frau Schüler?«, schaut sie mich an.

»Ich dachte, wir duzen uns?«

Bea wirkt tatsächlich über sich selbst überrascht.

»Irgendwie bist du für mich die Frau Schüler, entschuldige bitte«, lacht sie.

Es lachen die meisten der Gruppe und ich höre: »Ja, du bist Frau Schüler.«

»Ich gebe mir Mühe, dich Petra zu nennen, okay?«

»Alles gut. Sag, was du meinst. Ich höre auch auf Mama oder Kannich.«

»Kannich?«

»Ja, kann ich noch länger zocken? Kann ich Süßes? Kann ich Jonas zum Übernachten einladen? Kann ich fernsehen?«

»Kennich«, lacht Bea. Scheint auch eine Mama zu sein.

»Also, Frau Schüler, magst du uns erzählen, wie es dir gestern Abend so ergangen ist?«

Tja, mag ich?

Ich gucke die Fee an. Eva nickt mir aufmunternd zu. Sandra schließt auf diese fürsorgliche Art die Augen kurz und scheint sagen zu wollen: »Nutze die Chance.«

»Es hat mich geheult.«

Bea ist zu einhundert Prozent mit ihrer Aufmerksamkeit bei mir. Sie schaut mich an oder durch mich durch? Sie nickt kaum merklich.

»Etwas hat dich überwältigt?«

»Ja.«

Jemand meldet sich. Bea gibt mit einer liebevollen, aber deutlichen Handbewegung zu verstehen, dass das jetzt nicht passt.

»Ist ein bestimmtes Thema in dir hochgekommen? Und sofort zur Klarstellung. Du musst das Thema jetzt nicht benennen. Es ist nur so, dass das, was sich in der Meditation und im Nachgang dazu zeigt, angesehen werden möchte.«

Sie sieht in mich rein. Sie weiß alles.

Ich nicke zustimmend. Sie nickt wissend.

»Das ist gut, Petra. Du hast eine große Chance bekommen.«

Wie sie guckt!

»Dein Thema möchte von dir gesehen werden. Es ist reif. Du hast es an deine Oberfläche geholt. Nimm es wahr. Erkenne es an. Schätze es wert.«

Sie hat nach jedem Satz eine Pause gemacht und den Blick nicht von mir gelassen.

Und auch jetzt ruhen ihre Augen in mir.

»Kannst du das? Kannst du das annehmen?«

Ich schätze, ein Nein steht nicht zur Debatte.

»Ja«, gebe ich aber auch aufrichtig zu.

»Das ist gut. Gut, Petra.«

Niemand sagt etwas. Bea lehnt sich in ihrem Stuhl wieder zurück und lächelt in die Gruppe.

»Ich kann euch versprechen, diese Chance bekommen noch viele von euch. Und genau deshalb seid ihr hier.«

»Ja, wir bestellen immer die Klinikpackung Taschentücher für unsere Seminare«, lockert Rolf die Situation auf.

»Heute geht's ans Gesetz der Resonanz — und wer weiß, vielleicht erfährt Frau Schüler dann ja, warum ihr Thema gerade jetzt aufs Tapet gekommen ist.«

Gesetz der Resonanz. Ist das Physik oder Musik?

»Für all diejenigen, die akzeptieren können, dass wir uns als Sender und Empfänger von Schwingungsfrequenzen durch dieses Leben bewegen, wird es jetzt spannend.«

Okay.

»Gibt es hier noch Teilnehmer, die anzweifeln, dass wir in einem Kosmos aus Energien und Frequenzen leben?«

Hat es die jemals hier gegeben?

Wir lernen, dass gleiche Frequenzen einander anziehen. Er bedient sich eines Beispiels aus der Musik. Wenn man zwei Konzertflügel nebeneinander stelle und nur auf einem zum Beispiel die Taste der Note C anschlage, so schwinge auf dem anderen Flügel ebenfalls die Klaviersaite dieser Note mit. Er stellt noch klar, dass es sich hier natürlich um akustische, also Schallwellen einer bestimmten Frequenz handle, dies aber zum Veranschaulichen dieses Gesetzes sehr eindrücklich sei.

———

Mir schießt eine Szene in den Kopf. Ich stand außer mir vor Wut im Zimmer eines meiner Söhne. Der Anlass meiner Wut fällt mir nicht mehr ein, war aber unter Garantie einer der Klassiker Aufräumen, unerlaubtes Zocken oder absichtlich vergessene Hausaufgaben. Pädagogisch völlig unwertvoll schrie ich hysterisch meine Kinder zusammen und war plötzlich völlig irritiert, als die offen im Regal liegende Gitarre ganz leise Klänge von sich gab.

Ich verstehe, ich schreie auf Gitarrensaitenfrequenz. Und, Frau Schüler, welche Sprachen sprechen Sie so? Also, ich kann Deutsch, Englisch und Gitarrisch.

———

»Zu den Frequenzen hier müsst ihr wissen, dass die höchste Schwingungsfrequenz von der bedingungslosen Liebe ausgeht. Oder auch der göttlichen Liebe. Je negativer das Gefühl, der Gedanke, umso niedriger die Schwingungsfrequenz.«

Ich versuche, das nachzuvollziehen. Puh.

»Jeder von uns hat grundsätzlich die Möglichkeit, auf allen Frequenzen zu senden und zu empfangen.«

Ich merke, dass ich nicht die Einzige bin, bei der es rattert.

Es folgt eine Veranschaulichung.

»Wenn Barbara hier«, er zeigt auf eine Teilnehmerin direkt neben ihm, »nachts durch die Bahnhofstraße geht und zum Beispiel auf der Frequenz — ich nenne sie mal Gefahr — nicht empfangen könnte, würde sie den Angreifer erst als solchen wahrnehmen, wenn er auch körpersprachlich als Bedrohung erkannt werden kann.«

»Ich hätte dann kein Bauchgefühl?«, fragt Barbara.

»Genau! Da du aber auf jeder Frequenz senden und empfangen kannst, reagiert dein Körper sofort auf die empfangene Frequenz.«

Ah, der Säbelzahntiger hat nun sicher seinen Auftritt.

»Was passiert? Mal abgesehen von den unglaublich genialen Reaktionen, die innerhalb des Körpers ablaufen, kann Barbara beobachten, wie sie eine Gänsehaut bekommt. Wie sie plötzlich hellwach und hoch leistungsfähig ist. Ihr Blick ist extrem fokussiert und ihr Gehirn aufs Äußerste darauf konzentriert, die Situation in Bruchteilen von Sekunden zu überblicken und Möglichkeiten abzuwägen. Ihr Herz schlägt wie beim Hundertmeterlauf damals in der siebten Klasse.«

Alle nicken zustimmend.

»Und das alles, bevor der Typ das Messer gezückt hat. Deshalb ist es so wichtig, dass jeder auf sein Bauchgefühl hört.«

Wie schafft der das nur, dass mit jeder Erklärung neue Fragen in mir aufkommen? Wenn doch das Bauchgefühl so ein hochbegabter Indikator für Gefahr ist, dann müsste es doch deutlich weniger Opfer von Gewalt geben, oder nicht? Weil die ja, schlau, wie der Bauch angewiesen hat, besser umdrehen, bevor das Gegenüber zum Täter wird. Doch ich bin einfach mal still und warte ab.

»So funktioniert das natürlich auch mit gutem Bauchgefühl. Wenn sie jemanden sofort sympathisch finden, dann passt das meistens.«

Aha, meistens!

»Ich sage meistens, weil wir ja nicht nur mit unserem Bauch unterwegs sind. Unsere hoch entwickelte menschliche Spezies ist darauf trainiert worden, den Verstand zu nutzen. Der ist natürlich in unserer Gesellschaft unverzichtbar und sollte in vielen Fällen noch deutlich öfter eingesetzt werden«, lacht Rolf. »Doch leider haben wir dabei auch das Vertrauen in unseren Bauch verlernt.«

»Die Menschen, die wir als fühlig bezeichnen, sind mit ihrem Bauchgefühl besser in Kontakt als weniger fühlige Typen. Keiner von denen ist jetzt besser oder schlechter. Nur würden wir den einen vielleicht als Gefühls- und den anderen eher als Verstandesmensch bezeichnen. Beide haben ihre Stärken und sind wichtig. Und natürlich gibt es dazwischen alle Nuancen der Fühligkeit.«

––––––

Ja, mein zweiter Freund war so einer der Verstandessorte. Was nicht logisch, wissenschaftlich oder im Binärcode zu begreifen war, existierte in seiner Welt schlichtweg nicht. Ich in der Rolle seiner Freundin dann halt auch irgendwann nicht mehr. Später habe ich mal gehört, dass man bei ihm eine spezielle Form des Autismus diagnostiziert hat. Gut, das war noch mal ein ganz anders gelagerter Sonderfall.

Aber ich denke da an meinen ehemaligen Chef. Der wertete nur Zahlen aus und merkte gar nicht, dass er die Verbindung zu seinen Mitarbeitern dabei verlor. Die Motivation sank, die erwarteten Zahlen wurden nicht mehr eingehalten und er machte sich einfach keinen Reim drauf. Ich hatte mir damals ein Herz gefasst und ihm gesagt, dass er auch seine Mitarbeiter mal loben müsse, es wären doch alles Menschen mit Gefühlen. Er guckte mich entgeistert an und sagte: »Ich bin Ostwestfale. Mein höchstes Lob ist ›Geht doch‹.« Dennoch kam er tatsächlich ab und an zu mir und bat mich inoffiziell um Rat bei dem ein oder anderen gefühlsduseligen Mitarbeiterthema. Er lernte, dass jemand, der über Monate fünfunddreißig Prozent mehr als die von ihm erwartete Arbeit leistet und dafür Überstunden macht, unter Umständen etwas mehr erwartet als: »Ihre Arbeitsquantität ist ja auch nicht schlecht.« Er wurde schlussendlich dann aber versetzt, mein ehemaliger Chef. Er wurde befördert und arbeitet nun in der Hauptverwaltung.

––––––

»Jetzt wisst ihr, dass jeder alles senden und empfangen kann. Kennt ihr Menschen, die oft Pech haben? Oder bei denen ständig irgendwas schiefläuft?«

Einige heben die Hand und geben Beispiele zum Besten. Von dem Schwager, dem schon mehrfach das Auto geklaut wurde. Von der Freundin, die obwohl sie eine ganz Liebe sei, ewig mit den Kolleginnen aneinandergerate und das inzwischen schon bei der siebten Firma. Von der Schwester, deren Kind immer dann krank ist, wenn sie was vorhabe, Weihnachten, Ostern oder Familiengeburtstage anstünden.

Auch auf die nächste Frage wussten viele etwas zu berichten. Von den Glückspilzen, die aus den bekannten Ausscheidungen Gold machen.

Mein Sohn findet ständig etwas. Seitdem er zwei Jahre alt ist, findet er Geldmünzen und andere kleine Schätze. Er gewinnt auch ständig beim Kartenspielen.

»Interessant, oder? Kennt ihr den Spruch ›Der liebe Gott scheißt immer auf denselben Haufen‹?«, fragt Rolf.

Klar.

»Jeder Mensch hat eine eigene mittlere Schwingungsfrequenz. Man könnte das auch als Durchschnittsschwingung beschreiben«, fährt Bea fort.

So viel Theorie.

»Wie kommt die wohl zustande?«, fragt sie.

Ich möchte bitte nicht angesprochen werden, ich verstehe die Frage nicht mal richtig.

Sandra schon.

»Die setzt sich zusammen aus allem, was man denkt und fühlt. Ein eher negativer Mensch denkt wahrscheinlich weniger gute Gedanken und fühlt sich dann auch entsprechend weniger gut als ein positiver Mensch.«

»Genau«, greift Bea auf. »Je mehr positive Gedanken und Gefühle ein Mensch hat, umso höher ist seine mittlere Schwingungsfrequenz, sozusagen der Gesamteindruck, den er oder sie ausstrahlt.«

Ich verstehe das jetzt zwar, brauche aber eine Pause. Ich muss dringend meine mittlere Zuckerfrequenz anheben.

Prompt werden die Pausenkekse und der Kaffee gebracht.

———

KAPITEL FÜNF

»WIR NEHMEN IMMER LIEBE UND HASS.«

Kann man vom mentalen Krafttraining unterzuckern? Ich bin versucht, mir ein komplettes Tablett mit Keksen und Gebäck unter den Nagel zu reißen, entscheide mich aber weise. Mit drei Mini-Florentinern in der Hand und zweien im Mund stelle ich mich auf die Terrasse und inhaliere frische Atemluft. Ottokar macht es ganz ähnlich, hat jedoch Luft durch Camel ohne Filter ersetzt.

Heute fällt mir auf, wie viele Löwenzahne — oder heißt es Löwenzähne? — Löwenzahnpflanzen halt, hier auf der Wiese wachsen. Blutbildend seien die, hatte Marlene erzählt. Fünf Florentiner und ungefähr zweihundertfünfzig Atemzüge später fühle ich mich wieder erholter. Eine rot-weiß getigerte Katze kommt auf mich zu. Ich gehe in die Hocke und sie streift um meine Beine und schmiegt sich an. Ich mag Katzen. Ottokars Raucherhusten verscheucht sie allerdings.

Ich stehe auf und sehe, dass meine Hose mit unzähligen Katzenhaaren bedeckt ist. Ich gehe zurück auf die Terrasse und versuche, mit den Händen die Hose zu enthaaren. Marlene bekommt das mit, verschwindet kurz und ist zehn Sekunden später mit einer Fusselrolle in der Hand zurück. So eine Kleberolle zum Abreißen mit Leopardenprint von H&M.

»Stylish«, sage ich.

»Die hat 'ne Fusselrolle in der Handtasche?«, denke ich.

»Jetzt weißt du, was so in meinem Buko ist.«

»Nee, weiß ich nicht. Es sei denn, du hast hier für jeden eine eigene dabei in deiner riesigen Tasche. Und einen Musterkatalog für Auslegeware. Und ein Viermannzelt.«

»Jaaaaa, ich schleppe halt gerne immer viel mit mir rum. Man kann doch nie wissen, was im Laufe des Tages noch so passiert. Ich bin gerne für alles gerüstet. So ungewöhnlich ist das doch nicht. Oder?«

»Danke für die Fusselrolle«, sage ich, weil ich das Gefühl habe, dass ich da einen Punkt getroffen habe. »Die war jetzt meine Rettung.«

»Siehste, Frau Schüler, es ist gut, immer alles dabeizuhaben.«

Interessant, Frau Quittmann. Du hast ein Taschenthema. Ich komme noch dahinter.

Ich gehe mit ihr zurück in den Seminarraum. Sie steckt die Rolle wieder ein.

In einer Ecke sehe ich Sandra wieder mit diesem Wackeldackelstab in der Hand. Sie steht vor Eva, hält ihre linke Hand mit der

Handfläche in Evas Richtung und in ihrer rechten Hand bewegt sich das Ding. Sie reden leise, ich verstehe aber nichts.

Kurze Zeit danach kommt Eva zu mir.

»Sandra hat meine Energie gemessen«, verkündet sie freudestrahlend. »Die ist richtig gut mit achttausend.«

Achttausend was? Watt? Kanister? Engelsfürze?

»Wie, achttausend?«, frage ich.

Sandra steht schon bei uns.

»Man kann in Bovis-Einheiten messen, wie hoch die aktuelle Grundenergie ist.«

»Ich kenne Beaufort-Einheiten«, werfe ich als passionierte Langeoogurlauberin ein. Windstärkeskala.

»Gar kein schlechter Vergleich«, meint Sandra. »Je höher die Beaufort-Einheit, desto kräftiger ist der Wind. Je niedriger, umso weniger Kraft hat er.«

So weit, so gut.

»Es gibt eine Skala, die mal jemand mit dem Namen Bovis erstellt hat. Er hat festgelegt, dass jemand mit ungefähr siebentausend Einheiten passend kraftvoll oder gesund ist. So übersetze ich das mal frei.«

So. Festgelegt hat er das einfach mal.

»Menschen mit einem deutlich niedrigeren Wert als sechstausendfünfhundert fühlen sich ausgelaugt und schwach. Sind vielleicht sogar krank. Sie würden von sich selbst sagen, dass sie wenig Energie für etwas haben.«

Ja, Letzteres kenne ich. Dafür brauche ich aber keine Skala, um zu erkennen, dass ich dann 'ne schlappe Nudel bin. Nix al dente.

»Okay, aber was hat jetzt das Teil damit zu tun?«

»Tensor«, sagt Eva.

»Kannst auch Einhandrute sagen.«

Nee, da habe ich Kopfkino.

»Oder Pendel, auch wenn ein Pendel eigentlich völlig anders aussieht. Funktioniert aber genauso.« Fussel-Marlene hat sich zu uns gesellt.

»Woher wisst ihr so was denn alles?«, will ich wissen.

Sandra erzählt, dass sie schon seit Jahren energetisch arbeitet und sich damit eben sehr intensiv auseinandersetzt. Eva muss schnell noch mal Pipi, bevor es weitergeht, und Marlene meint, dass sie sich einfach als Ärztin auch für ganzheitliche Ansätze interessiert.

Gut, ist ja nicht verkehrt. Aber was pendelt jetzt eine Chirurgin aus? Ist das Bein gebrochen? Ja, nein, vielleicht. Pendel nickt. Bein ist also gebrochen. Sapperlot, der Knochen guckt ja auch eh schon raus, muss wohl stimmen!

»Aber, Sandra, wie misst du das jetzt ohne ein Messgerät?«, will ich wissen.

»Ich brauche kein Gerät. Du sendest, ich empfange. Der Tensor ist sozusagen der Dolmetscher.«

Sicher kann der auch Gitarrisch. Bei aller Liebe und neu gewonnener Offenheit, ihr habt doch alle einen Triller unterm Pony, Leute.

»Okay«, sage ich wertungsoffen.

Es geht weiter.

————

Wir sollen nun praktische Erfahrung mit den verschiedenen Frequenzen sammeln.

Jeder bekommt ein DIN-A4-Blatt Papier und soll darauf groß über die gesamte Fläche das Wort »Unsicherheit« schreiben. Anschließend werden wir gebeten, den Zettel vor uns auf den Boden zu legen und uns mit geschlossenen Augen auf den Zettel mit dem Wort zu stellen.

Ich schwanke. Alle schwanken. Alle lachen. Mir erschließt sich der Sinn der Übung nicht, aber ich lache vorsichtshalber mit.

»Ihr seht, dass sogar von einem auf einem Zettel notierten Wort eine Energie ausgeht. Diese hier ist Unsicherheit. Ihr steht drauf und die Frequenz Unsicherheit sendet in eure Richtung und ihr schwankt.«

Brauenalarm.

»Nun macht ihr das bitte mit einem neuen Zettel und schreibt das Wort ›Urvertrauen‹ drauf.«

Oh, Surprise, Surprise. Wir stehen alle sicher auf dem Zettel.

Magic. Und ich kann machen, dass Luft stinkt.

Ich melde mich. Rolf lacht schon in freudiger Erwartung.

»Frau Schüler! Schieß los! Ich kann meine Überraschung über deine Wortmeldung kaum verbergen.«

Ich glaube, wir senden auf der gleichen Humorfrequenz.

»Rolf, ich kann lesen. Ich lese Unsicherheit, ich weiß, was Unsicherheit bedeutet, also bin ich sozusagen konditioniert, wenn ich auf dem Zettel stehe.«

»Petra, danke, ich habe genau darauf gewartet. Zufälligerweise haben wir da mal was vorbereitet. Einen Applaus für Frau Schüler bitte, sie ist nun herzlich eingeladen, hier auf unsere Showbühne zu kommen.«

Touché, mein Lieber, touché.

Natürlich mache ich mit.

Bea beschriftet, für mich uneinsehbar, nacheinander vier Zettel und verteilt diese mit der Schrift nach unten auf der Rednerseite vorm Stuhlkreis.

Meine Aufgabe sei es nun, in aller Ruhe auf jedem der vier Zettel zu stehen und zu sagen, auf welchem es mir gefallen habe und auf welchem nicht. Zettel. Gefallen.

Bea merkt mein Zögern.

»Petra, stell dich einfach drauf. Mach die Augen zu und fühle mal in dich hinein. Nimm alles wahr, was dein Körper dir signalisiert. Vielleicht auch Bilder, die dir unmittelbar kommen, ohne dass du nachgedacht hast.«

Sie bietet mir noch an, dass ich das mit dem Rücken zum Publikum machen kann, was ich dankend annehme.

Da stehe ich, Petra Schüler, die Zetteltesterin.

Zettel Nummer eins. Leichte Säurenote, aber fruchtbetont im Abgang. Eichenfasslagerung.

Reiß dich zusammen, Frau Schüler, schimpfe ich mich selber.

Noch mal.

Zettel Nummer eins. Ich stehe gut drauf. Angenehm.

Zettel Nummer zwei. Mir wird kalt. Ich möchte nicht unbedingt länger drauf stehen bleiben.

Zettel Nummer drei. Das ist ja was. Mein Herz fühlt sich so an, als habe es sich erschrocken. Aber schön. Der gefällt mir bisher am besten. So ein erfreuter Herzhüpfer. Und mir ist wohlig warm.

Zettel Nummer vier. Ich stehe und gehe sofort wieder runter. Stelle mich noch mal drauf und fühle mich spontan traurig und müde. Runter.

Ich soll alle noch mal überprüfen. Das Ergebnis ist ähnlich: zwei positive Zettel und zwei negative.

Bea bittet mich, den Zettel hochzuheben, auf dem ich mich am wohlsten gefühlt habe, ihn zu lesen und der Gruppe zu zeigen.

Ich hebe den dritten Zettel auf und lese.

L I E B E.

Die Runde lächelt, manche sagen »Wow« oder so was Ähnliches.

Nun den, der für mich der unangenehmste gewesen sei.

Ich nehme den letzten, den vierten Zettel und sehe in Beas Mimik ein »Ich hab's doch gewusst«.

O H N M A C H T.

Die Runde nimmt es neutral auf.

Nun meinen zweitliebsten Zettel.

F R E U D E.

Passt.

Auf dem letzten, den mochte ich auch nicht, steht:

H A S S.

»Oh«, vernehme ich.

Ich darf mich wieder setzen, nehme den Applaus dankend an und gönne Rolf und Bea ihren Triumph.

»Dieser Einwand, wie von Frau Schüler vorhin, kommt natürlich in jedem Kurs. Er ist ja auch total berechtigt. Wir können den meistens aus der Welt schaffen mit diesen vier umgedrehten Zetteln. Nun klappt das tatsächlich aber nicht bei jedem. Bei Petra konnten wir aber sicher sein, da sie ein extrem fühliger Mensch ist. Auch wenn sie das bis gestern selber noch nicht wusste«, zwinkert er mir zu.

»Ein stark vom Verstand gesteuerter Mensch, der hält uns für genauso bekloppt, wie Frau Schüler das tut«, ich muss mitlachen, »der sagt aber dann tatsächlich auch: ›Ja, ich steh' halt auf 'nem Zettel und nun steh ich auf 'nem anderen Zettel.‹ Und das ist dann auch so. Da verhindert der gut trainierte Verstand, dass sich die empfangene Frequenz des geschriebenen Wortes irgendwie körperlich bemerkbar macht.«

»Schreibt ihr immer die gleichen vier Worte bei diesem Experiment auf?«, möchte jemand wissen.

»Wir nehmen immer Liebe und Hass. Die anderen zwei schreibe ich intuitiv«, antwortet Bea und grinst.

»Damit kommen wir zu einer spannenden Frage. Ist wem etwas aufgefallen? Oder hat sich jemand über etwas gewundert?«

Eva meldet sich.

»Ich find's recht interessant, dass die Petra bei dem Wort ›Ohnmacht‹ stärker reagiert hat als beim Hass. Also mir wär's da anders gegangen, wär' ich aufm Hass gestanden. Glaube ich.«

»Haben das noch mehrere so empfunden?«

Viele nicken.

In meine Richtung sagt Bea, dass das Wort »Hass« eine sehr niedrig schwingende Frequenz hat und man deshalb die stärkste Abneigung oder das größte Unbehagen auf dem Zettel verspürt.

»Es sei denn«, sie macht eine Pause, »auf dem anderen negativen Zettel steht ein Wort, mit dem die Person, die draufsteht, besonders in Resonanz geht.«

Sie lächelt und schaut wieder so wie heute Morgen in mich hinein. Spooky.

Ohnmacht. Mein Thema von gestern Abend. Ach was, das Thema der letzten hammerharten Monate. Meine Handlungsunfähigkeit, das Gefühl des Kontrollverlusts. Meine Erschöpfung, die mich so gelähmt hat. Meine Ohnmacht. Krass.

Woher wusste sie das?

Ich nicke erkennend. Sie nickt wissend.

Wieder an die Gruppe gewandt: »Wenn wir ein bestimmtes Thema haben, ob bewusst oder unbewusst, dann gehen wir damit in Resonanz, wenn es auf dieselbe Frequenz trifft. Wir schwingen mit.«

Sie erklären noch einiges dazu, doch ich muss meine eigenen Worte dafür finden und frage deshalb noch mal nach.

»Also, da ich ja grundsätzlich alle Frequenzen senden und empfangen kann, kann ich als fühliger Mensch auch theoretisch auf allen Zetteln irgendwie was fühlen. Also mehr, als dass ich auf einem Zettel stehe. Richtig?«

»Ja.«

»Die Tatsache, dass ich jetzt bei Ohnmacht stärker reagiert, also geschwungen habe, könnte man, um mal bei dem Beispiel mit den zwei Klavieren zu bleiben, folgendermaßen erklären.« Ich hole noch mal tief Luft und konzentriere mich mit geschlossenen Augen auf das, was ich sagen will.

»Bei Liebe, Freude und Hass bin ich das rechte Klavier, dessen Saiten nicht angeschlagen wurden, und schwinge eben einfach nur mit, während die Zettel das linke Klavier sind, dessen Tasten gespielt wurden und mich zum Mitschwingen gebracht haben. Kann man das so sagen?«

»Super.«

»Bei Ohnmacht gibt es eine Besonderheit. Ich habe offensichtlich ein Thema damit, das heißt, ich spiele selber auch diesen Ton auf dem rechten Klavier, das eigentlich still ist. Ich spiele den Ton

Ohnmacht und das linke Klavier, also der Zettel, spielt es auch. Deshalb ist es so ...«, ich überlege, »so laut? Schwingt es so stark? Fühle ich eine so starke Reaktion?« Ich glaube, ich bin fertig und öffne die Augen. Ich bin ganz erschöpft von dieser Verarbeitungsleistung.

»Brillant erklärt, Frau Schüler. Wir werden den Vergleich in unseren nächsten Seminaren so bringen, wenn du einverstanden bist. Danke schön«, sagt Rolf anerkennend nickend.

»Gerne könnt ihr das übernehmen.«

Kurze Pause.

———

Bea fängt mich ab.

»Du möchtest wissen, wie ich auf das Wort ›Ohnmacht‹ kam, richtig?«

»Klar.«

»Du hast davon erzählt, dass du gestern nach der Meditation von etwas überwältigt wurdest. Ich bin ebenfalls sehr fühlig und kann mich energetisch gut in Menschen und Situationen einklinken.«

Aha, sie hat tatsächlich in mich hineingeschaut.

»Ich empfange dann Informationen. Das können Farben, Worte, Bilder, Zahlen, Töne oder was auch immer sein. Bei dir habe ich eben Lähmung oder Ohnmacht empfangen. Deshalb habe ich es vorhin aufgeschrieben.«

»Wie, du empfängst das?«

»Das, was du vorhin auf den Zetteln empfangen hast, das kann ich zum Beispiel auch von dir empfangen. Ich mache das schon sehr lange, Petra, mach dir keinen Kopf, wenn dir das alles total schräg vorkommt. Man kann nicht alles bis ins kleinste Detail verstehen oder erklären. Manche Dinge sind einfach so, wie sie sind.«

Sie sagt das sehr liebevoll.

»Danke, Bea.«

Sie lächelt und holt sich einen Tee.

Oh, sie kommt wieder zurück zu mir.

»Auch wenn man starke Ablehnung gegen etwas verspürt, dann hat man da oft ein Thema. Du bist ja geradezu in Kampfeslust hier angereist und wehrst dich bei den Themen, die dir zu esoterisch sind.«

»Stimmt, aber was heißt das?«

»Na, das wirst du schon noch herausfinden. Die Ablehnung kommt meist vom Verstand. Das ist innerer Widerstand. Etwas, was du in dir trägst, das der Verstand so nicht annehmen oder hinnehmen will. Was er als schlecht oder falsch wertet, weil er das so gelernt hat. Es ist zum Beispiel durchaus möglich, dass du viel spiritueller bist, als du glaubst. Vor allem, als du es möchtest. Betrachte das ruhig mal als Möglichkeit.«

Ich möchte aber keine Einhandrute wackeln lassen.

Es geht weiter.

———

Wir lernen noch, dass sich die gleichen Frequenzen auch gegenseitig anziehen. Jemand, der misstrauisch sei, dem würden auch öfter Dinge passieren, die mit Vertrauensbruch zusammenhängen.

»Wenn jemand davon überzeugt ist, dass alle Gebrauchtwagenhändler unehrlich sind und ihn mit Sicherheit über den Tisch ziehen werden, dann passiert das auch«, doziert Rolf. »Er zieht dann automatisch Menschen und Situationen in sein Leben, die zu dieser Frequenz passen, und sein nächster Autokauf wird ihn nicht glücklich machen.«

Mir ist nicht klar, wie das mit der Anziehung funktionieren soll. Gut, nun mag der eine auf »Angst vor Betrug« schwingen und der andere auf »Betrug«. Wahrscheinlich dieselbe Frequenz, aber es ist doch Zufall, ob die sich jetzt treffen oder nicht. Der Misstrauische könnte doch auch genauso gut an einen anderen seriösen Händler gelangen. Dann geht er mit dem auf der Betrugsfrequenz halt nicht in Resonanz, weil der eben Ehrlichkeit sendet. Ein Auto kann er aber doch trotzdem bei ihm kaufen.

Scheinbar bin ich nicht die Einzige, bei der diese Frage nach einer Antwort ruft.

Dieses Mal ist es Tim, der fragt, was ich auch hätte wissen wollen.

Bea schmunzelt.

»Das ist immer die Stelle im Seminar, an der wir euch bitten müssen, uns einfach zu vertrauen, dass es so ist. Es gibt keine Zufälle im Leben. Über das morphische Feld ist jeder mit allem vernetzt. Glaubt uns, diese beiden Typen aus unserem Beispiel werden sich finden. Die höhere Intelligenz, die uns alle umgibt, wird alles so arrangieren, dass diese gleichen Schwingungsfrequenzen zueinanderfinden.«

Hm. Unbefriedigende Antwort. Aber wie sagte Bea vorhin: Man kann nicht alles bis ins letzte Detail verstehen. Ich habe auch keine Ahnung, wie mein Handy es anstellt, dass ich nachher mit meinen Kindern telefonieren kann. Ich nehme es aber hin und sehe ja, dass es funktioniert.

Nein, denke ich noch mal nach, das ist doch noch mal was anderes. Das ist belegbare Wissenschaft. Jemand, der es verstanden hat, könnte es mir erklären und ein Nächster könnte mir sicher sogar beweisen, dass der Erste recht hat.

Das scheint hier anders zu sein. Ich bekomme hier keine wissenschaftlichen Beweise oder Studien. Das muss ich aushalten können, wenn ich hier vorankommen möchte. Das ist mir inzwischen klar. Und dennoch fällt mir das so schwer.

―――――

Wir sollen auf Kärtchen unsere Vornamen schreiben. Anschließend werden die Karten eingesammelt. Bea kündigt an, dass wir nach dem Mittagessen Partnerübungen machen werden und dazu anhand dieser Karten die Paare gelost werden. Sie mischt den Stapel mehrfach durch und hebt dann die ersten beiden Karten ab und liest die Namen vor.

»Heike und Thomas, ihr beide bildet ein Lernteam.«

Sie liest vierzehn Namenspaare vor. Dadurch, dass Tina abgereist ist, geht es perfekt auf.

Ich soll mit Marlene zusammenarbeiten. Ich lache — was für ein Zufall.

Tim ist zu Freda gelost worden. Einer unscheinbaren blassen Frau, in jeder Hinsicht durchschnittlich. Wäre sie ein Mann, hieße sie sicher Max Mustermann, denke ich.

Bea sagt, dass es eine intime Aufgabe sei.

Ottokar, der mit Lisa — der jungen Hebamme im goldenen Catsuit — arbeiten soll, lacht dreckig.

»Na, Ottokar, so habe ich das nicht gemeint. Es geht um eine ganz andere Art von Intimität. Ihr werdet euch nach der Mittagspause irgendwo im Hotel treffen, wo ihr mehr oder weniger ungestört in eurem Zweierteam seid. So gut es halt geht. Ihr sprecht nicht. Setzt euch voreinander und schaut erst einmal nur. Ihr dürft euch anlächeln, verlegen auf dem Stuhl rumrutschen. Was man eben in so einer ungewöhnlichen Situation macht, wenn man nichts sagen darf«, erläutert Rolf.

Puh.

»Ihr lasst das auf euch wirken. Gebt euch dafür möglichst stille zwei bis drei Minuten Zeit, gerne auch länger. Glaubt mir, das wird euch sehr, sehr lange vorkommen«, schmunzelt Bea.

»Sinn der Übung ist es, den anderen wahrzunehmen. In seiner ganzen Energie zu spüren.«

Unruhiges Gekrame ist im Raum zu vernehmen.

»Und mit wahrnehmen meinen wir nicht ›Haare aschblond, Ansatz seit sechs Wochen nicht mehr gefärbt‹ oder Mutmaßungen wie ›Wohnt bestimmt noch bei Mutti‹ und auch nicht einfache Beobachtungen wie ›Ist nervös‹, wenn ihr seht, dass sich euer Übungspartner mit den Fingern in den Haaren rumspielt«, sagt Rolf.

Es schauen alle irgendwie ein bisschen überfordert.

»Freut euch drauf. Es passieren die unglaublichsten Dinge. Nehmt diese Übung ernst. Sie ist oft ein Schlüssel. Als Tipp möchten wir euch mitgeben, euch selbst ganz aufmerksam zu beobachten beim Wahrnehmen. Denkt ihr? Wertet ihr? Woher kommt der Eindruck, den ihr habt. Ist es eine Interpretation? Eine Schlussfolgerung? Oder fällt euch urplötzlich etwas ein, was euch in dem Zusammenhang unerklärlich und nicht passend erscheint. Vor allem Letzteres ist sehr wichtig. Ihr dürft euch Notizen machen, aber möglichst erst nach den intensiven ersten Minuten.«

Na, das klingt spannend. Darauf habe ich tatsächlich Lust.

»Danach kommt ihr ins Gespräch und schaut mal, was sich so ergibt. Wir sehen uns dann zur Kaffeepause wieder«, beendet Bea den Vormittag des dritten Tages.

———

Beim Mittagessen wird ganz aufgeregt gebrabbelt. Alle sind irgendwie ein wenig nervös und tatsächlich hat niemand eine Idee, was diese Übung bezwecken soll.

»Ein wenig wie beim ersten Date, gell?«, fragt Eva.

Ich grinse.

Draußen vor der Tür sehe ich Ottokar mit seinen Kamelen, allesamt filterlos. Wann isst dieser Mensch mal? Irgendwie mache ich mir etwas Sorgen um ihn. Warum ist ausgerechnet dieser graue Mann aus Nikotin in meine Meditation geplatzt? Es bleibt rätselhaft. Ich komme einfach nicht dahinter. Noch nicht.

———

KAPITEL SECHS

»ICH STEH' AUF FLEISCH UND BLUT.«

Marlene und ich treffen uns am Ende eines Flures in einer Sitzecke.

»Na, Süße«, meint sie, »haste dich auch hübsch rausgeputzt für unseren Flirt?«

Nach ein wenig albernem Unsicherheitsgeplänkel beschließen wir, den Handytimer auf ambitionierte vier Minuten einzustellen und von nun an nichts mehr zu sagen und uns nur wahrzunehmen.

Wir grinsen, gucken immer wieder verschämt zu Boden und müssen uns mehrfach aufs Neue zusammenreißen. Was nehme ich wahr von Fusselrollen-Marlene? Sie riecht gut. Außerdem geht von ihr eine ganz angenehme Wärme aus. Bisher sind meine Wahrnehmungen nur äußerlich. Was ich halt so sehe. Ich schließe mal die Augen und versuche, mich auf mein Herz zu konzentrieren. Saint-Exupéry fällt mir ein: »Man sieht nur mit dem Herzen gut, das Wesentliche ist für die Augen unsichtbar.« Mein Herz schlägt plötzlich schneller. Richtig angenehm ist das aber nicht. Ich würde am liebsten meine Augen wieder aufmachen, denn ich fühle mich mit einem Male völlig verloren. Und orientierungslos. Beklemmung steigt in mir auf und ein Gefühl von Panik lässt mich schließlich die Augen aufreißen. Marlene laufen tonlos die Tränen aus den geschlossenen Augen. Holy Shit, was ist denn hier los? Mir kommt es vor, als schwanke ich. Unklar, wo oben und unten ist. Ich lege meine Hände auf ihre Knie, die genau vor meinen etwas zittrig platziert sind. Ich schließe meine Augen wieder und sehe irgendwas mit Holz. Nein, ich sehe das nicht, ich weiß nur, dass es was mit Holz ist. Und es ist ganz unheimlich. Marlene legt ihre Hände auf meine. Mir gefällt das, es fühlt sich sicherer an. Sicherer als vorhin. Stabiler. Aber ich soll ja Marlene wahrnehmen. Nicht mich. Mir scheint aber, dass ich das gar nicht wirklich trennen kann. Nackte Füße schießen mir in den Kopf. Bea sagte, alles merken, auch wenn es nicht dazu passt. Mein Gott, wie lange dauern denn diese vier Minuten noch? Dunkelheit. Was denke ich mir da bloß für einen Blödsinn zusammen? Marlene braucht ein Taschentuch. Wir öffnen wahrscheinlich gleichzeitig unsere Augen. Sie schnäuzt sich und trocknet ihre Augen. Wir versuchen, uns noch kurz während des Ansehens wahrzunehmen. Ich spüre einerseits Verzweiflung, sehe aber in ihrem Gesicht Erleichterung. Ein Blick zur Seite zeigt, dass von den vier Minuten gerade mal zweieinhalb vergangen sind.

———

Uns ist aber beiden klar, dass wir das Schweigen hiermit beenden, und wir sagen quasi synchron: »Was war das denn?« Pause. »Petra, ich habe es bisher niemandem erzählt. Aber ich muss es dir sagen.«

Ihre Augen füllen sich mit Tränen. Ich weiß nicht, ob ich für so ein Gefühlschaos schon wieder bereit bin. Ich möchte es eigentlich nicht hören und will auch nicht, dass die taffe Marlene heult.

»Ich habe gearbeitet wie ein Tier. Klar, ich bin Single, hab' im Krankenhaus alle unbeliebten Schichten übernommen. Kollegen freuen sich. Das bringt gutes Geld und für die Karriere ist das auch nicht schlecht.«

Ah so.

»Ich hab' mich vernachlässigt. Zu wenig Schlaf, nur hektisches Essen. Regeneration Fehlanzeige.«

Augen auf bei der Berufswahl?

»Weißte, ich liebe meinen Job. Von Herzen. Ich habe das alles gerne gemacht. Ich lebe für meinen Beruf.«

Okay, ich ziehe meinen vorangegangenen Satz vollumfänglich zurück und wünsche mir mehr solcher Ärzte.

»Irgendwie habe ich dabei die Zeichen übersehen. Es gab Anzeichen, weißte?«

Was meint sie denn um alles in der Welt? Was für Zeichen?

»Mir fiel plötzlich der Name meiner OP-Schwester nicht mehr ein. Wir arbeiten ewig schon zusammen und ich komm' nicht auf ihren Namen.«

»Das kommt doch mal vor«, beruhige ich.

»Ja, mal, Petra. So was häufte sich aber. Interne Vordruckbezeichnungen, gängige Abkürzungen, Telefonnummern.«

Ich sauge die Luft ein.

»An manchen Tagen saß ich zu Hause auf dem Sofa und war so unendlich erschöpft, dass mir nicht mal mehr einfiel, wie ich nach Hause gekommen war. Ich wollte einfach nur noch schlafen. Schlafen und nie wieder aufwachen. Ich habe zu Hause nichts mehr geschafft. Es war, als habe jemand einen Stöpsel gezogen und meine Lebensenergie ist einfach abgeflossen.«

Ich habe einen Kloß im Hals, weil ich genau weiß, was sie meint.

»Eines Tages«, setzt sie an und ihre Stimme wird brüchig.

»Eines Tages, Petra, da saß ich im Park. Auf einer alten Holzbank«, sie schluchzt auf. »Ich hatte keine Ahnung, wie ich dahin gekommen war. Es war dämmrig und ich hatte keinen blassen Schimmer, ob es die Morgen- oder die Abenddämmerung war. Ein älterer Mann mit Hund sprach mich an, ob alles okay sei. Nichts war okay. Nichts! Ich schüttelte also den Kopf.«

Ich weiß ausnahmsweise absolut nicht, was ich sagen soll.

»Er fragte nach meinem Namen.«

Pause.

»Ich wusste ihn nicht! Er fiel mir ums Verrecken nicht ein! Ich wusste meinen eigenen Namen nicht! Der Mann war aufrichtig besorgt und setzte sich zu mir auf die Bank. Er fragte, ob mir was passiert sei. Ob ich überfallen worden sei. Erst da fiel mir auf, dass ich barfuß war.«

Sie verbirgt ihr Gesicht in ihren Händen und redet weiter.

Ich kann gerade eben verstehen: »Und es war Ende Februar! Ohne Schuhe!«

Mir fällt nicht mehr ein, als sie in den Arm zu nehmen. Ein paar Momente später strafft sie sich und sagt wieder mit fester Stimme: »Ich steckte knietief in einem verschissenen Burn-out!«

Sie hat die Worte fast ausgespuckt, so eine Verachtung legt sie in ihren Ton.

»Keine Ahnung, warum ich das ausgerechnet jetzt und ausgerechnet dir erzähle. Aber es tut gut. Wollte wohl gesagt werden. So, was hast du also wahrgenommen, Frau Schüler? Sorry, dass ich dich jetzt damit vollgequatscht habe.«

Mir steht der Mund offen.

»Ja, krasse Geschichte, ne? Auch Powerfrauen haben Grenzen. Musste ich schmerzlich lernen. Also, achte immer gut auf dich. Versprochen?«

Als ich immer noch nichts sage, redet sie doch noch weiter.

»Ich hatte nichts dabei. Keinen Ausweis, keine Schuhe«, sie lacht bitter auf. »Keinen Schlüssel, keine Jacke. Kein Telefon. Nichts, was mir geholfen hätte, mich zu erinnern. Nichts, das zu mir gehörte. Nur die Klamotten auf der Pelle. Als würde ich gar nicht existieren. Na ja, es kam dann schließlich der RTW, der Hund hatte mir solange die Füße warm geleckt. Gott sei Dank haben die mich nicht in mein Krankenhaus gebracht. Ich kam ins Klinikum. Dort haben sie mich erst mal schlafen lassen. Klar, Polizei war nötig und das ganze Gedöns. Unfassbar unangenehm. Am nächsten Morgen, ja es war doch die Abenddämmerung, wachte ich auf und konnte mich wieder an mich erinnern. Einfach so. Meine Nachbarin, sie ist meine beste

Freundin, hat mich abgeholt und heimgebracht. Ich kann von Glück sagen, dass das während einer dienstfreien Woche passiert ist. Nicht auszumalen, wenn ich solch einen Aussetzer während der Arbeit gehabt hätte. Ich fasse es jetzt mal kurz zusammen. Ich konnte tatsächlich zwei Wochen Urlaub nehmen, bin an die Ostsee gefahren und war dort bei einer Heilerin. Niemandem im Krankenhaus hab' ich davon erzählt. Es weiß nur meine Freundin. Ich habe mich inzwischen wieder im Griff. Aber das ist 'ne echt nachhaltige Erfahrung, sag' ich dir.«

Sie schüttelt in der Erinnerung daran noch mal den Kopf und fragt: »Und jetzt, was haste nun wahrgenommen?«

»Hast du auch Socken und Schuhe in deiner Tasche?«, frage ich. Sie nickt, greift hinter sich an die Stuhllehne und gewährt mir einen Blick in ihre monströse Handtasche. Ein kleines Fotoalbum. Mehrere Notizbücher unterschiedlicher Formate, augenscheinlich oft benutzt, Wechselklamotten, die Fusselrolle, offensichtlich ein paar persönliche Gegenstände, deren Sinn sich mir nicht erschließt, die sie aber sicher an sie selbst erinnern sollen und ihr einfach wichtig sind.

»Es tut mir leid, dass ich mich über deine Tasche lustig gemacht habe, Marlene.«
Ich verstehe natürlich schlagartig alles.
Nein, nicht alles. Die Fusselrolle bleibt ein Rätsel. Ich tippe drauf und schaue sie fragend an.
»Damit ich mich daran erinnere, dass ich zwei Katzen habe und jemand sich um sie kümmern muss, wenn ich mal wieder orientierungslos rumstreune.«
Krass.
»Die haaren wie Sau.«
Sie muss lachen.
»Ehrlich, ich hab' im Haus bestimmt zehn Stück davon liegen, weil ich ständig und überall Katzenhaare kleben habe.«
»Ich glaube, ich habe den Sinn der Übung verstanden«, werfe ich mutig in den Raum.
»Sprich, Frau Schüler, sprich.«
Ich muss an die frische Luft.
»Lass uns nach draußen gehen. Ne Runde drehen«, schlage ich vor und Marlene ist einverstanden.
Kurz machen wir uns jede in ihrem Zimmer frisch. Mir passt das alles nicht. Wäre ich mal mit Tina gefahren heute Morgen. Die

hat die richtige Entscheidung getroffen. Wo bin ich hier? Ist das 'ne Las-Vegas-Zaubershow? Kommen gleich Siegfried und Roy um die Ecke? Was für ein Zufall: Zwei Ausgebörnte werden als Lernpartner zusammengelost. Ich sitze vor der crazy Fussel-Marlene und empfange barfuß, Holz, Panik und Orientierungslosigkeit. Ich werde richtig wütend und steigere mich immer weiter in Rage. Die mischen sicher Drogen ins Essen oder in ihr verkacktes Edelsteingesöff. Ich würde am liebsten packen und in mein altes Leben zurückkehren. Da spielen sich ganz alltägliche Dinge ab. Echte, bodenständige und vor allem handfeste Dinge sind das.

Genau. Kein Schwingungs- und Hellseherscheiß. Wahrscheinlich biegen wir heute noch mit unserer Gedankenkraft Einhandruten krumm oder Bea und Rolf schweben uns 'nen halben Meter überm Boden den Ententanz vor.

Ich will nach Hause. Ich vermisse meine Kinder. Ich möchte mit ihnen *King of Queens* gucken und Pizza vorm TV futtern. Sie sollen ihre Klamotten an der Stelle liegen lassen, wo sie sie ausziehen, damit ich ihnen sagen kann, dass sie ihr Zeug gefälligst in den Wäschekorb tun sollen. Wie immer halt. Ich möchte morgens im Stau stehen und auf dem Weg zur Arbeit meine Hörbücher hören. Ich will, dass alles normal ist. Ich möchte mein Esoterik-Tourette-Syndrom kultivieren und weiter ausbauen. Die Jungs zum Judo chauffieren, mit ihnen um die Wette rülpsen und dabei natürlich immer gewinnen. Morgens möchte ich in den Spiegel schauen und mich darüber ärgern, dass ich schon wieder eine neue Falte habe — nur nicht mehr so paranormale Erlebnisse erfahren.

———

Es klopft an meiner Zimmertür.

Ach Gott, Marlene, ja. Wir wollten ja raus.

»Was ist mit dir denn passiert?«, schaut sie mich ganz erschrocken an.

Ich stampfe schnaubend neben ihr nach draußen und berichte dann, dass auch ich — wenn auch weitaus weniger dramatisch — ein Burn-out-Thema habe. Hatte. Und diese Übung wahrscheinlich nur dieses dämliche Gesetz der Anziehung demonstrieren sollte. Natürlich ist auch sie entsprechend überrascht, versteht aber nicht, warum ich so aufgebracht bin.

Außer Atem sagt sie schließlich nach ein paar Hundert Metern energisch: »Jetzt renn doch nicht so! Was genau ist denn nun dein Problem, Wildkätzchen?«

Ach Mist, jetzt muss ich fast lachen.

Wir stehen uns auf einem Feldweg in Sichtweite des Hotels gegenüber. Ich lasse einfach mal alles raus. Mit großen, jahrelang erprobten Gesten einer echten Drama-Queen untermale ich meine Worte.

Marlene ist cool, hört sich einfach alles an.

»In meiner ersten echten Meditation bin ich verschmolzen mit dem Zigarettenmann. Energetisch!«, ich verdrehe eindrucksvoll die Augen. »Ich will mit niemandem energetisch verschmolzen sein. Verdammt noch mal. Ich steh' auf Fleisch und Blut! Ich brauch' es handfest.«

»Mit Ottokar?«, ärgert Marlene mich.

Ich will nicht lachen, ich möchte bitte empört sein.

»Die können doch nicht einfach ahnungslose Teilnehmer einladen und die dann solche Erfahrungen machen lassen! Als wenn ich telepathische Fähigkeiten hätte, empfange ich die Holzbank aus diesem Park und Stinkemauken. Ich bin froh, dass ich nicht noch den Köter gesehen habe. Das wirft doch alles durcheinander. Es ist doch nichts mehr, wie es mal war!«

Marlene grinst mich an. Aber ich bin noch nicht fertig.

»Und dann zu Hause, was erzähle ich da bitte, wenn man mich fragt, wie es war? Na?« Ich blinzle Marlene angriffslustig an. »Ich habe auf einem Zettel gestanden?«

»Ich habe dem Tim an den Hintern gefasst?«, schlägt Marlene mit eindeutiger Geste vor und sieht dann meinen entgeisterten Blick. Sie fährt fort: »Komm mit, du alte Hupe, wir fummeln den jetzt in der Meditation an.«

Energetisch, versteht sich.

———

Zurück im Hotel kommt Eva auf uns zu.

»Seid ihr wieder gut miteinander?«

Marlene und ich gucken uns an und verstehen nicht.

»Na, ihr habt's euch doch gestritten. Ich hab' euch durchs Fenster da hinten sehen können.«

Sie zeigt in Richtung des Feldweges, auf dem ich Marlene das Beherrschen der Theatralik in Mimik und Gestik bewiesen hatte.

»Alles gut«, sage ich. »Das sah nur so aus. Ich hatte einen kleinen rebellischen Anfall.«

In der nächsten Stunde berichten einige von ihren Wahrnehmungserlebnissen im Kurs. Tatsächlich ist es bei den meisten so, dass sie bei ihrem Gegenüber nach den stillen zwei oder drei Minuten im Gespräch sehr schnell auf ein Thema kamen, das sie irgendwie verbindet.

»Aus einem mir unerfindlichen Grund hatte ich direkt nach dem zweiminütigen Angucken das Bedürfnis, Sandra davon zu erzählen, dass ich ein Problem damit habe, Rechnungen zu schreiben«, meldet sich Meike, eine Unternehmensberaterin aus der Nähe von Nürnberg. »Ich tue mich unheimlich schwer damit, mir den Wert meiner Leistung entsprechend gut honorieren zu lassen.«

»Ich musste dann lachen«, schaltet Sandra sich ein, »denn genau das Thema habe ich auch. Ich arbeite nicht nur als Heilpraktikerin, sondern auch als Coach für energetische Arbeit. Das fließt auch schon mal so ineinander über. Ganz oft habe ich das Gefühl, meine Arbeit hat dem Klienten viel mehr gebracht, als ich letztlich dafür berechnet habe. Doch irgendetwas hat mich bisher daran gehindert, ein höheres Honorar zu beziffern.«

»Sandra und ich haben uns dann da mal näher mit befasst und denken beide, dass es etwas mit unserem Selbstwert zu tun haben könnte. Wir bleiben jedenfalls in Kontakt und tauschen uns dazu sicher noch öfter aus«, schließt Meike ab.

Eva und ihr Übungspartner Christopher haben beide ein Neidthema, wenn auch auf völlig unterschiedlicher Ebene.

»Immer wenn ich höre, dass eine Kollegin einen bestimmten Auftrag bekommen hat, denke ich, dass ich offenbar nicht so gut bin wie sie. Weil ich ihn halt nicht bekommen habe. Ich frage mich dann immer, was ich noch besser machen müsste, um so gut zu sein wie sie. Ich werde dann traurig, weißt?«, erzählt Eva.

Christopher grinst etwas verlegen.

»Na, ich denke da eher typisch männlich und frag' mich, was der alte Sauhund von Kollege wohl gedreht hat, dass man ihm den Auftrag gibt und nicht mir. Ich bin dann eher wütend.«

Er lacht.

Bea lächelt und sagt: »Auch ein Selbstwertthema, merkt ihr, oder?«

Tim und Frau Mustermann haben anscheinend wenig voneinander wahrgenommen und deshalb wohl auch keine Gemeinsamkeit gefunden.

Aber vielleicht ist ja gerade das das Thema, weshalb sich ihre Namenskärtchen angezogen haben?

Ottokar und Lisa möchten bitte nicht erzählen.

Beide erscheinen mir reichlich still und Ottokar wirkt, als löse er sich gleich in einer Rauchwolke auf. Wie eine leere Ottokarhülle sitzt er da. Was ist nur mit diesem Mann?

»Ist das nicht interessant, liebe Leute? Ihr seid mit einer Aufgabe zur Wahrnehmung gestartet und die meisten von euch sind mit der Erkenntnis wiedergekommen, dass sie und ihr Übungspartner eine Sache verbindet«, fasst Bea zusammen.

»Wir haben hier schon Schoten erlebt«, lacht Rolf. »Hier sind schon Geschäftsbeziehungen geknüpft worden. Liebesbeziehungen haben sich entwickelt. Diese Wahrnehmungsübung hat es wirklich in sich. Herrlich!«

»Ihr habt hier das Gesetz der Anziehung in der Praxis erlebt. Das ist wichtig, das zu erfahren. Sonst kann man nur dran glauben. Wissen tut man es erst, wenn man es erlebt hat.« Bea schaut in meine Richtung: »Das ist besonders wichtig für sehr kritische Menschen« und lächelt ihr wissendes, gütiges Lächeln.

Morgen Mittag ist dieser Teil des Seminars schon vorbei.

Unglaublich, welche Extreme ich hier sowohl inhaltlich als auch emotional durchlaufen habe. Ich glaube, ich bin anstrengend.

———

Die noch ausstehende Meditation hatte mir heute nach dem Mittagessen noch Angst eingejagt und ich wollte sie eigentlich verweigern, weil mir das alles insgesamt zu unheimlich war. Doch die frische Luft und die ebensolche Art von Marlene haben mir richtig gut getan. Ich bin bereit fürs energetische Fummeln.

Beim Reiben der Handflächen für den besseren Qi-Fluss muss ich schon nicht mal mehr die Augen verdrehen. Die Blumenwiese kann ich als Metapher annehmen. Ich habe Fortschritte gemacht. Im goldenen Tempel stehen wir heute länger unter der goldenen Lichtdusche. Wir lassen das goldene Licht bis in jede einzelne Zelle vordringen. All die schlechte Energie, die an uns haftet oder in uns ist, atmen wir in grauer Farbe über unsere Hautporen, Handflächen, Fußsohlen und Atemluft aus.

Ich frage mich, ob Ottokar eine Verlängerungsstunde bekommt, und merke, dass ich nicht bei der Sache bin. Ich wende meine NTV-Aktienkurslaufleistenmethode für aufziehende Gedanken an.

Die Meditationsmusik ist angenehm und so fülle ich mich weiter mit dem reinigenden goldenen Licht auf. Wir kommen wieder in unseren inneren Raum.

»Schaut euch um. Was fällt euch auf? Hat sich etwas verändert?«

In meinem sterilen Raum liegt nun ein flauschiger Teppich und ich sehe eine Vase mit Blumen. Hellrosa Pfingstrosen. Wunderschön. Auf dem hellgrauen, fast weißen Sofa sind nun Kissen. Es ist etwas gemütlicher geworden. Etwas einladender. Zart. Die Wände sind nach wie vor kahl. Nach rechts die geöffnete Front, hinter der sich alles befindet. Genau wie gestern. Ich habe das Gefühl, dass ich von meinem Raum aus überall hinkommen könnte. Es führt nur kein Weg zu alldem, was ich sehe. Diese offene Seite meines Raumes ist einfach nur eine Aussicht. Keine Treppe, keine Verbindung zu dem, was dahinter liegt.

»Ihr seht nun in eurem Raum ein Tor, das mit einem grünen Lichtkranz umgeben ist. Ihr seid eingeladen hineinzugehen. Ihr kommt dort in eurem persönlichen Heilgarten an. Schaut euch auch hier um.«

Sofort befinde ich mich in einem wilden, grünen Garten. Saftig und gesund.

»Hörst du Wind? Ist es warm oder kühl? Welche Pflanzen kannst du in deinem persönlichen Heilgarten sehen? Ist irgendwo Wasser? Gibt es Steine? Das, was du als Erstes siehst, ist genau das Richtige hier und jetzt für dich. Sieh dich um und schau, was geschieht.«

Ich sehe Klee und Lavendel. Unfassbar viel lila Lavendel und es duftet auch danach. Hohe Bäume mit herabhängenden Zweigen, vielleicht Trauerweiden. Ich höre Wasser. Hinter dichten Blättern sehe ich einen kleinen Wasserfall. Gerade so groß, dass ich mich darunterstellen kann.

»Du hörst aus der Ferne Geplätscher von Wasser. Du folgst dem Geräusch und findest einen Wasserfall in deinem Heilgarten.«

Ja, weiß ich schon. Eigenartig.

»Wenn du möchtest, kannst du dich darunterstellen. Mach das, wonach dir ist.«

Sie lässt uns tief in die Meditation eintauchen und wartet eine Weile, bis wir wieder etwas von ihr hören.

»Nun schaust du dich um und suchst in deinem Heilgarten einen Spiegel. Lass dir Zeit. Er ist auf jeden Fall da.«

Ich gucke mich um. Hier beim Wasserfall ist er nicht. Ich gehe zurück Richtung Lavendel und sehe mitten auf einem großen lila Feld einen Spiegel. Er schwebt auf der Höhe meines Kopfes noch ein ganzes Stück von mir entfernt.

»Wenn du ihn gefunden hast, dann geh hin. Stell dich vor ihn und schau hinein. Was siehst du? Nimm genau wahr.«

Ich bin am Spiegel angekommen und blicke hinein. Auf der Stelle erschrecke ich mich zu Tode. Ich schaue in eine abartig hässliche Fratze. Schreiend. Entstellt. Der blanke Horror. Der Mund ist ein riesiges schwarzes Loch. Das, was mich da aus dem Spiegel anschaut, sieht aus wie etwas aus Frankensteins Gruselkabinett. Ich bin geschockt und furchtbar traurig. Ich merke, wie meine Unterlippe zittert, und wünsche mir, dass ich nicht wieder das Heulen anfangen muss.

»Nun wende dich vom Spiegel ab und komme zurück zum Wasserfall.«

Gott sei Dank. Ich renne dorthin.

»Hinter dem Wasserfall siehst du den Eingang in eine Grotte. Aus dem Eingang leuchtet dir grünes Licht entgegen und lädt dich ein, tiefer einzutreten.«

Es zieht mich förmlich in diese Höhle.

»Du siehst im Innern einen Sockel aus Bergkristall. Auf ihm liegt eine kleine, grün leuchtende Perle. Von dieser kleinen Perle geht das grüne Strahlen aus. Stell dich auf den Sockel und nimm die Lichtperle in deine Hand.«

Ich stehe auf dem Bergkristallsockel und halte meine rechte Hand ausgestreckt vor mich. In ihr liegt die Lichtperle.

»Du beobachtest, wie die Lichtperle anfängt zu kreisen. Sie dreht sich immer schneller, in immer weiteren Bahnen. Dabei wird sie größer und größer. Sie ist nun so groß, dass du in ihrem riesigen Lichtball stehst. Du bist umhüllt von grünem Licht.«

Ich sehe mich selber in dieser Situation.

»Das grüne Licht ist das Licht der Liebe. Es füllt dein Herzchakra, deine Liebesenergie auf. Hier, in der Mitte deiner Brust, ist das Zentrum deiner Selbstliebe. Lass das grüne Licht in deine Brust fließen und fühle deine Liebe. Nur wer sich selbst liebt, kann auch Liebe geben. Bleib also hier und sauge das Licht auf. Die Liebe in dir wächst, bis dein Herzchakra, dein Energiezentrum in der Brust, aufgefüllt ist.«

Es fühlt sich an, als weite sich meine Brust. Mein Herz ist warm. Nein, heiß und weit geöffnet. Ich spüre es auch außerhalb meines Körpers. Es ist größer als mein Brustkorb. Ich fühle es bestimmt noch dreißig Zentimeter vor dem Brustbein. Ich habe das Gefühl, dass von hier eine unglaubliche Kraft ausgeht. Wahnsinn!

»Wenn dein Herzzentrum aufgeladen ist, dann beobachte, wie die Lichtkugel wieder kleiner wird. Beobachte die Lichtperle, die nun immer kleinere Kreise zieht. Immer weniger groß kreist sie ihre Runden, bis sie wieder als kleine, leuchtend grüne Perle in deiner Hand liegt.«

Ich sehe sie vor mir und habe das geweitete Herzgefühl behalten.

»Nun lege die Hand mit der Perle auf dein Herz und nehme sie in dein Herzzentrum auf. Dort behältst du sie und kannst immer auf sie zurückgreifen, wenn du sie brauchst.«

Das mache ich gerne.

»Wenn du magst, kannst du unter dem Wasserfall das Negative abwaschen, was nun an der Oberfläche liegt, weil es durch die Fülle der Liebe von innen nach außen gespült wurde.«

Ich stelle mich mit ausgebreiteten Armen unter den Wasserfall und wasche alles weg, was ich nicht mehr brauche. Ich reinige mich.

»Kehre nun zu deinem Spiegel zurück und schaue erneut hinein.«

Oh nein, da möchte ich nicht mehr hin. Bitte nicht. Ich zögere, doch spüre ich noch immer mein weit geöffnetes Herz bis über meine Brust hinaus. Vertraue! Den Impuls bekomme ich und dem gebe ich mich hin.

Ich stehe mit geschlossenen Augen vor dem Spiegel und fasse all meinen Mut zusammen. Vorsichtig öffne ich die Lider und blicke in ein klares, frisches, bildschönes Gesicht einer Frau mit langen, roten Locken. Sie hat Sommersprossen und lächelt mit einer Herzensgüte, die mich stark berührt. Die Frau im Spiegel sieht nicht aus wie ich. Dennoch weiß ich, dass ich mein Spiegelbild anschaue.

»Vielleicht siehst du jetzt etwas anderes als beim ersten Blick in den Spiegel. Nimm dann die Veränderung wahr. Vielleicht erhältst du damit eine Information.«

Nach einer Weile lässt sie uns langsam wieder zurückkommen: durch unseren Raum über den goldenen Tempel auf die Blumenwiese und schließlich zurück in den Seminarraum.

Als ich die Augen öffne, sehe ich als Erstes Marlene mir direkt gegenüber und mir fällt schlagartig ein, dass ich weder Tim noch seinen Allerwertesten getroffen habe. Frau Schüler ist wieder im Hier und Jetzt.

Bea fragt wieder, wer seine Erlebnisse schildern möchte. Da meldet sich Ottokar.

»Ich habe in dem Spiegel nichts gesehen. Das hat mich richtig erschrocken. Ich konnte mich nicht sehen — als existierte ich gar nicht«, empört er sich.

Ottokar scheint es nicht als Einzigem so ergangen zu sein, entnehme ich dem Gemurmel.

»Und wie war es, nachdem du in der Höhle aufgetankt hast, Ottokar?«, fragt Bea.

»Ich hab' mich nicht noch mal getraut, in den Spiegel zu sehen«, gesteht er.

Bea schaut ihn nun so an wie mich heute Morgen. Sie liest ihn. Sie sagt eine Weile nichts.

»Die Information, die du dadurch erhalten hast, ist, dass du dir nicht traust. Das fehlende Vertrauen hat dich davon abgehalten, noch mal in den Spiegel zu blicken und vielleicht etwas ganz Neues, etwas Wunderbares zu sehen.«

Sie guckt in ihn hinein.

»Das ist eine ganz wertvolle Erkenntnis für dich, Ottokar. Gut, dass du es erzählt hast. Danke schön.«

Ottokar nickt, sagt aber nichts mehr.

Einige andere schildern ihre Erfahrungen, bei allen sah das zweite Spiegelbild positiv verändert aus.

»Ich hatte den Wasserfall schon gefunden, bevor du ihn erwähnt hast«, werfe ich ein.

Bea lächelt wieder.

»Dann hast du meine Gedankenenergie schon als Impuls innerhalb der Meditation bekommen. Frau Schüler, du weißt, wir sind alle miteinander verbunden, nicht wahr?«

Ich wundere mich über gar nichts mehr.

Diesen Zauberspiegel übrigens, den hätte ich gern im wahren Leben. Meine Haut ist eher fahl, meine Haare blassrotblond und recht strohig. Die fünfundvierzig Jahre kann ich nicht abstreiten.

Also so ein Spiegelbild, das wäre schon ein echter Traum. Wer war nur diese wunderschöne Frau in meinem Spiegel?

———

Der dritte Seminartag ist vorbei. Ich denke, am letzten Abend komme ich auf ein bis drei Aperölchen auch noch mit in die Bar. Ich hoffe, alle bringen ihre Liebesperlen mit.

———

KAPITEL SIEBEN

»AH GEH, PASST SCHO'!«

Ich telefoniere vom Zimmer aus mit meinen Jungs. Stolz erzählen sie mir davon, dass sie mit Opa dessen Garten für den Sommer vorbereitet hätten. Die Gartenmöbel seien nun sauber und Blumen hätten sie auch gepflanzt.

»Ich habe Oma beim Kreuzworträtsel geholfen!«, ruft Theo triumphierend. »Die kennt das Wort ›chillen‹ nicht, krass, ne?«

Neudeutsch für entspannen — oder was war die Frage wohl?

Ich bin dankbar, dass ich Theo und Paul bei meinen Eltern parken konnte für die Zeit des Seminars. Die vier schaffen das gut miteinander, auch wenn Paul meinen Vater viel zu streng und mein Vater Paul viel zu frech findet.

»Ich freue mich auf morgen, wenn wir uns wiedersehen«, beende ich das Telefonat und küsse in die Luft.

Ich lege das Handy auf die Bettdecke neben mich und denke, dass wir hier wie in einer anderen Welt sind. Abgeschirmt vom Draußen, vom Gewohnten. Apropos abgeschirmt. Ich werde nie wieder ohne Headset telefonieren können, ohne an brutzelndes Gehirn zu denken, fällt mir panisch ein. Amazon sei Dank, dass ich tatsächlich noch auf die Schnelle einen Bluetoothkopfhörer bestellen kann. Das wäre erledigt.

Ich packe schon mal die ersten Klamotten in den Koffer. Wie wird das wohl zu Hause sein mit all den neuen Erkenntnissen? Wie gesagt, es ist ja nichts mehr, wie es mal war. Also für mich. Ich bin wirklich froh, dass ich knappe sechs Stunden Autofahrt vor mir habe. So komme ich sozusagen langsam zurück in mein altes Leben. In mein neues altes Leben.

Ich klappe den Koffer zu, mache mich kurz frisch und sage zu meinem Spiegelbild: »Komm, Frau Schüler, lass uns Spaß haben.«

———

In der Bar habe ich die erste Runde scheinbar schon verpasst.

»Ich hab' schon befürchtet, du lässt uns wieder im Stich hier unten«, begrüßt mich Marlene.

Kommt es mir nur so vor oder ist ihre Tasche weniger prall gefüllt als noch heute Morgen?

»Hey, Sandra, was für ein Coach bist du genau?«, möchte ich von ihr wissen. Ich war in meiner ganz schlimmen Phase ja auch bei einer Coacherette und glaube, dass sie mein Leben gerettet hat. Und Sandra hatte ja heute erzählt, dass sie auch als Coach arbeitet.

»Ich habe eine Ausbildung zum Mentalcoach gemacht«, erzählt Sandra.

»Da habe ich noch mal einige wirklich gute Tools gelernt, wie man Blockaden auflösen, negative Glaubenssätze erkennen und sozusagen neu programmieren kann. Da wurde ich in verschiedenen Techniken ausgebildet, wie man zum Beispiel eingeschlossene Emotionen ablöst. Auch Aufstellungsarbeit wurde da unterrichtet. Das war sehr spannend und lohnend.«

»Aufstellungsarbeit? Ich glaube, bei so was habe ich mal mitgemacht. Aber irgendwie eher aus Versehen«, sage ich.

»Wie kann man denn da aus Versehen mitmachen?«, lacht Eva.

»Meine damalige Heilpraktikerin hatte mich gefragt, ob ich mal Zeit hätte, an einem Samstag als Statistin zur Verfügung zu stehen. Es sollte um Menschen mit Problemen gehen und ich hatte es so verstanden, dass wir in einer Art Rollenspiel das Problem nachstellen und dann zu einer Lösung kommen. Da bin ich dann hingegangen. Wollte ihr einen Gefallen tun.«

»Das ist schon mehr als ein Rollenspiel«, wendet Sandra ein.

»Ja, das hab' ich dann auch gemerkt. Die Heilpraktikerin hatte auch noch einiges vorher dazu erzählt, aber ...«, ich breche ab und muss lachen. »Ich fand es zu esoterisch und habe nicht weiter hingehört. Ja. Außerdem waren da insgesamt auch recht skurrile Gestalten.«

Marlene, Eva und Sandra grinsen sich gegenseitig an.

»Ja, und irgendwann hatte ich meinen Einsatz. Es ging um eine zerbrochene Freundschaft zweier Frauen, die auch Nachbarinnen waren. Die Freundin, die an dem Samstag an der Aufstellung teilnahm, verstand einfach nicht, warum die Freundschaft auseinandergegangen war. Ich sollte die Nachbarin spielen.«

»Sorry, wenn ich dich kurz unterbreche, Petra, aber du hast das nicht gespielt. Du warst in dem Moment im Informationsfeld, in der Energie dieser Nachbarin«, versucht Sandra zu erklären.

Eva sieht meine Augenbraue und fordert mich lieb auf, einfach weiterzuerzählen.

»Da kommt dann plötzlich der Mann der einen Freundin mit ins Spiel und ich denk' mir so: scharfer Typ. Den muss ich dringend knutschen. Dabei wurde der Typ von 'ner total unattraktiven Frau gespie... verkörpert.«

»Und dann?«

»Ich wurde gefragt, was ich fühle und was ich gerne sagen möchte, und da hab' ich dann, ohne nachzudenken, rausgehauen: ›Das ist meiner. Ich liebe den jetzt.‹ Damals kam dann wirklich raus, dass die Freundschaft der beiden Nachbarinnen deshalb zu Bruch ging, weil der Mann der einen mit der Nachbarin — von mir dargestellt — ein Verhältnis hatte. Die anwesende Freundin hatte das wohl schon länger geahnt, aber nicht wahrhaben wollen. Hatte davon auch bei ihrer Problembeschreibung vor der Aufstellung nichts erzählt.«

»Spannend«, sagt Eva.

Wir hatten dann damals so vorgegebene Lösungssätze sagen müssen und es haben sehr viele Leute sehr viel geheult, aber ich fand, dass das der totale Quatsch war.

»Das lag doch auf der Hand, dass das der Grund war. Das hätte ein Blinder mit Rollator erkennen können, dass da 'ne Affäre im Spiel war. Das war echt albern. Vollkommener Blödsinn. Ich bin dann auch zu der Heilpraktikerin nicht mehr hingegangen.«

Als ich mir meiner Worte bewusst werde, schlucke ich meinen Aperol Spritz mit zu viel Eis zu schnell runter, weil ich etwas relativieren möchte, und bekomme Hirnfrost zur Strafe. Jaja, kein Hirnbrand mehr, dafür aber Hirnfrost. Ich klopfe mir mit der rechten Hand mehrfach gegen die Stirn, bis der Schmerz nachlässt und versuche mit der linken ausgestreckt gestikulierend, die anderen am Reden zu hindern, damit ich Frau Schülers Worte schnell etwas abmildern kann.

»Das kam jetzt vielleicht falsch rüber, Sandra. Ich bin davon überzeugt, dass du bestimmt eine tolle Heilpraktikerin bist, auch wenn du dieses Aufstellungsdings da machst.«

Na, ob es das jetzt verbessert hat?

»Ich meine ...«, stammle ich.

»Du meinst: Toll, Sandra, dass du so etwas auch anbietest. Ich denke, ich habe die Thematik noch nicht in all ihren Details überblickt — geschweige denn verstanden — und kann mir daher kein Urteil darüber erlauben. Sehr wohl aber kann ich gut akzeptieren, dass du aufgrund deiner Ausbildung sehr viel mehr darüber weißt. Ich werde mich deshalb ab jetzt, so aufgeschlossen es mir möglich ist, deinen Erläuterungen gegenüber offen verhalten«, springt Marlene mit eindringlichem Blick in meine Richtung für mich ein.

»Was sie gesagt hat«, setze ich mein schuldbewusstes Lächeln auf und zeige auf Marlene.

Sandra ist aber cool und fand das jetzt gar nicht so abwertend.

»Warte mal ab, Frau Schüler, das Thema bekommen wir hier auch noch im zweiten Block. Kannst dich schon drauf einstimmen«, sagt Sandra milde.

Oh, ich hätte mich mit dem Inhalt des Seminars vielleicht doch intensiver auseinandersetzen sollen. Klar hatte ich den Flyer und dann auch das Einladungsschreiben gelesen. Es klang halt insgesamt für mich stimmig. Ich muss den Inhalt ja nicht unbedingt inhalieren. Fertig. Apropos.

»Wo ist eigentlich Ottokar?«, frage ich in die Runde.

»Dem ging es schon beim Abendessen nicht gut. Der war ganz grün«, höre ich.

Genau in dem Moment kommt Bea in die Bar und fragt, ob jemand ganz bestimmte Globuli habe, der Ottokar würde entgiften und bräuchte homöopathische Unterstützung.

Sandra ist sofort zur Stelle und folgt Bea.

Als sie zwei Aperol später zurückkommt, berichtet sie, dass Ottokar sich im Fünfzehnminutentakt übergeben würde.

»Hat er was Schlechtes gegessen?«, frage ich.

Dabei weiß ich ja, dass er wahrscheinlich tatsächlich gar nichts gegessen hat.

»Nein, bei Ottokar ist in diesen Tagen hier so viel passiert. Wie Bea schon sagte, er entgiftet regelrecht gerade.«

»Er kotzt sich aus, Frau Schüler«, präzisiert Marlene.

»Ich habe mit ihm gesprochen und ich darf das hier erzählen, hat er gesagt«, so Sandra.

Nun bin ich aber gespannt.

»In seinem Leben scheint seit langer Zeit sehr viel schiefzulaufen. Er meinte, er habe alles hingenommen, geschluckt. Seine Arbeit hasse er, seitdem er einen neuen Chef habe und wohl auch sehr viele Umstrukturierungen gelaufen seien. Man habe ihn dabei übersehen, er habe sich aber nicht gemuckt.«

»Warum denn nicht?«, frage ich.

»Tja, das wusste er auch nicht. Wahrscheinlich, um Frieden zu haben. Den hatte er dann leider nur im Außen, ist ihm nun klar geworden. Er wollte wohl nicht anecken und keinen Streit, hat er mir gesagt. Letztlich habe er nur noch funktioniert. Man kennt diese Geschichten ja zuhauf.«

Wir nicken still, jede aus einem anderen persönlichen Grund.

»Er meinte, er habe seinen wirklich schlimmen Zustand gar nicht mehr wahrgenommen. Insgesamt habe er sich gar nicht mehr gespürt.«

»Er hat ja auch in den Spiegel geschaut in der Meditation und niemanden gesehen«, wirft Eva ein.

Ja, verrückt. Er hatte doch gesagt: »Als existiere ich überhaupt nicht.«

»Kann er trinken? Behält er Wasser bei sich? Wenn es bis morgen Mittag nicht besser ist, leg' ich ihm 'ne Infusion. So geschwächt kann er ja dann kein Auto fahren«, kommt es von Marlene. »Ich habe im Auto eine Notfalltasche.«

Ich gucke sie an und frage mich, ob das mit ihrer Geschichte oder ihrem Beruf zusammenhängt. Sie sieht meinen Blick.

»Ich erlebe in der Notaufnahme so viel und denke oft, in welch besserem Zustand manche Notfälle sein könnten, wenn die Erste Hilfe Leistenden mehr könnten, dürften und dabei hätten, ehe der RTW eintrifft. Deshalb habe ich mir so einen voll ausgestatteten Notarztrucksack ins Auto gepackt.«

Die Frage wäre damit hinreichend beantwortet.

»Okay, gut zu wissen. Vielleicht kannst du auch nachher mal nach ihm sehen, Marlene?«, nimmt Sandra das dankbar auf. »Jetzt ist Bea noch bei ihm und versucht, ihn energetisch zu unterstützen.«

Ich denke über Ottokar nach. Der Typ, der zu jedem freundlich und lustig ist. Der in meiner Meditation auftauchte. Von dem ich scherzhaft dachte, dass er sich bald in einer Rauchwolke auflösen würde. Ottokar, der sich im Spiegel nicht sehen konnte. Der nicht existiert.

»Gott, ist das traurig«, platzt es aus mir raus.

»Nein, ist es gar nicht unbedingt, weißt? Schau mal, was das jetzt eine Megachance für ihn ist, gell? Er kotzt nun all den geschluckten Dreck aus seinem Leben buchstäblich aus. Er reinigt sich von innen heraus. Klar ist das jetzt gerade blöd für ihn. Aber danach wird er doch wieder klar gucken können, meinst nicht?«

Eva hat recht. Ich fange an zu verstehen. Nach und nach fügen sich die Puzzleteile zu einem Bild. Ottokar. Ich hätte nicht eine typische Charaktereigenschaft an ihm benennen können. Er ist da, aber wahrnehmen tut man nur seine Raucherei und den Geruch dazu. Er wirkt grau. Eben ohne Farbe. Das trifft es wohl. Kein Wunder, dass er bei der Arbeit übersehen wurde und, wer weiß, wo noch überall.

»Er hat auch erzählt, dass seine Frau eine Affäre mit seinem Kumpel habe. Er wisse es, habe aber bisher weder mit ihr noch mit ihm darüber geredet.«

Puh, Ottokar. Frau und Kumpel tun sogar so, als gäbe es dich nicht. Was für ein verdammter Bullshit. Aber du bist doch da! Ich seh' dich doch!

Ich springe auf.

»Ich hab' ihn gesehen!«, platzt es aus mir raus. »Er war in meiner Meditation. Ich hab' ihn doch wahrgenommen.«

Mein Ausbruch ist mir etwas peinlich und ich setze mich schnell wieder.

»Ich glaube«, sage ich, »sein Unterbewusstsein hat die Chance gewittert. Der bewusste Ottokar kann sich nicht so recht sichtbar machen. Das hat sein Unterbewusstsein in Form von Energie gemacht. Dabei hat er zufällig auf meiner Schwingungsfrequenz gefunkt. So muss es sein.«

Marlene fängt an, leise zu klatschen.

»Frau Schüler, ich glaube, du hast gerade ganz viel verstanden.«

»Nur dass es keine Zufälle gibt«, wendet Eva ein.

»Der Ottokar wird genau gespürt haben, wie fühlig du bist, Petra«, sagt Sandra. »Sein Unterbewusstsein hat gefühlt, dass du ihn wirst wahrnehmen können. Das war seine Chance. Der erste Schritt aus dem alten Muster.«

Ich nehme das mal so hin. Ich weiß eh nicht, was ich dagegen sagen könnte und wozu auch.

»Dann waren wir ja beide irgendwie Schlüsselfiguren füreinander«, fasse ich zusammen. »Wenn ich nicht in der ersten Meditation gleich dieses Techtelmechtel mit ihm gehabt hätte, wäre ich wahrscheinlich noch vor Tina abgereist.«

»Siehst du, kein Zufall«, bekräftigt Eva ihre vorherige Aussage.

»Es gibt einfach keine Zufälle im Leben. Alles ist immer für etwas gut, weißt?«

»Ja, und das muss man sich immer wieder vor Augen halten«, meint Sandra. »Wenn etwas im Leben passiert, dann kann man sich immer fragen: Wozu war das jetzt gut? Wofür sollte ich diese Erfahrung machen? Wovor wurde ich bewahrt oder gewarnt? Was sollte ich daraus lernen?«

Ich glaube, ich verstehe sie.

»Es hilft nichts, sich zu fragen: Warum ist ausgerechnet mir das passiert? Weil man hier eher das Leben anklagt, dass es einem zum Beispiel Pech geschickt hat.«

Stimmt, ich kenne solche Gedanken auch. Warum ich? Warum gerade jetzt? Und dabei bin ich genervt und sauer.

»Man kann besser fragen: Wozu oder wofür ist mir dies oder jenes passiert? Probiert das mal aus«, wiederholt Sandra noch mal.

»Ich dank' immer dem Schutzengel, wenn mir morgens ein Missgeschick passiert und ich deshalb später als sonst loskomme. Das ist fei sicher für was gut.«

Ich bin morgens grundsätzlich mies gelaunt. Nein, ich bin morgens gefährlich. Ich habe aber inzwischen eine Routine entwickelt, bei der alle Beteiligten bisher überlebt haben. Bisher. Ich stehe eine Stunde früher auf, als es nötig wäre. In der Zeit verwandle ich mich vom todbringenden Monster in eine morgenmuffelige Mama, bevor ich die Kinder wecke. Mehr ist beim besten Willen nicht drin. Ich bin dann nicht mehr gefährlich, nur noch muffelig. Immerhin.

Wenn mir dann aber der Kaffee umkippt, der Toast schimmelig ist oder dem Kind plötzlich einfällt, dass es heute zwei Kilogramm Uran mit zur Schule bringen muss und das angeblich schon seit drei Wochen weiß, dann danke ich keinem albernen Schutzengel. Dann keife ich »WARUM???« durch die Hütte. Und das erzähle ich jetzt auch genauso in der Bar.

»Weißt, ich glaube, das Universum regelt das dann schon für mich. Ich kann's ja eh nicht mehr ändern, dass es passiert ist. Die Zeit kannst nicht rückwärts drehen. Ich denk' mir dann, ich bin nun fünf Minuten später unterwegs. Danke, lieber Schutzengel, dass du das so arrangiert hast und ich deshalb nicht durch den Raser, der zu der Zeit unterwegs war, gefährdet worden bin.«

Bäm! Jetzt fühle ich mich schlecht. Ja, Frau Schüler, überdenke bitte deine Einstellung noch das ein oder andere Mal. Das geht ja sicher auch, ohne irgendeinem Schutzengel zu danken. Ich lasse Evas Worte wirken. Wie großartig — ich muss mich dann tatsächlich nie mehr aufregen, wenn ich diesen Denkansatz verfolge. Also falls er mir in dem Moment wieder einfällt, versteht sich. Wahrscheinlich eine Übungssache.

»Das kann man auch üben, weißt?«

Eva, du bist so unheimlich. So unheimlich toll. Irgendwie. Und? Trommelwirbel. Ja, ich wusste es. Sie legt den Kopf an meine Schulter. Ich muss schmunzeln.

Marlene schaut noch mal nach Ottokar und wir anderen beschließen, nun ins Bett zu gehen.

————

Als ich im Bett liege und die Szenen des Tages noch mal so anklopfen, fällt mir meine hässliche Fratze ein, die ich im Spiegel sah. Das war wirklich erschreckend gruselig.

Ottokar hatte das Gefühl, er werde nicht wahrgenommen und übersehen und sieht sich dann auch nicht im Spiegel.

Ich sehe diese Fratze — was sagt mir das nun? Schade, dass Ottokar sich nicht getraut hat, nach dem Auffüllen mit der Liebe noch mal hineinzublicken. Ob er sich wohl gesehen hätte?

Über diese Frage schlafe ich ein.

————

Am nächsten Morgen verstaue ich den gepackten Koffer schon mal im Auto, damit ich mittags nach dem Seminar flott wegkomme. Ich treffe Ottokar auf dem Parkplatz.

»Hey, Großer, wie geht es dir heute, hm?«

Er lächelt.

»Petra, Frau Schüler, es war furchtbar, aber ich bin wieder da.«

Ich folge einem Impuls und nehme ihn in die Arme.

»Danke«, sagt er. »Danke, dass du mich wahrgenommen hast.« Er dreht sich um und geht zurück zum Hotel. Beim Frühstücksbuffet treffen wir uns wieder. Er nimmt sich Obstsalat und ein Croissant. Ich mache es ihm einfach mal nach und setze mich zu ihm. Außer uns sind erst zwei weitere Teilnehmer im Frühstücksraum und sitzen weiter hinten in ein Gespräch vertieft. Ich beobachte Ottokar, wie er genüsslich vom Croissant abbeißt und an seinem Kaffee nippt. Nur eine Tasse.

»Frau Schüler, ich habe alle Zigaretten weggeschmissen. Ich rauche nicht mehr.«

Krass. Und in diesem Augenblick habe ich nicht den Hauch eines Zweifels daran, dass er sich nie wieder eine anzünden wird.

»Ich weiß, Ottokar, und das steht dir so gut.«

Wir stoßen mit unseren Kaffeetassen an und lachen.

»Endlich kann ich dich erkennen«, scherze ich. »So ganz ohne Rauch. Gar nicht mehr vernebelt.«

»Endlich kann ich klar sehen, Petra, gar nicht mehr vernebelt.«

Meine Söhne hätten diese Szene episch genannt. Und das vollkommen zu Recht.

———

Später hält Rolf so ein Ding hoch, das jeder kennt, dessen Bezeichnung mir aber nicht einfällt. Es baumeln nebeneinander fünf silberne Kugeln an Schnüren von einem Metallgestell.

»Das«, sagt er, »ist das Newtonsche Kugelpendel.«

Sag' ich doch.

»Ich liebe dieses Spiel, weil man sich daran so wunderbar vieles klarmachen kann.«

Er stellt das Ding auf einen Tisch, zieht eine Kugel ab und alle beobachten, wie sie zurück auf die anderen vier Kugeln prallt und auf der gegenüberliegenden Seite die letzte Kugel hochfliegt, zurückkommt, auf die restlichen vier prallt und das Spiel auf der anderen Seite von vorn beginnt. Er demonstriert es noch mit zwei Kugeln. Nun heben rechts und links im Wechsel jeweils zwei Kugeln ab. So führt er es fort mit drei und vier Kugeln, bis er sagt:

»Nun hört genau hin.«

Er nimmt alle fünf Kugeln und lässt sie los. Sie schwingen lautlos hin und her.

»Ist das nicht eine wunderbare harmonische Ruhe?«, schmunzelt er.

»Angenommen, diese fünf Kugeln symbolisieren die fünf essenziellen Dinge eures Lebens. Gesundheit, Liebe und/oder Familie, Arbeit und Beruf, Finanzen und persönliche Entwicklung«, führt er weiter aus. »Und gleichzeitig ist es auch eine Skala für euer Lebensglück. Eine Kugel steht für völlig unglücklich und fünf Kugeln stehen für richtig glücklich. So weit klar?«

Man nickt.

»Mit wie vielen Kugeln spielt ihr euer Leben? Oder anders gefragt: Wie glücklich seid ihr bezogen auf die fünf vorhin genannten Lebensbereiche?«

Mit wie vielen Kugeln spiele ich mein Leben? Gute Frage. Ich bin alleinerziehend, das bedeutet ja wohl gescheitert. Minus eine Kugel. Ich habe bei der Arbeit meine anspruchsvolle Tätigkeit abgeben und gegen eine leichtere Tätigkeit eintauschen müssen. Minus eine Kugel. Finanzen. Hm. Ich komme gut klar, ich bekomme nicht weniger Geld, obwohl ich leichtere Arbeit mache, ich werde nur eben nicht befördert. Finanzen sind okay, denke ich. Was gab es noch?

Ach, Gesundheit. Ich bin ja wieder auf dem Damm und auf 'nem guten Weg. Dafür muss ich nichts abziehen. Persönliche Entwicklung. Nun, da befinde ich mich ja gerade mitten in einem Prozess. Von fünf Kugeln ziehe ich also zwei ab. Soll ich drei sagen? Ja, drei ist okay, damit schätze ich mein Leben nicht zu gut und nicht zu schlecht ein. Bin ich kein Angeber und kein Jammerlappen.

»Drei!«

Es werden einige Zahlen in den Raum geworfen.

Es ist keine Eins und keine Fünf dabei.

Gut, ich liege also im Mittelfeld.

Nachdem alle die Anzahl der Kugeln genannt haben, mit denen sie im Leben spielen, also wie glücklich sie sind, spricht Rolf weiter.

»Also ich bin ein Fünfkugelspieler.«

Dramaturgische Pause.

»Ich bin glücklich. Ich kann natürlich ständig hier und da etwas an dieser und jener Kugel feinjustieren, aber ich habe alle Kugeln im Rennen. Und ich behaupte, jeder sollte das haben.«

Schweigen.

»Was glaubt ihr, ist die ungünstigste Kugelanzahl im Spiel des Lebens?«

Ja eine, dann ist man um unglücklichsten. Frau Mustermann sagt das auch prompt.

»Falsch!«, kontert Rolf. »Wenn du nur mit einer Kugel spielst, dann bist du verdammt noch mal so unglücklich, dass du was ändern möchtest und das auch tust. Nächster Tipp.«

Niemand traut sich.

»Wenn du mit vier Kugeln unterwegs bist, dann merkste ganz schnell, dass du vollkommen glücklich sein würdest, wenn du nur die letzte Kugel auch noch ins Rennen geben würdest. Was meinst du, was das für ein Anreiz ist? Nur noch eine Kugel. Das ist doch ein Klacks. Denn du bist ja schon auf der Seite derer, die mehr glücklich als unglücklich sind. Die Hürde zum völligen Glück ist nur noch ganz klein.«

Ja, da könnte was dran sein.

»Ich sag's euch. Die ungünstigste Anzahl von Kugeln ist drei.«

Scheiße.

»Wer sich mit drei Kugeln durchs Leben bewegt, der ist ganz zufrieden. Nicht unglücklich. Aber, Herrschaftszeiten, auch nicht glücklich!« Er schreit fast.

»Mit einer Kugel ist es so schlimm, dass du schnell mehrere im Rennen haben willst und handelst. Mit zwei Kugeln verlierst du relativ schnell wieder eine, weil du ja eh nicht glücklich bist. Dann haste wieder nur eine und ...«, er lacht. »Ihr habt verstanden.«

Ja.

»Aber mit drei Kugeln, Leute, da seid ihr eingeschlafen. Ohnmächtig, sozusagen. Lahm. Es gibt keinen Druck oder Anreiz, der groß genug wäre, euch zu einem Mehrkugelspieler zu machen. Es ist nicht schlimm, aber auch nicht brillant. Es ist halt okay. Das macht dich handlungsunfähig.«

Mit Ohnmacht und Handlungsunfähigkeit bin ich durch. In dem Zustand möchte ich mich nie wieder befinden.

»Dann kommt noch hinzu, dass gerade wir Deutschen gerne sagen: Ich bin zufrieden, das ist die Hauptsache. Die Bayern sagen: Ah geh, passt scho'.« Er macht entsprechende Gesten und Gesichtsausdrücke dazu. Ich finde ihn lustig.

»Nein, ein Deutscher meint, es schicke sich nicht, zu sagen, dass man glücklich sei, oder das vom Leben wenigstens zu erwarten. Aber warum denn nicht?«

Ja, warum eigentlich nicht?

»Ich bin glücklich! Und wisst ihr, warum ich glücklich bin? Weil ich glücklich sein will! Ich will nichts unterhalb vom Glücklichsein. Wenn mich etwas in meinem Leben nicht glücklich macht, dann ändere ich es. Wenn ich es nicht ändern kann, dann verlasse ich es. Wenn beides nicht möglich ist, dann liebe ich es. Und das ist eine aktive Entscheidung, das müsst ihr wissen. Love it, change it oder leave it. Ihr kennt das alle. Lebt danach und seid glücklich.«

Ich denke noch mal nach. Natürlich ist alleinerziehend zu sein nicht das, was die Allgemeinheit als erstrebenswerten Zustand ansieht. Aber mir geht es gut damit. Ich hätte mir gewünscht, dass unsere Ehe funktioniert hätte, unser Zusammenleben harmonisch und voller Liebe gewesen wäre. Doch habe ich vor zwei Jahren eine Entscheidung getroffen. Nachdem wir lange Zeit so vieles versucht, tatsächlich auch eine Paartherapie gemacht haben und change it nicht funktionierte, habe ich mich für leave it entschieden. Ich gebe eine wieder zurück ins Rennen und bin nun bei vier Kugeln. Bei der Arbeit mache ich leichtere Arbeit für gleich viel Geld. Das ist doch super, denke ich. Ich werde so den Aufstieg allerdings in nächster Zeit nicht mehr schaffen. Hm. Ist das wirklich so schlimm? Damit wäre viel mehr Reisetätigkeit verbunden und immer die Betreuung der Kinder zu regeln. Ich möchte auch in den nächsten Jahren möglichst nur im Umfang einer halben Stelle arbeiten. Die Jungs brauchen recht viel Unterstützung in der Schule. Jetzt bin ich nachmittags da und kann beim Lernen noch helfen. Es ist fraglich, ob ich die andere Stelle überhaupt in Teilzeit hätte machen können. Nein, eigentlich ist alles genau richtig, wie es ist.

»Fünf!«, rufe ich und freue mich so richtig aus tiefstem Herzen, dass das voll und ganz der Wahrheit entspricht.

Ich bin glücklich. Als ich das feststelle, kann ich für lange Zeit gar nicht mehr aufhören zu grinsen.

———

Die Verabschiedung fällt so herzlich aus, als würden wir uns alle schon ein Leben lang kennen. Und mit alldem, was ich hier gelernt habe, würde es mich nicht wundern, wenn das auch tatsächlich so wäre. Eine Whatsapp-Gruppe wurde in der Kaffeepause schon eingerichtet und ich höre und sehe wirklich einige rührende Szenen.

Ich fühle mich genährt und muss sofort über das Wort lachen. Genährt. Ich weiß nicht, ob ich das jemals zuvor gesagt habe. Doch es ist wirklich so. Als hätte ich eine Art Elixier getrunken, das mir die Fähigkeit verschafft, mehr zu sehen. Und das, was ich sehe, das gibt mir eine ungeahnte Stärke. Auch Macht? Vielleicht die Macht des Wissens. Na ja, und gleichzeitig totale Verwirrung. Ich lache.

———

Und genau das tue ich auch noch auf der Autofahrt. Immer wieder. Ich denke an Marlene und die Fusselrolle. An Sandra mit ihrem Wackelstab. An Eva, die legt immer den Kopf an meine Schulter, weißt? An Ottokar, der seine Kamele zurücklässt und nie, nie wieder rauchen wird. An Tim und seine Glaspyramide. An Lisa und den goldenen Lichtcatsuit. An Beas magischen Gesang und Rolfs fünf Kugeln. Und an Tina. Schade, Tina, du hast echt was verpasst. Dann frage ich mich, ob mein Headset morgen wohl schon in der Post sein wird.

———

KAPITEL ACHT

»ES WÄRE MIR EINE EHRE.«

Liebevoll schnell fahren. Das hatte der Hausreiniger ganz am Anfang des Seminars gesagt. Er fahre liebevoll schnell. Er wünsche bei seinen zahlreichen Autofahrten sich und allen anderen Verkehrsteilnehmern immer, dass sie sicher und fließend reisen. Das hatte ich interessant gefunden und mir dann auch vorgenommen. Anstatt Angst vor einem Unfall zu haben oder davon überzeugt zu sein, dass es sich am Frankfurter Kreuz wieder staut, kann man ja auch optimistische Gedanken ins Feld — und hier ist nicht der Acker gemeint — senden und allen eine freie, entspannte Fahrt wünschen. Ich lächle beseelt vor mich hin, der Verkehr fließt. Ich hab' das morphogenetische Informationsfeld fest im Griff. Ihr seid alle sicher und beschützt. Wir schweben schnell und locker über die A7. Die Musik schreit danach, lauter gedreht zu werden. *Bohemian Rhapsody* von Queen.

Ich singe voller Inbrunst mit: »Mamaaaa, uuuuhuuuhuhuuuuu« und bin voll im Flow. Was für ein nahezu entrückter Zustand. Ja, ich habe meine Energie gefunden. Das bin ich. Glücklich. Positiv. Unbesiegbar.

»Galileo, Galileo!«

Nie wieder werde ich negativ denken. Es macht so viel mehr Spaß, auf der richtigen Seite des Lebens zu stehen.

»Ey, du Penner! Hast du keine Augen im Kopf?! Scheiße noch mal!«

Ich steige voll auf die Bremse und kann gerade noch verhindern, dem BMW vor mir aufzufahren, nachdem dieser auf meine Spur rübergezogen ist. Herrschaftszeiten! So einem Vollpfosten sollte man den Lappen wegnehmen!

Die Adrenalinzufuhr wird langsam wieder gedrosselt und ich beruhige mich.

Okay, das gibt leichte Abzüge in der B-Note, was den liebevollen Part des schnellen Fahrens angeht, fürchte ich. In der Praxis gar nicht so leicht umzusetzen, stelle ich etwas betrübt fest. Schade. Na ja, wahrscheinlich war das eh nur Blödsinn. Als könnte ich beeinflussen, ob es Stau gibt oder nicht. Reiß dich mal zusammen, Frau Schüler, heb nicht ab. Stau entsteht, wenn zu hohes Verkehrsaufkommen, eine Baustelle oder ein Unfall die Ursache ist. Nicht weil jemand Stau denkt. Wie lächerlich. Großer Gott, wann fährt der Idiot vor mir endlich wieder rüber? Ich tuckere mit nicht mal hundert hinter dem Typen her. Kasseler Berge. Die hasse ich. Kurvig und bergig. So viele miese Autofahrer haben ihr Auto da nicht im Griff und fahren vorsichtshalber mit achtzig auf der mittleren Spur. Kommt, nun macht schon, ich will endlich nach Hause. Vier reibungslose Autostunden liegen hinter mir. Die letzten zwei wollt ihr mir doch jetzt nicht versauen. Gib Gummi, Alter! Vor dir ist frei. In diesem Moment zieht ein Tankwagen noch recht weit vor uns schlingernd nach ganz links rüber. Mein Vordermann bremst ab, ich ebenfalls. Alles glimpflich abgelaufen. Nun kann ich die Situation überblicken. Der Lastzug hatte bergab wohl zu viel Geschwindigkeit aufgenommen und konnte auch mit einem Bremsmanöver den Schub nicht mehr abfangen. Er wäre auf den Smart vor ihm aufgefahren und hatte deshalb verbotenerweise die Fahrbahn nach ganz links mit vielleicht einhundert Stundenkilometern gewechselt. Schlagartig wird mir klar, dass der BMW mich wahrscheinlich vor Schlimmerem bewahrt hat. Wäre ich mit meinen hundertsechzig hier entlanggedonnert, hätte der Tanklastzug entweder nicht auf die linke Spur wechseln können und es wäre ein fürchterlicher Unfall passiert oder er hätte rübergezogen und ich hätte bei dem Tempo eine Vollbremsung hinlegen müssen. Ausgang unklar. Puh. Mehr kann ich gerade nicht denken.

Die Situation stabilisiert sich, als das Gefälle endet. Ich beschließe, eine kleine Pause einzulegen, und fahre an der nächsten Raststätte raus.

Beim Kaffee sehe ich, dass die ersten in der Whatsapp-Gruppe schon ihr Eintreffen zu Hause gemeldet haben. So auch Eva. Da habe ich plötzlich das Bedürfnis, sie anzurufen.

»Na, du? Ich mache gerade eine Pause zwei Stunden vor zu Hause.«

Ich erzähle ihr, was passiert ist, und frage dann: »Was war das jetzt? Ich war total beseelt und dann schneidet mich jemand und ich bin sofort im alten Muster.«

Sie lacht, als sie hört, dass ich den BMW-Fahrer mies beschimpft habe.

»Weißt, du hast ja jetzt all die Jahre in einer anderen Energie gelebt. Du musst das lernen. Aber es ist ja gut, dass es dir auffällt, dass du wieder ins Gewohnte abgerutscht bist.«

Bestimmt hat sie recht. Übungssache, wie so vieles.

»Hab' ich denn die Situation mit dem Tankwagen nun verursacht, weil ich so mies gedacht und geschimpft hab'?«

»Ach was. Natürlich nicht. Aber weißt was? Siehst du, dass das Universum lenkt?«

»Weil es mir einen langsamen Autofahrer geschickt hat, der mich gezwungen hat, sechzig Stundenkilometer langsamer zu fahren?«

»Ja, das wäre unter Umständen katastrophal ausgegangen, hm?«

Ich glaube, die kleine Eva werde ich in Zukunft noch das ein oder andere Mal anrufen. Das habe ich so im Gefühl. Sie gibt mir eine ganz besondere Sicherheit.

———

Um neunzehn Uhr fünfzehn fahre ich meinen Sharan unter das Carport unserer Doppelhaushälfte. Ich hatte nach der Trennung richtig Glück gehabt und konnte im Bielefelder Stadtteil Babenhausen diese fünf Zimmer für uns mieten. Bezahlbarer Wohnraum ist in unserer Gegend wirklich schwer zu finden. Nun ist Babenhausen ehrlich gesagt am Arsch der Welt. Es gehört zwar zu Bielefeld, ich fahre aber dennoch morgens ungefähr dreißig Minuten bis ins Zentrum. Das liegt nicht allein an der Entfernung, vielmehr daran, dass in Bielefeld eigentlich ständig gebaut wird und deshalb immer irgendeine Straße gesperrt ist.

Die Kinder haben wohl meine Autotür gehört. Sie stürmen aus dem Haus und springen mich fast zu Boden. Ach, herrlich. Ich liebe diese beiden Energiewunder so sehr. In der Haustür steht Steffen, mein Mann. Er hatte die Jungs bei meinen Eltern abgeholt und den Sonntag mit ihnen hier verbracht und zusammen mit Theo und Paul auf mich gewartet. Meine Kofferrolljungs machen sich nützlich und ich begrüße Steffen mit einer Umarmung.

»Tausend Dank, dass du mich zu diesem Seminar geschickt hast«, strahle ich ihn an und sage das aus tiefstem Herzen.

»Ja? Ist es was für dich? Dann freue ich mich.«

»Ich muss dir das alles in Ruhe erzählen. Du glaubst nicht, was wir da gemacht und erfahren haben. Wahnsinn!«

»Komm du erst mal an. Wir müssen sowieso mal miteinander reden, dann kannst du mir das gern erzählen, was dich so begeistert.«

Autsch. Wir müssen sowieso mal miteinander reden? Was meint er wohl?

»Worüber müssen wir reden?«

»Ach, das hat Zeit. Ich hab' einen Nudelauflauf für die Kids gemacht. Es ist noch was da. Du hast sicher Hunger, oder?«

In der Tat. Ich merke erst jetzt, dass ich seit dem Frühstück ja gar nichts mehr gegessen habe.

Steffen verabschiedet sich und ich drücke noch mal die Zwillinge, bevor ich mir zwei Portionen Nudelauflauf gönne. Die Jungs dürfen den Fernseher anmachen und ich hänge meinen Gedanken nach, während ich die Küche aufräume.

Ich merke, wie meine Stimmung einen leichten Abwärtstrend beschreibt. Es ist, als sei ich in einer Art Blase gewesen auf dem Seminar. Klar, lache ich innerlich, goldene Lichtblase. Grüne Lichtblase. Warste ja auch drin, Frau Schüler. Dann sehe ich auf der Küchenablage die Post liegen. Ein Brief ist von der Schule. Wieso verschicken die jetzt die Einladungen zu den Elternabenden portopflichtig? Wahrscheinlich, weil ich die letzten Einladungen, die in der Postmappe der Kinder lagen, schlicht ignoriert habe. Ich habe kein Interesse daran, ob wir Serviettenengel oder Origamisterne für den Weihnachtsbasar machen wollen. Aus meiner Sicht weder noch. Ich hasse es zu basteln. Immer schon. Schon als Kind. Auch als junge Erwachsene und noch immer als Mutter. Meine Kinder übrigens auch. Natürlich höre ich den Vorwurf, dass ich ihnen Bastelmissmut vorlebe, nicht zum ersten Mal. Ich lasse den vollumfänglich gelten und finde Basteln einfach weiterhin ätzend. Ich kann damit leben, dass meine Kinder und ich eine Bastel- und Malschwäche haben. Wir haben BMS und das ist auch gut so. Und nein, ich möchte auch nicht das Protokoll des Abends schreiben und nicht den Klassenpflegschaftsvorsitz übernehmen. Wenn es zu diesem Tagesordnungspunkt kommt, bin ich immer froh, dass ich die Ausrede habe, gerade in der Parallelklasse vorbeischauen zu müssen. Denn natürlich sind die Elternabende immer am selben Tag, meine Kinder aber in getrennten Klassen. Nein, ich bin einfach keine für den Klassenverband aktive Mutter.

Bisher konnte ich mich zumindest auf der weiterführenden Schule noch erfolgreich dagegen wehren, in eine Klassen-Whatsapp-Gruppe aufgenommen zu werden. Das lief bisher nämlich ungefähr so ab.

Piep. Piep.

»Der Kilian hat heute seinen Sportbeutel in der Turnhalle liegen lassen. Könntet ihr bitte mal eure Kinder fragen, ob den vielleicht jemand mitgenommen hat?«

So was ist grundsätzlich ein schlauer Frageansatz. Effizient wäre er aber erst durch den Zusatz: »Falls ihn jemand hat, bitte kurz Bescheid sagen. Falls nicht, dann einfach nichts schreiben« geworden.

Piep. Piep.

»Sarah-Christin hat ihn leider nicht.«

Piep. Piep.

»Ich habe den Alexander auch gefragt, aber der hat ihn auch nicht. Tut uns wirklich total leid.«

Piep. Piep.

»Justus hat ihn auch nicht, vielleicht kann Kilian ja morgen noch mal in der Schule nachfragen.«

Ja, da wäre Kilians Mutter sicher ohne Hilfe nicht eigenständig drauf gekommen.

Piep. Piep.

»Ja, gute Idee. Sonst könnt ihr auch beim Hausmeister gucken. Der hat die Fundstücke in seiner Kiste.«

Wie übrigens allgemein bekannt ist. Lebenshilfeexperten unter sich.

Piep. Piep.

»Das ist Lea-Sophie auch letztens passiert. Aber sie hat ihn dann wiedergefunden.«

Piep. Nee, spätestens jetzt schaltet man den Chat auf stumm. Tage später wird man dann von der Lehrerin angerufen und gefragt, ob man wirklich bei der Radfahrprüfung keinen Streckenpostenjob übernehmen kann, weil man sich ja nicht geäußert habe. Dann wundert man sich, warum man nichts davon weiß, und prompt fällt einem der stumm geschaltete Chat wieder ein. Schuldbewusst scrollt man einhundertdreiundvierzig Seiten zurück und sieht die Frage, wer sich für dieses Event zur Verfügung stellen möchte. Im Folgenden überfliegt man vierundzwanzig wirklich echt wahre, eindringliche und untröstliche Begründungen, warum fast alle Eltern die Fahrradprüfungen der Grundschulkinder nicht begleiten können. Man wittert seine persönliche Sternstunde und sagt: »Aber selbstverständlich. Ich sehe, das findet an einem Freitag statt. Freitags habe ich frei. Da kann ich gerne unterstützend tätig werden. Es ist mir eine Ehre.«

Die Lehrerin erkennt dann den Einsatz hoch an und schon wird es einem nicht mehr übel genommen, wenn man nicht mehr zum Elternabend kommt. Und nicht bastelt.

———

Plötzlich fällt mir auf, dass es schon nach zwanzig Uhr ist. Die Brut gehört längst ins Bett. Morgen beginnt eine neue Schulwoche. Ich werfe den Brief ungeöffnet auf die Arbeitsplatte zurück.

»Jungs! Es ist Bettzeit.«

Sie sträuben sich wie immer gegen diese überflüssigen Foltermethoden wie Zähneputzen und Ausziehen. Am Ende bin ich leider doch wieder genervt und muss wie jeden Abend schimpfen, bis sie endlich Ruhe geben und schlafen.

Mit schlechtem Gewissen sitze ich auf dem Sofa und ärgere mich über mich selbst, dass ich immer so schnell so ungehalten bin. Ich würde die Jungs so gern liebevoll ins Bett bringen und doch reißt mir jeden Abend dieser bestimmte Faden. Ach, Mann. Ich gucke auf mein Handy und dann zaubert sich doch noch ein Lächeln auf mein Gesicht, als ich lese, was in unserem Energy-Chat, wie der Ersteller die Whatsapp-Gruppe der Seminarteilnehmer genannt hat, so geschrieben wurde.

Ich vermisse die Leute, merke ich. Ja ja, Frau Schüler, deine Kinder schimpfst du an und die Menschen, die du vor vier Tagen noch nicht einmal kanntest, die vermisst du. Dann fällt mir Steffens Ankündigung wieder ein. Er müsse eh mal mit mir reden. Ich umschlinge meine angezogenen Beine und lege den Kopf mit dem Blick zum Garten auf die Knie. Draußen geht die Sonne langsam unter. Die rosafarbenen Pfingstrosen werden in den nächsten Tagen ihre Schönheit in die Welt strahlen. Ich liebe diese prachtvollen Blüten. Schade, dass sie so schnell vergehen oder kaputt geregnet werden. Mein innerer Heilgarten aus der Meditation fällt mir ein. Und dann taucht die hässliche Fratze in meiner Erinnerung wieder auf. So real, dass ich mich richtiggehend erschrecke.

Ich schreibe Eva und Marlene noch einen lieben Gruß und stelle am Handy den Hirnschonmodus ein.

Als ich dann nach einer Weile in meinem Bett liege, nehme ich mir ganz fest vor, morgen nur positive Gedanken zu denken.

———

Um vier Uhr fünfzig bringt mich der Wecker fast um. Verdammt, ist das früh. Drei mal neun. Ich kann noch nicht denken. Verkacktes Weckerteil, halt einfach deine Schnauze! Ich werde wahnsinnig. Dieser Mathewecker ist ja nützlich, weil er nicht eher aufhört, mich anzubrüllen, bis ich fünf Rechenaufgaben gelöst habe. Und zwar korrekt. Achtundzwanzig. Möp. Ich sitze aufrecht im Bett und fluche. Siebenundzwanzig. Puh. Acht mal sechs. Zweiundvierzig. Möp. Alarm ey. Ich schmeiß das Teil gleich gegen die Wand. Und für morgen stelle ich den Modus »sehr einfach« ein. Dieser hier ist »einfach«. Aber doch nicht um diese Zeit, Leute. Ich löse schlussendlich dann doch noch fünf Aufgaben in neun Anläufen und bin wach. Und mies drauf. Ich schleppe mich Richtung Dusche und ärgere mich, wie übrigens schon, seitdem ich hier wohne, dass es um die Zeit ewig dauert, bis das Wasser warm wird. Ich könnte sicher an der Heizungsanlage die Zeiten der Nachtabsenkung verändern, weiß aber nicht, wie das geht, und vergesse immer, jemanden zu fragen. In der Zeit, in der das Wasser warmläuft, wiege ich mich ausnahmsweise mal. Das war ein böser Fehler. Fünfundneunzig Kilogramm. Eine Neun und eine Fünf. Ich bin fassungslos. Ich ziehe meinen Slip aus, schleudere ihn mit dem rechten Fuß in die Ecke mit der Dreckwäsche, verliere das Gleichgewicht, versuche, mich am Ikea-Regal Molger abzufangen, was auch klappt. Dabei fallen allerdings mehrere Flaschen und Tuben auf den Boden. Ich stelle mich nun nackt noch mal auf die Waage. Neun! Fünf! Immer noch. Scheiße! Ich vergewissere mich mit einem Blick in den Ganzkörperspiegel, dass ich nicht vielleicht vergessen habe, meine sauschwere Prinzessinnenkrone aus purem Gold und massiven Klunkern abzusetzen. Fehlanzeige. Keine Krone. Keine Klunker. Keine Prinzessin. Dafür labberige Haut, Dellen und Rollen. Angewidert von meinem eigenen Anblick hebe ich die heruntergefallenen Dinge auf. Auf der letzten Flasche steht »Intensivpflege für erschlaffte Haut«. Frustriert betrete ich die Dusche und fühle mich so fett wie nie. Ich muss dringend Gewicht verlieren. Klar, ich bin groß, aber fünfundneunzig Kilogramm bei einem Meter fünfundachtzig ist jetzt nicht mehr direkt schlank. Ich war aber immer schlank. Nun bin ich auf dem Weg zum Dicksein. Und zwar morgens um fünf Uhr neun, wie mir die digitale Anzeige in meiner Luxusdusche verrät. Sogar die Uhrzeit zeigt eine Neun und eine Fünf. Eigentlich mag ich doch weibliche, runde Frauen. Andere weibliche, runde Frauen. MICH ABER NICHT!

Mit dem abfließenden Schaum läuft auch ein wenig meiner miesen Laune in die Kanalisation. Ich verzichte auf das Eincremen der erschlafften Haut und frage mich die ganze Zeit, wie es sein kann, dass ich unbemerkt so viel zugenommen habe. Wann habe ich mich eigentlich das letzte Mal gewogen? Das war im Winter. Letztes Jahr.

Noch deutlich vor Weihnachten. Da hatte ich mir nämlich diese neue Waage gekauft, die man via Bluetooth mit einer App verbinden kann, die dann den Gewichtsverlauf aufzeichnet und auswertet. Körperfettanteil, Muskelmasse und Wasser im Körper werden auch berechnet. Weil ich es aber nie geschafft hatte, das dämliche Teil mit meinem Handy zu verbinden, hatte ich relativ schnell kein Interesse mehr an der Waage. Fatal. Damals hatte ich aber definitiv irgendwas um die fünfundachtzig Kilo gewogen und das war mir schon zu viel. Es muss ein schleichender Prozess gewesen sein. Ich mache mir Vorwürfe, dass ich mich so habe gehen lassen. Nahezu unbemerkt. Unbemerkt, Frau Schüler, ah so. Wie kann man unbemerkt zehn Kilo zunehmen, wenn man doch eh schon unzufrieden mit seinem Gewicht ist? Das ist schlichtes Verdrängen und Nicht-wahrhaben-Wollen. Ich beschimpfe mich selber, öffne den Schrank und weiß natürlich nicht, was ich anziehen soll. Die Jeans, die obenauf liegt, bekomme ich nicht mal bis über die Oberschenkel gezogen. Klarer Fall, hier handelt es sich um diese allgemein bekannte Spontanzunahme über Nacht. Gestern passte noch die gesamte Garderobe, heute ist der ehemals wunderschöne, filigrane Schmetterling 'ne fette Raupe. Man kennt das. Die bequemen Hosen mit hohem Stretchanteil habe ich gestern Abend noch vom Koffer direkt in den Wäschekorb geworfen. Und die sind auch schuld. Stretchhosen sind hinterhältig und gemein. Schmeicheln dir und machen Komplimente. Dabei wissen sie genau, dass du gar nicht mehr schlank bist. Sie verraten es dir aber nicht. Sie lügen dich an und täuschen mit der Magie des Elasthans deine Sinne. In genau dieselbe Kategorie gehören lange Strickjacken. Sie verhüllen dich. Schlank in lang. Von wegen.

Ich zerre eine der dreckigen Täuschungshosen im Erdgeschoss aus dem Wäschekorb, sprühe sie mit Raumduftspray Goji Berry ein und schäme mich.

Um Viertel nach sechs wecke ich die Kinder. Natürlich muss ich mehrfach aus der Küche nach oben rufen, dass sie sich beeilen sollen. Flugmodus aus und Handy checken, während die Toasts auf ihre Bestimmung vorbereitet werden.

»Hab einen positiven Tag, meine Liebe.«

Eva, wie süß. Ach, stimmt ja, ich wollte doch heute positiv sein. Ich ziehe die Mundwinkel nach oben und rufe: »Ich liebe euch, aber kommt jetzt bitte runter.«

Dann fällt mein Blick wieder auf den Brief der Schule. Den hatte ich ganz vergessen. Ich öffne ihn, schmiere aus Versehen Nutella an den Rand des Zettels und lese.

»Schulordnungsmaßnahme wegen Beleidigung einer Lehrperson. Text, Text, Text … spreche ich gegen Ihren Sohn Paul Schüler einen Verweis aus.«

Ich lese ein zweites Mal. Keine Einladung zum Elternabend. Ich wäre gekommen. Ich schwöre.

»Paul!!!«

Ich bin so aufgebracht, dass mein wütender Schwung einen Nutellatoast vom Teller fliegen lässt, als ich diesen auf den Küchentisch stellen will. Natürlich fällt er mit der klebrigen Seite nach unten. Natürlich streift es meine Hose im freien Flug.

»Paul!!!!!«

Er steht plötzlich vor mir.

»Warum wirfst du den Toast auf den Boden?«

»Ich habe den nicht auf den Boden geworfen! Wenn du keinen Lehrer beleidigt hättest, wäre kein Schulverweis in der Post gewesen. Dann hätte ich den jetzt nicht gelesen und müsste mich nicht aufregen. Dann hätte ich nicht so hektisch reagiert und das Brot wäre noch auf dem Teller.«

»Papa sagt auch, dass du immer die Schuld bei anderen suchst.«

»Bursche!!!«

»Na, schon wieder Streit? Ich dachte, du warst auf 'nem Seminar, das dir guttun sollte«, mischt Theo sich ein.

Ich knalle den Verweis auf den Tisch, gehe wortlos aus der Küche und ziehe vor der Waschmaschine die nun völlig versaute Hose aus, krame eine andere dreckige Stretchhose aus dem Wäschekorb und ziehe sie heulend an. Wie kann denn ein Morgen so schieflaufen? Ich weiß gar nicht, was mich mehr fertigmacht. Dass ich fett bin? Dass mein Sohn offenbar keinerlei Respekt vor den Lehrern hat? Dass Steffen behauptet, ich würde immer die Schuld bei anderen suchen und das auch noch vor den Kindern breittritt? Dass mir das Toastbrot runtergefallen ist? Dass Theo meint, dass alles beim Alten sei und ich auf dem Seminar nichts gelernt habe? Alles zusammen ist einfach ein riesiger Mist. Ach ja, und dann möchte der Herr Schüler ja noch gerne etwas mit mir besprechen. Großartig. Das kann ja nur was Unangenehmes sein. Ich trete gegen den Wäschekorb und das Plastik bricht.

»Kann ich dir helfen, Mami?«

Theo kommt in den Hauswirtschaftsraum und drückt mich. Eigentlich bin ich noch sauer und verzweifelt.

»Danke, ist okay, ich komme schon.«

In der Küche hat niemand das Brot aufgehoben oder ein neues gemacht. Ich erledige das. Immer noch ist so viel Wut in mir.

»Paul, was fällt dir ein, deinen Lehrer zu beleidigen. Hast du jemals gehört, dass ich andere Menschen beleidige? Von wem hast du das?«

»Na ja«, sagt Theo, »du beleidigst uns ganz schön oft, wenn du sauer bist. Aber wir wissen halt, dass du es nicht so meinst. Du kannst eben nicht anders.«

»Und du entschuldigst dich dann immer hinterher«, ergänzt Paul.

Ich lasse mich schuldbewusst auf meinen Küchenstuhl fallen und muss schon wieder heulen. Gott, ich gehe mir selber so sehr auf den Zeiger.

»Esst bitte eure Brote. Wir müssen los. Und Paul, jetzt erkläre mir bitte, was da los war. Wieso bekommst du einen Verweis? Was hast du genau gesagt?«

»Wir haben das Penisspiel gespielt.«

Das was? Ich ahne Fürchterliches. Ich sehe geschlechtsteilwedelnde Vorpubertiere in 3D vor meinem geistigen Auge. Bitte, lass die Geschichte eine FSK-6-Wendung nehmen.

»Das geht so. Einer sagt ›Penis‹. Der Nächste sagt es lauter. Der Übernächste noch lauter und so weiter. Bis man das ganz laut schreit.«

Puh. Harmloser, als mein verdorbenes Hirn dachte. Schäm dich, Frau Schüler. Die sind erst elf Jahre alt.

»Und dann?«, frage ich.

»Fabian hat gesagt, ich soll statt Penis ›Herr Konrad ist scheiße‹ rufen.«

Kommt noch was?

»Das war nach Sport auf dem Schulhof. War halt ungünstig, dass ich nicht gesehen habe, dass Herr Konrad hinter uns war. Ich hab' echt alles gegeben, Mama, danach war ich voll heiser.« Ich überhöre mit einem Schmunzeln den Stolz in seiner Stimme.

»Okay, weiter.«

»Nichts weiter. Dann hat Herr Konrad was von Konsequenzen gefaselt und mehr nicht.«

Ich würde gerne mit ihm abklatschen, weil ich die Geschichte zum Schreien komisch finde. Welcher Lehrer ist denn darüber bitte so echauffiert, dass er da so einen Affen von machen muss? Klar, fehlender Schülerrespekt, den Punkt verstehe ich. Aber mal ernsthaft. Ein Sportlehrer, von dem ich bis dahin immer nur gehört hatte, dass er cool sei, muss doch mit so einer Provokation eines halbstarken Fünftklässlers souveräner umgehen können, als beim Rektor zu petzen, der dann gleich die schönste Blume aus dem Strauß der disziplinarischen Möglichkeiten zieht. Aus meiner Sicht soll Paul sich entschuldigen, meinetwegen irgendwas über Respekt und Achtung schreiben, aber so ein Schulverweis ist eine handfeste Disziplinarmaßnahme, die nun schriftlich fixiert in seiner »Akte« abgeheftet wird. Für wichtigere Vergehen wie Mülleimeranzünden oder Alkohol auf dem Schulgelände wird da die Luft knapp. So ein Mist.

»Das war alles? Ehrenwort?«

Er nickt.

»Okay, Sohn, das war keine Heldentat. Ich möchte, dass du dich bei Herrn Konrad entschuldigst. Ich werde ihn auch noch mal anrufen und gut Wetter machen. Wenn du das nächste Mal einen Lehrer beschimpfen willst, dann sieh dich bitte vorher um. Hörst du?«

———

Nach einer Weile sitzen wir tatsächlich alle friedlich im Auto. Ich bringe die Jungs zur Bushaltestelle. Sie fahren mit dem Bus nach Werther zum Gymnasium und ich nach Bielefeld zur Arbeit.

Im üblichen Morgenstau lasse ich den Morgen Revue passieren.

Das war ja mal ein wirklich gelungener Start ins neue Leben, meine Liebe. Alles genau wie geplant umgesetzt. Positiv bis in die Haarspitzen. Ich lache gequält. Oh, dieses schlechte Gewissen. Es hämmert in meinem Hirn. Schlechte Mutter. Du hast dich nicht im Griff. Du behandelst deine Kinder schlecht. Die werden Schaden nehmen.

Das Handy vibriert. Die Ampel ist rot und ich sehe nach. Eva schreibt.

»Wie bist du in den Tag gestartet?«

»Hey, Siri, ruf Eva Bunte an.«

»Na, du Liebe? Hast schon 'ne Sehnsucht nach der kleinen Esotante?«

Ich grinse.

»Mein Morgen lief gar nicht gut. Als wenn all die gute Energie aus mir raus wäre. Das ist nicht mein Tag heute«, jammere ich.

»Na, nun hak mal nicht direkt den ganzen Tag ab, hm? Es ist ja noch nicht einmal acht Uhr.«

Ich schütte ihr mein Herz aus und merke, wie ich dabei ruhiger werde. Was ist nur an der Eva-Fee, dass sie so etwas Magisches ausstrahlt? Es tut so gut, mit ihr zu reden.

»Puh, das ist aber auch eine Menge, gell? Es ist doch normal, dass, wenn man aus dieser wahnsinnigen Energie vom Seminar heimkommt, der Alltag einen überrollt. Mir ist jetzt halt einfach nur ein paar Mal aufgefallen, dass du negativ redest. Du weißt doch, dass jedes Wort auch seine Energie hat, gell? Wenn du von deinen Buben als Terroristen sprichst, dann sind's fei auch welche. Und wenn du dich als fette Kuh beschimpfst, dann bist du in der Energie der fetten Kuh.«

»Ja, aber wenn ich sage, dass ich schlank wie ein Reh bin, dann stimmt das doch gar nicht.«

Sie empfiehlt mir ein Hörbuch von Louise Hay. Da soll ich mir Affirmationen anhören, die mich in eine bessere Schwingung bringen. Eva ist echt 'ne Liebe.

―――――

Ich fahre ins Parkhaus und tatsächlich freue ich mich auf meine Kollegen. Ich glaube, Franziska stelle ich direkt heute mal auf einen Zettel. Mal sehen, was sie fühlt. Mein Name ist Schüler, Petra Schüler, und ich habe die Lizenz zum Glücklichsein.

―――――

KAPITEL NEUN

»ICH UMARME NUR FREUNDLICHE BÄUME.«

Die erste Woche nach meinem mentalen Krafttraining lässt sich mit dem wunderbaren Wort »ambivalent« beschreiben. Die Essenz aller Aufs und Abs ist jetzt eher so mittel. Mit diesem Buch, das Eva mir empfohlen hatte, tu’ ich mich schwer. Es geht unter anderem darum, dass man für alles dankbar sein soll. Diese Autorin dankt auch ihrer Bettwäsche dafür, dass diese sie so schön zudeckt. Ich danke dann meiner linken Augenbraue, dass sie so herrlich zuckt, oder was? Außerdem soll ich meinem Spiegelbild sagen, wie schön ich es finde. Sorry, aber das sind doch keine wirksamen, geschweige denn lebensnahen Tipps? Ich gucke auf fünfundneunzig Kilo Wellfleisch und sage dann deep from my heart, wie sehr ich diesen Anblick liebe? Das sind keine positiven Affirmationen, das ist reiner Selbstbetrug. Ich hatte das Buch dann schnell beiseitegelegt.

———

Jetzt, am Freitagnachmittag, sitze ich zu Hause und genieße die Ruhe. Die Jungs sind verabredet und übernachten bei einem Freund. Dort holt Steffen sie morgen ab und bringt sie Sonntagabend erst wieder zu mir. Ich sitze mit einem Tee in eine Decke gemummelt auf der Terrasse und freue mich darüber, dass die Sonnenstrahlen es nun Mitte Mai schaffen, ihr Anliegen selbstbewusst durchzusetzen. Es wird endlich wärmer.

Das Telefon klingelt.

»Hallo, Frau Schüler, hier spricht Herr Konrad. Ich bin der Sportlehrer von Paul. Sie hatten um Rückruf gebeten.«

Ach Gott, den hatte ich ja schon wieder total ausgeblendet. Am Montag hatte ich ihm direkt eine Mail geschrieben, dass er sich wegen des Verhaltens meines Sohnes bitte einmal melden soll. Ich wolle mich auch noch mal bei ihm entschuldigen. Seitdem hatte ich nichts gehört und für dieses Thema scheinbar den mentalen Bildschirmschoner aktiviert.

»Oh, schön, dass Sie sich melden. Ich möchte mich auch noch mal dafür entschuldigen, dass Paul« — sich nicht vorher umgesehen hat, ob ein Lehrer in der Nähe ist — »Sie beleidigt hat.«

»Ach, Frau Schüler, kein Thema. Ich fand das ehrlich gesagt witzig, aber verraten Sie das nicht Ihrem Sohn. Die Schule fährt nur einfach einen rigiden Fahrplan, was Respekt und Umgangsformen angeht. Jede Art von Lehrerbeleidigung muss umgehend gemeldet werden und zieht nun mal leider diesen dämlichen Verweis nach sich.«

Ich bin ehrlich gesagt platt.

»Oh, mit so einer Reaktion habe ich nicht gerechnet«, gebe ich zu.

»Wissen Sie, es geht um so viel mehr im Leben, als beleidigt auf etwas zu reagieren. Es ist in Ordnung, dass die Schule hiermit ein Signal setzt. Ich stehe dahinter, aber ich wollte Ihnen auch noch mal sagen, dass ich es für ein ganz normales Verhalten eines Fünftklässlers halte. War halt blöd, dass er sich nicht vorher vergewissert hat, dass kein Lehrer in der Nähe ist.«

Er lacht.

Strike!

»Ich hoffe, Sie haben nicht zu doll mit ihm geschimpft.«

Ich seufze und fühle mich wieder so unendlich schuldig. Ich habe ja schon rumgebrüllt und mich nicht mehr unter Kontrolle gehabt, bevor ich das einzig Richtige dann schon nicht mehr tun konnte. Erst mal das Kind zu fragen, was eigentlich genau passiert ist.

»Doch«, sage ich kleinlaut.

»Das tut mir so leid, Frau Schüler. Paul ist echt ein tolles Kind. Er ist frech. Er testet Grenzen. Aber er hat so eine positive Grundenergie. Er hinterfragt alles, eben auch Autorität. Natürlich darf er sich nicht beleidigend verhalten, aber eigentlich weiß er das.«

Ich nicke stumm.

»Sind Sie noch dran?«

»Oh, ja, ich habe genickt. Entschuldigen Sie bitte. Ich habe darüber nachgedacht, dass Sie von positiver Grundenergie gesprochen haben. Ich war letzte Woche auf einem Seminar, auf dem ging es ganz viel um Energien, Schwingungsfrequenzen, das Gesetz der Resonanz und so weiter.«

Ich weiß auch nicht, warum ich das nun ausgerechnet dem Lehrer meines Sohnes erzählen muss.

»Sagen Sie bloß, Sie waren auch bei Dr. Joe Dispenza in Berlin?«

»Bei wem?«

»Das wäre ja auch ein Zufall gewesen«, lacht er. »Wobei es Zufälle natürlich nicht gibt.«

»Ja, das hat man mir auch gesagt. Ich war in Bayern auf einem Seminar für mentales Krafttraining und hatte mir was komplett anderes darunter vorgestellt. Am ersten Tag wäre ich fast abgereist, weil mir das alles viel zu esoterisch war.«

Wir kommen tatsächlich richtig ins Plaudern. Innerhalb einer Stunde habe ich drei Buchempfehlungen und einen echten Kick bekommen. Herr Konrad ist definitiv nicht scheiße, Paul.

Er hatte mir erzählt, dass er schon vor Jahren in das Thema Achtsamkeit und Meditation eingestiegen sei. Ebenfalls wohl nach einer persönlichen Krise. Das scheint mir bei den meisten der Grund zu sein. Er hatte sich wohl schon an der Schule dafür eingesetzt, dass Themen wie Glück und Selbstliebe im Unterricht behandelt werden. Es hatte sich als schwierig umzusetzen erwiesen, weil sich der Sinn für viele Kollegen nicht so recht erschließen wollte. Doch der Rektor sei nach wie vor offen für seine Ansätze und habe ihn deshalb letzte Woche freigestellt für das besagte Seminar von diesem Dr. Joe Dispenza. Bezahlt habe er das selber, war wohl irre teuer. Doch es bringe in erster Linie etwas für die eigene Persönlichkeitsentwicklung. Das sei all sein Geld wert. Er berichtete dann noch ausführlich von den Meditationen dort und vor allem über viele wissenschaftliche Erklärungen.

Das war das beste Gespräch der gesamten Woche, stelle ich fest. Ich habe mir alle Infos und Tipps schnell notiert und installiere gerade die Hörbuch-App auf meinem Handy, als das Telefon schon wieder klingelt.

»Schüler?«

»Wir können da auch gern mal persönlich ohne diesen ganzen Schulkontext drüber reden.«

Schweigen.

»Äh.«

Ein Sportlehrer, durchtrainiert. Fit. Bestimmt attraktiv ohne Ende. Ich bete die Maisonne an, doch lieber noch etwas weniger Gas zu geben, damit ich die lange Wollstrickjacke mit ’ner Stretchhose kombinieren kann.

»Oh, ich wollte nicht aufdringlich sein. Entschuldigung«, höre ich.

»Nein, nein. Ganz und gar nicht. Ich würde mich freuen. Ich bin ja noch total neu auf dem Gebiet«, antworte ich schnell. Kann ich mich echt mit ’nem Lehrer treffen? Ist das nicht verboten? Ah, Frau Schüler, sortier deine Gedanken. Es ist verboten, toten Kojoten die Hoden zu verknoten. Du darfst privat mit einem Lehrer ausgehen. Auch wenn du zu dick bist.

»Wirklich, gerne, das wäre total fett. NETT. Es wäre total nett.«

Gott sei Dank lacht er.

»Das Wetter soll jetzt am Wochenende ganz herrlich werden. Haben Sie Lust, mit mir eine kleine Wanderung zu machen?«

Wandern? Hat er wandern gesagt?

»Es gibt so eine schöne Runde im Teutoburger Wald vom Schwedenfrieden, kennen Sie das Lokal? Über den Kamm zum Südhang Richtung Halle und über den Hermannsweg wieder zurück. Was meinen Sie?«

Hermannsweg? Halle? Ich bin spontan aus der Puste.

»Ich kenne mich da gar nicht aus und ich bin jetzt eher unsportlich. Wie weit ist denn das so insgesamt?«

»Es kommt drauf an, wie weit wir Richtung Halle laufen, und es stehen überall Bänke. Keine Sorge, es wird gemütlich.«

Dein Wort in Universums Gehörgang, Bursche.

»Okay, morgen um elf Uhr am Parkplatz vor diesem Schwedenfrieden?«, höre ich mich sagen. »Woran erkenne ich Sie? Sie tragen einen knallblauen Adidas-Jogginganzug, ein Stirnschweißband und haben Stoppuhr und Trillerpfeife um den Hals hängen?«, lache ich ins Telefon und denke sofort bereuend: Ich bin die im Kartoffelsack.

»Nee, ich halte ein Schild hoch, auf dem ›Lehrer‹ steht und Sie eins mit ›Schüler‹.«

Alter, der war gut.

»Wir erkennen uns schon. Ich freue mich, dass ich mich mal mit jemandem über ein paar spirituelle Themen austauschen kann«, verabschiedet er sich.

Sofort durchsuche ich auf der Webseite der Schule die Fotos des Lehrerkollegiums nach Herrn Konrad. Es gibt ein Gruppenfoto und viele Namen. Aber kein Porträtbild mit Namen. Mist.

Ich gucke auf die Uhr. Vier am Nachmittag. Ich erkläre die Teezeremonie auf der Terrasse für beendet und die Jagd auf passende Klamotten für eröffnet.

»Karin!!! Was soll ich auf dem Hermannsweg anziehen???«, tippe ich ins Handy. Karin hat sich schon sechs Mal beim Hermannslauf über die gut einunddreißig Kilometer gequält. Was mir bis heute ein Rätsel bleibt, wie man sich dafür freiwillig melden kann. Aber sie versteht sofort, was ich für eine Not habe, als ich den ungewöhnlichen Sachverhalt erkläre.

Piep. Piep.

»Decathlon. Atmungsaktive Outdoorhose. Haben die in allen Größen und vor allem mit superlangen Beinen. Kuss.«

Piep. Piep.

»Und: BERICHTE!!!«

———

Pünktlich um elf Uhr am Samstagmorgen habe ich dank meines allwissenden Navis den Schwedenfrieden gefunden. Ein Ausflugslokal direkt am Fuße des Teutoburger Waldes, was außer mir offenbar jeder kennt.

Meine neue Outdoorhose sitzt. Ich stehe auf dem Parkplatz und halte nach meinem spirituellen Drill-Instructor Ausschau. An einer sehr großen Wanderkarte in der Parkplatzeinfahrt lehnt an einem der hölzernen Pfeiler ein riesiger Typ mit Baseballkappe und hält sein Gesicht in die Sonne. Ich gehe auf ihn zu und lese den Schriftzug auf seinem T-Shirt: »Heute ist Wandertag und ich bin der Lehrer«.

Ich muss so laut lachen, dass nicht nur er in meine Richtung guckt. Wie peinlich. Aber das Shirt ist ein Knaller.

»Ich sagte doch, wir erkennen uns schon«, begrüßt er mich.

»Das T-Shirt haben mir die Kollegen geschenkt, als ich mit der damals berühmt berüchtigten 8c vor vier Jahren meinen ersten Wandertag an der Schule hatte. Es fiel mir gestern wieder ein. Ich fand es für heute ganz passend. Hallo, Frau Schüler.«

Er streckt mir die Hand entgegen. Knappe zwei Meter groß. Rostrote, wilde Locken. Verwegener Kerl. Typ Naturbursche. Geschätzte Fünfzig. Ein Kreuz wie Meister Proper. Und so einen Ohrring hat er auch.

Was habe ich mir bloß für überflüssige Gedanken gemacht. Auf meinem T-Shirt sollte stehen: »Frau Schüler macht alles kompliziert«.

»Hallo, Herr Konrad.«

Von mir aus können wir uns duzen. Der Typ scheint mir total locker. Aber wer bietet wem das jetzt an?

»Wir sind ja inoffiziell unterwegs. Wollen wir du sagen?«, schlägt er vor. Zwei Wanderer — ein Gedanke.

»Ich bin Petra.«

»Ich bin Konrad.«

Ich gucke ihn an. Meine Stirn runzelt sich.

»Ja«, nickt er.

»Nicht wahr!«, lache ich aus.

»Konrad Konrad?«

»Konrad Ferdinand Konrad.«

»Es gibt schlimme Schicksale«, foppe ich und schon ist das Eis gebrochen.

Das erste Wegstück geht steil bergauf, hoch auf den Kamm, den Hermannsweg. Ich bin dankbar, dass er die ganze Zeit redet, sodass ich in Ruhe ums Überleben kämpfen kann und mir nur ab und an ein zustimmendes Grunzen abringen muss. Er sprüht vor Begeisterung, während er von dem Seminar dieses Dr. Joe erzählt.

»Der Typ selbst meditiert jeden Tag mindestens zwei Stunden und das, obwohl er ja ständig um die Welt fliegt und Kongresse abhält.«

Oben angekommen deutet er auf eine Bank.

»Wie versprochen«, lächelt er.

Wir setzen uns.

»Ich bin total unsportlich«, japse ich nach Luft.

»Wenn du das immer sagst, dann bleibt es auch so. Du weißt ja, dass alles, was du denkst und sagst, als Energie ins Feld geschickt wird und sich die passende Resonanzenergie dazu sucht.«

Ich habe ja auf dem Seminar durchaus genau das gelernt, aber so, wie er es sagt, klingt es noch mal einleuchtender.

»Weil ich das von mir denke, kommt alles zu mir, was das bestätigt? So ungefähr?«

»Bestätigt, jein. Sagen wir, du ziehst alles an, was diesen Zustand aufrechterhält.«

Ich kann inzwischen wieder mehr als einen Satz sprechen und erzähle von dem Buch mit den positiven Affirmationen.

»Ich kann aber doch jetzt nicht einfach sagen, dass ich super sportlich bin. Denn das stimmt ja schlichtweg nicht.«

»Ja, deshalb sind so Affirmationen auch schwierig. Vorher muss man einfach etwas Grundlegendes verstehen. Danach hat man keine Probleme mehr, sich diese Affirmationen täglich zu sagen.«

Was muss ich also verstehen?

»Dein Gehirn kann den Unterschied zwischen Vorstellung und Realität nicht unterscheiden.«

Püh.

»Also, das ist bei jedem Menschen so«, fügt er hinzu.

»Sprich weiter.«

»Der Dr. Joe Dispenza erzählt in seinen Büchern und den Seminaren immer von verschiedenen Experimenten, die mit Probanden gemacht wurden. Um bei der Sportlichkeit zu bleiben: Einige Probanden einer Studie trainierten ihren Bizeps im Fitnessstudio mit

Hanteln zwanzig Minuten am Tag. Die andere Gruppe trainierte nur mental. Sie haben sich ebenfalls zwanzig Minuten, aber nur in der Vorstellung mit dem Wachstum ihres Bizeps beschäftigt. Sie taten so, als würden sie trainieren. Ganz fokussiert, in einer Art meditativem Zustand. In beiden Gruppen wuchs bei jedem der Bizepsmuskel. Bei den physisch trainierenden Probanden mehr, aber bei denen, die das Training nur visualisierten, aber nicht körperlich daran arbeiteten, wuchs er eben auch erfolgreich messbar. Die genauen Zahlen stehen im Buch, ich weiß die jetzt nicht auswendig. Dazu gibt es noch viele Studien und Beispiele. Ich lege dir echt seine Bücher und Meditationen ans Herz.«

Großartig, ich meditiere mir dann einfach den Hintern kleiner und die Möpse größer, oder wie? Und dabei futtere ich Chips und Schokolade ohne Ende? Ich bestelle schon mal größere BHs.

»Wenn du also dein Gehirn immer wieder drauf trainierst, dass du unsportlich bist, dann finden auf rein körperlicher Ebene schon Prozesse statt, die dich unsportlich bleiben lassen. Das ist aber nur das eine.«

Wir laufen weiter. Dieses Mal geht es bergab. Gott sei Dank.

»Wir sind alle an das Universum, das Quantenfeld, das morphogenetische Informationsfeld, die göttliche Intelligenz — nenne es, wie du meinst — angeschlossen. Das ist der Raum, in dem alles möglich ist. In dem es keine Zeit gibt. In dem du nicht mehr körperlich bist, sondern nur noch reine Energie. Im gegenwärtigen Moment. Du bist dort niemand, im unendlichen Raum im Nirgendwo.«

Er guckt zu mir rüber.

»Klingt abgehoben, ich weiß. Im Quantenfeld sind alle unendlichen Versionen deines Selbst parallel vorhanden. Dort existiert auch die sportliche Petra. Auch die verfettete und todkranke Petra. Und alle anderen Versionen.«

»Ah so.«

So richtig folgen kann ich nicht. Anders als aber noch vor zehn Tagen in Bayern bin ich inzwischen die Version Frau Schüler, die nicht mehr so ablehnend ist.

»Jetzt hat der Dispenza verschiedene Meditationen entwickelt, in denen er dich anleitet, genau das zu visualisieren, was du sein möchtest. Sagen wir, du bist ein älterer Herr, hast schwere Rückenschmerzen und kannst deshalb nur noch krumm gehen und dich wenig bewegen. Dann stellst du dir in der Meditation in allen Einzelheiten vor, wie dein Leben wäre, wenn du all die Einschränkungen nicht mehr hättest. Diese Meditationen dauern meist eine gute Stunde. Es ist also ein sehr intensives, ausdauerndes Visualisieren innerhalb des Zustands des körperlosen Seins. Als Energie im Raum der unendlichen Möglichkeiten.«

Ich verstehe, was er meint, weil ich es mit Ottokar erlebt habe. Ich kenne also den Zustand des körperlosen Seins als reine Energie; sonst hätte ich hier abgeschaltet. Da bin ich sicher. Anders als die Menschen aus meinem Seminar, die ein so großes Vertrauen haben, dass sie das einfach glauben, was man ihnen erzählt.

»Okay, also der Rückenkranke sieht sich, wenn er den passenden Zustand erreicht hat, wie er geschmeidig die Muddi an sich zieht und ihr einen hollywoodreifen Filmkuss gibt, ohne dabei auf sie draufzufallen.«

Konrad lacht.

»Eins plus, Schüler.«

»Er sieht sich in den Pool springen und Handstand machen. Er nimmt seine Enkel Huckepack und läuft dann noch beim Hermannslauf mit.«

»Ganz genau so. Je echter er das in seiner Meditation sieht und fühlt, je realer es ist, umso effektiver.«

Ich verstehe.

»Am Ende wird man angehalten, ein intensives Gefühl der Dankbarkeit zu erzeugen. Dankbarkeit darüber, dass das Gewünschte bereits Realität geworden ist. Dieser Zustand einer höheren Emotion, so nennt er das, ist sozusagen der Beweis dafür, dass das visualisierte Bild schon umgesetzt ist.«

Ich bleibe kurz stehen, um zu denken.

»Denn es passiert dann zweierlei.«

Er kann nicht verstecken, dass er Lehrer ist. Dozieren macht er gern.

»Erstens passiert ganz viel auf dem körperlichen Gebiet. Das könnte dir jetzt wahrscheinlich nicht mal Herr Butschke, Pauls Biolehrer, erklären, aber der Dispenza zählt haarklein auf, welche körperlichen Prozesse dabei in Gang gesetzt werden. Das ist dann so wie bei den Bizepsmentalisten«, zwinkert er mir zu.

»Zweitens hat dann der Rückenpatient aus unserem Beispiel alle erforderlichen Frequenzen ins Feld gesendet, die es braucht, damit er Gesundheit, Beweglichkeit, Filmkuss und so weiter anzieht. Denn gleiche Frequenzen finden sich immer. Das ist ein Naturgesetz. Das Gesetz der Resonanz kannst du nicht umgehen. Das ist einfach nur großartig, oder?«

Er redet mit so viel Begeisterung und Hingabe. Seine verrückten Locken wippen unter seiner Kappe wie Antennen in alle Richtungen. Der Typ ist ein Freak. Das gefällt mir.

»Also, wenn ich jetzt nicht mehr unsportlich sein möchte, dann meditiere ich. Stelle mir vor, wie ich locker hier hoch marschiere« — ich drehe mich um und zeige den Weg nach oben hoch.

»Ja, und du machst es so real, wie es dir gelingt. Vielleicht schaffst du es, dass du dabei siehst, wie sich deine Muskeln anspannen. Wie du die Kraft in deinen Beinen wachsen fühlst. Du hörst die Musik, die durch deine Kopfhörer schallt, wenn du joggst. Du schmeckst den Schweiß auf deiner Oberlippe und fühlst das gute Gefühl, fit zu sein. Du siehst dich im Fitnessstudio an den Geräten und schaust auf deinen Bauch, wie sich das Sixpack hebt und senkt, wenn du deine Wanne trainierst. Du genießt die bewundernden Blicke der anderen und bist unglaublich glücklich, sportlich, fit und durchtrainiert zu sein.«

Wanne?

»Und dann bist du so glücklich darüber und so voller Freude, dass das bereits real ist, dass du schon ein sportlicher Mensch bist, dass es sein kann, dass dir in der Meditation die Freudentränen übers Gesicht laufen. Dann hast du alles richtig gemacht.«

Ein Freak! Mir ist das alles zu viel Information. Ich weiß gerade nicht, wie ich das alles behalten soll. Dennoch ist es ein Wahnsinn, was der für eine Power hat und mit welch einer Inbrunst der redet. Ich bleibe stehen und verbeuge mich.

»Sorry, Petra, ich kann mich da ganz schwer bremsen. Wenn du einmal erkannt hast, was sich dadurch für Möglichkeiten ergeben, dann brennst du dafür! Ich möchte es in die Welt schreien, jeden schütteln, der es nicht wahrhaben will und mich ansieht, als sei ich auf Droge. Das Leben ist so großartig. Wir können es steuern. Wir sind die Schöpfer unserer Zukunft. Ja, das liest man ständig auf Sinnsprüchen auf Facebook und Instagram. Ich weiß. Aber wer versteht schon, was das wirklich heißt? Dass das wirklich wahr ist? So wenige. Leider.«

Gleich umarmt er sicher einen Baum.

»Petra, ich bin so froh, dass ich mit dir darüber reden kann. So frei, weißt du? Immer wenn man im Freundes- oder Familienkreis derartige Themen anfängt, bekommt man blöde Sprüche: Was hast du denn geraucht? Oder: Umarmst du auch Bäume?«

»Also ich umarme ja grundsätzlich nur freundliche Bäume«, schießt es aus mir heraus.

Wir lachen beide laut und befreit. Er, weil er es wirklich lustig findet. Ich aus anderen Gründen, aber ebenfalls aufrichtig und von Herzen.

»Guck mal, der da sieht überaus freundlich aus!«, rufe ich und renne auf einen Baum zu, dessen Stamm Ausbuchtungen und Zeichnungen hat, als lache er mit Pausbacken.

Ich stelle mich vor den Baum und umarme ihn. Ich, Petra Schüler, umarme einen Baum. Konrad kommt dazu und umarmt ihn von der anderen Seite. Seine Arme umschließen den Baum und mich. Was mache ich denn jetzt? Pauls Sportlehrer, der Baum und ich. Was für eine groteske Situation. Er merkt, dass ich mich lösen will, lässt aber mit seinen Armen einen behutsamen Gegendruck entstehen, sodass ich bleibe. Unsere Gesichter lehnen zur Seite gedreht am Baum. Meine Arme haben den Baumstamm umschlungen, sein Herz liegt genau auf Höhe meiner Hände, seine Hände auf meinem Rücken. Dazwischen der Baum. Ich fühle seinen Herzschlag.

»Mach mal die Augen zu«, flüstert er.

Ich schließe sie und mache einfach mit.

»Und jetzt öffne dein Herz.«

Ich weiß, was er meint. Wie damals im Heilgarten — da stand mein Herz ja irgendwie ab. Die Herzenergie hat über meinen Körper hinausgestrahlt. Ich weiß, dass ich das kann und lasse alle Irritationen über diesen schrägen Moment so gut los, wie ich kann. Ich fühle, wie mein Herz ganz groß und warm wird. Es breitet sich aus und strahlt. In den Baum hinein. Ich spüre den Widerstand des Baumstammes nicht mehr, als sei ich selbst innerhalb des Baumes. Und plötzlich ist sie wieder da. Diese energetische Berührung. Konrad, der Baum und ich. Nichts Physisches. Reine Energie. Keine Grenzen, kein Oben und Unten. Kein Kalt und Warm. Kein Innen und Außen. Kein Nah und kein Fern. Und doch. Alles von allem ist da. Ein Zustand von Unendlichkeit und Großartigkeit, für den es keine irdischen Worte gibt. Das ist er. Der gegenwärtige Moment. Dieser eine Augenblick. Irgendwo im Nirgendwo. Wo du niemand bist, aber alles möglich ist.

Ich hab' keine Ahnung, wie lange wir da gestanden haben. Das Bellen eines Hundes hat uns ins Hier und Jetzt zurückgeholt.

»Du hast Rinde im Gesicht«, grinse ich Konrad an.

»Und du ein lustiges Muster auf der Wange«, gibt er zurück.

————

Eine ganze Weile gehen wir still nebeneinander her. Ich bin davon überzeugt, dass sich unsere Bauchhirne bestens miteinander unterhalten.

Völlig überrascht bin ich, als Konrad sagt: »Hier geht's jetzt wieder hoch. Da vorn ist das Haus Ascheloh.«

»Haus Ascheloh schon?«

Ich kenne die kleine Jugendherberge zwischen Werther und Halle. Theo hat dort seine Abschiedsfeier von der Grundschule mit Übernachtung gehabt. Bin ich jetzt ernsthaft so weit gelaufen?

»Ich sagte doch, dass es ganz gemütlich wird. Wir können das noch etwas ausdehnen. Dann wird die Runde ungefähr zwölf Kilometer. Was meinst du?«

»So sportlich, wie ich bin, ist das ein Klacks für mich«, strahle ich ihn an.

Wir gehen also am Haus Ascheloh vorbei und laufen nun am Nordhang des Teutoburger Waldes. Ich bin so beeindruckt, wie wunderschön unser Teuto ist. Das habe ich nicht gewusst. Dabei ist er direkt vor der Tür.

»Zu den Affirmationen wollte ich dir noch was sagen«, setzt Konrad wieder an.

»Gerade bei den Themen, die sich in dieser jetzigen Realität ganz offensichtlich nicht optimal anfühlen, musst du vorher diese Meditationsübung machen. Was hast du zum Beispiel für ein Thema. Von deiner Sportlichkeit mal abgesehen?«

Puh, ganz schön persönliche Frage. Aber hey, ich bin gerade mit ihm in einem Baum verschmolzen. Also sage ich: »Ich muss dringend abnehmen. Ich will fünfzehn Kilo verlieren.«

»Frauen! Ihr Frauen und das Gewicht. Aber gut.«

Ich frage mich, ob ich bereuen soll, dass ich es angeschnitten habe. Mir wird dafür aber keine Zeit gelassen.

»Wenn du dich dick fühlst und dann die Affirmation sagen sollst: ›Ich liebe meinen schlanken Körper‹, wird es schwierig. Weil dein Verstand sofort dazwischengrätscht.«

Ja, das ist das, was ich gesagt habe.

»Möchtest du ein Experiment machen?«

»Das fragst du die, die heute mit einem nahezu Fremden einen Baum umarmt hat?«

»Fremd?«, er klingt ein wenig enttäuscht. »Ich fühle mich dir gegenüber, als würden wir uns schon immer kennen. Schon bevor wir geboren worden sind.«

Ich muss zugeben, dass seine Worte genau das sind, was ich auch empfinde. Der Verstand aber sagt, dass das hier der »Herr Konrad ist scheiße« ist und eben der Sportlehrer meines Sohnes.

»Ja, das ist auch so«, sage ich dann einfach.

Er lächelt.

»Du lädst dir die Meditationen vom Dispenza mal runter. Es gibt verschiedene. Schau, welche dir gefällt. Mein Tipp ist *Du bist das Placebo*. Dazu hat er auch ein großartiges Buch geschrieben. Du machst die Meditationen zweimal täglich. Mindestens eine Woche lang. Du merkst, wann es mit diesem Thema reicht. Visualisierst also deine schlanke Traum-Petra im gegenwärtigen Moment als reine Energie, so real es geht. Bedankst dich dafür, dass diese Petra bereits im Quantenuniversum existiert und so weiter. Irgendwann weißt du, dass es wahr ist.«

»Und dann wache ich auf und bin schlank?«

»Warte es ab. Probiere es aus und freue dich darauf.«

———

Ich bin so aufgeregt, dass ich unbedingt nach Hause möchte, um mir die Meditationen runterzuladen. Wir haben noch wunderbare Gespräche und genießen jeden einzelnen Augenblick. Am Schwedenfrieden wieder angekommen, trinken wir dort noch einen Kaffee und essen ein Stück Kuchen.

Später tauschen wir noch Handynummern aus und verabschieden uns mit einer herzlichen und langen Umarmung.

»Das war ein toller Wandertag, Herr Konrad«, sage ich.

»Du bist meine Lieblingsschülerin«, antwortet er augenzwinkernd.

———

KAPITEL ZEHN

»MAN KANN GLEICHZEITIG SINGLE UND KEIN PIZZA-MONSTER SEIN.«

Die Lieblingsschülerin eines Sportlehrers war ich die letzten fünfundvierzig Jahre nicht ein einziges Mal. Schade eigentlich, denn es fühlt sich verdammt gut an.

———

Zu Hause lade ich mir gleich mehrere Hörbücher runter und weiß gar nicht, mit welchem ich beginnen soll vor lauter Euphorie. Ich höre einfach sehr gerne. Lesen strengt mich an. Hören berührt mich so direkt und ich kann mir gut merken, was mich auditiv erreicht. Mit meinem Musikstreaming-Abo konnte ich kostenlos unzählige Thriller und Krimis hören. Diese für mich jetzt aber interessante Sorte Hörbuch muss ich käuflich erwerben und das tue ich gerne.

In meiner Mediathek befinden sich nun *Werde übernatürlich* von Dr. Joe Dispenza und ebenfalls seine Meditation *Du bist das Placebo*, *Gespräche mit Gott* von Neale Donald Walsh und *E hoch 2 — Wie Ihre Gedanken die Welt verändern* von Pam Grout.

Das dürfte fürs Erste reichen.

Am Montag habe ich zwei Termine in Ostfriesland und viel Zeit zum Hören auf der Fahrt.

Natürlich fixt mich das Gewichtsthema unglaublich an. Wie genau soll denn das jetzt funktionieren? Ich kann es mir immer noch nicht vorstellen. Den Part mit der Visualisierung habe ich grundsätzlich begriffen, auch das Gefühl der Dankbarkeit als Quittierung. Aber was dann? Gehe ich mit fünfundachtzig Kilo ins Bett und stehe morgens mit siebzig wieder auf, weil ich mir die schlankere Frau Schüler aus dem Quantenuniversum ausgewählt habe? Die existiert ja angeblich schon als Energie — ich muss sie nur noch anziehen? Aber was ist dann mit meinem Umfeld? Es gibt ja Naturgesetze. Niemand nimmt über Nacht fünfzehn Kilogramm ab, ohne — sagen wir — zwei Beine verloren zu haben. Wundern sich dann nicht Nachbarin und Ehemann?

»Ey, guck mal, die Frau Schüler. Die ist ja plötzlich voll dünn. Die hat doch nachgeholfen. Ich wusste ja immer, dass die regelmäßig was machen lässt.«

Hm.

»Guten Tag, ich bin auf der Suche nach meiner Frau. Die wohnte letztens noch hier«, sagt dann Steffen, wenn er morgen Abend die Kinder bringt und die schlanke Frau in der Tür nicht erkennt?

Piep. Piep.

»Erzäääähl!«

Ach ja, ich sollte ja Karin berichten.

»Die Hose hat gepasst.« Nee, ich lösche es.

»Der hat rote Locken.« Lösche es wieder.

»Voll der spirituelle Typ.« Lösche.

»Wir sind zwölf Kilometer gewandert.« Uninteressante Information für die Hermannsläuferin. Lösche.

»Wir haben einen Baum umarmt.« Sende.

Sie liest.

Lange Pause.

Das war ein Fehler. Ich klatsche mir vor die Stirn. Das versteht doch außer Konrad und mir niemand.

Piep. Piep.

»Was war das für ein Baum?«

Was das für ein Baum war? Ja, was weiß ich! Ein freundlicher. Keine Ahnung. Mischwald. Ich habe nicht drauf geachtet. Buche? Eiche?

»Einer mit Pausbacken.«

Piep. Piep.

»Hast du gesoffen?«

Noch nicht, aber keine schlechte Idee eigentlich. Sie hält mich für durchgeknallt. War klar. Ich seufze etwas betrübt und mache mir einen Aperol Spritz. Am Samstagnachmittag. Dann schicke ich Karin ein Foto davon.

Piep. Piep.

»Alles klar. Viel Spaß euch beiden.«

Uns beiden? Sie glaubt doch nicht ernsthaft, dass ich einen Sportlehrer mit nach Hause nehme. Ich nehme überhaupt gar keine Männer mit hierher. Ehrlich gesagt habe ich seit der Trennung von Steffen nicht mal auch nur an Männer gedacht. An Frauen übrigens auch nicht. Steffen war meine große Liebe und er ist der Vater unserer Kinder. Wir bleiben immer eine Familie. Ich hatte bisher kein Interesse daran, nur weil wir als Ehepaar nicht mehr funktioniert haben, nach einem anderen Mann Ausschau zu halten. Das ändert sich vielleicht, wenn die Kinder größer sind, sie immer öfter ihre eigenen Wege gehen und ich mehr Freiraum habe. Derzeit habe ich keinen Platz für einen neuen Mann in meinem Leben. Oder Herz? Da fällt mir wieder ein, dass Steffen mir doch noch was erzählen wollte. Schlagartig ist meine Stimmung im Keller.

»Ich bin alleine hier. Hatte einen netten Ausflug mit Herrn Konrad. Mehr nicht«, schreibe ich Karin noch.

Ich nippe an meinem orangenen Getränk und spinne mir in Gedanken zusammen, was Steffen mir wohl mitteilen möchte.

Weniger Unterhalt? Oder ist er krank? Geht es ihm nicht gut? Will er vielleicht doch das Seminar nicht ganz bezahlen? Nein, das kann es nicht sein. Was er verspricht, das hält er. Immer, ohne Ausnahme. Aber es kann nur was Unangenehmes sein; sonst hätte er das doch schon längst erzählt. Hach Mann, ey.

Mein Stimmungsabfall drückt sich im Füllstandsäquivalent des Glases aus. Nur noch ein Hauch Orange am Boden.

Ich gehe in die Küche und mixe mir ein zweites Glas. Dabei fällt mein Blick auf den Kalender. In der letzten Juniwoche steht da ein Termin: »Wandertag Paul und Theo — Rucksack mitgeben«. Sofort muss ich schmunzeln und laufe beseelt wie noch vor zwei Stunden zurück zum Sofa.

Wie kann es sein, dass ich innerhalb von Sekunden solche Stimmungsschwankungen durchlaufe? Das ist doch nicht normal. Man kann doch nicht alles auf die Hormone schieben.

Ja, in dem Punkt hat Steffen wahrscheinlich recht, wenn er meint, dass ich unberechenbar sei. Die Mundwinkel hängen wieder und ich lasse mich frustriert aufs Sofa plumpsen. Und als hätte ich mich auf ein Nagelbrett gesetzt, springe ich in Nullzeit wieder auf. Frau Schüler hat eine Erkenntnis! Es ist so banal und doch so verflucht schwierig.

Tatsache ist doch, dass sich, seitdem ich von meiner spirituellen Wanderung wieder zu Hause bin, faktisch nichts verändert hat. Dennoch habe ich aber mehrere intensive Höhen und Tiefen der Diven-Gefühlsskala durchlaufen. Ich gehe im Wohnzimmer auf und ab, so sehr stachelt mich meine Erkenntnis an. Das Einzige, was sich in den letzten einhundertzwanzig Minuten kontinuierlich verändert hat, sind meine Gedanken. Das berühmte Kopfkino.

»Ich höre diese Hörbücher und finde den Schlüssel zu allen Problemen.« — Frau Schüler könnte nicht besser drauf sein.

»Hast du gesoffen?« — Meine Freunde können eh nicht nachvollziehen, was ich gerade erlebe. Ach, das ist traurig.

»Steffen hat sicher etwas Schlimmes zu sagen.« — Frau Schüler fällt in sich zusammen und malt sich ein Katastrophenszenario nach dem nächsten aus. Stimmung am Nullpunkt.

»Wandertag Theo und Paul« — Frau Schüler ist in Nullkommanix wieder im Allmachtsmodus, weil ihr der wunderschöne Spaziergang einfällt.

Es sind meine Gedanken!

Meine Gedanken erschaffen mein Gefühl. Ja, all das liest man ständig und mein alter Wanderkumpel hat es heute ja auch gesagt. Doch dieser Moment der Selbsterkenntnis ist gelebte und verstandene Praxis. Das ist kein stylishes Instagram-Meme. Das ist Wahrhaftigkeit.

Ich habe mich keine fünf Meter bewegt und mich dennoch in komplett konträren Energiezuständen befunden. Dabei ist nichts, rein gar nichts passiert. Es hat sich alles in meinem Kopf abgespielt. Ich habe nur gedacht. Das muss ich sacken lassen.

Piep. Piep.

»Habt ihr echt einen Baum umarmt?«

Was soll ich nun antworten? Ich muss erst zu Ende denken.

Wenn ich auf meine Gedanken achte, kann ich beeinflussen, wie ich mich fühle. Aber manchmal denkt es mich eben einfach.

Über den letzten Satz stolpere ich. Es denkt mich? Nein, das ist falsch. Also nicht nur grammatikalisch. Ich bin in jeder Hinsicht zu einhundert Prozent für meine Gedanken verantwortlich und bestimme sie selbst. Ich muss mir ihrer nur bewusst sein.

Wenn ich negativ denke, dann muss mir das auffallen. Und das ist es bisher nicht oder nur selten. Bingo. Ich habe die Lösung umzingelt, ich merke es. Wie fällt mir auf, dass ich für mich ungünstige Gedanken denke? Ganz einfach. Wenn ich wütend, traurig, niedergeschlagen, eifersüchtig bin oder ein für mich unangenehmes Gefühl in mir spüre, frage ich mich, was ich gerade gedacht habe. Es ist schlichtweg unmöglich, einen positiven Gedanken zu denken und dann ein negatives Gefühl zu bekommen. Oder?

Gut, aber manchmal bin ich ja schon so mies drauf, weil ich nicht gemerkt habe, dass ich mich da kopfcinematös selbst bereits ganz tief in die Jauchegrube der Negativität begeben habe. Wie soll ich dann einen schönen Gedanken fassen? Ich denke an meine Wutausbrüche. Ich bin dann fast nicht mehr ich selbst. Ich schimpfe und rede mich immer weiter in Rage. Selbst wenn ich das merke, dann kann ich doch nicht plötzlich denken: Oh, wie wunderbar, die Sonne kitzelt meine Nasenspitze. Ich denke dann: Herrgott, die scheiß Sonne blendet mich schon wieder.

Wie bekomme ich dann die Kurve? Daran werde ich noch arbeiten müssen.

Die einfachste Lösung wäre ja, den positivsten Gedanken zu denken, zu dem ich gerade fähig bin. Wenn ich also im Wutrausch morgens den Wäschekorb eintrete, könnte ich denken: Ich mochte das grüne Plastik eh nicht, der Nächste wird rosa.

Man müsste dann aber konsequent weitermachen. Denn die Wutauslöser, wie der Schulverweis, das Nutellabrot am Boden und so weiter, sind ja noch nicht aus der Welt geschafft. Der positivste Gedanke zum Verweis wäre in der Situation: Wenigstens ist Paul nicht verletzt. Er ist Gott sei Dank gesund.

Ha! Da merke ich, wie sich eine gewisse Milde einschmuggelt, die vorher nicht vorhanden war. Die nächsten Gedanken schaffen es immer weiter auf die gute Seite der Macht. Der Schulverweis ist nur ein Zettel, auf dem etwas aus der Vergangenheit niedergeschrieben ist. Die Situation ist schon vorbei. Dein geliebtes Kind sitzt hier und mümmelt total niedlich seinen Toast. Theo hat mich sogar umarmt. Ich liebe euch so.

Wow. So könnte es klappen. Die schwierigsten sind die ersten zwei bis drei Gedanken, die die Negativspirale unterbrechen sollen. Aber wahrscheinlich auch alles eine Übungssache.

Und eine Frage der Entscheidung.

Piep. Piep.

»Jetzt sag!«

Karin möchte noch eine Antwort.

Folgende Varianten stehen zur Auswahl.

Variante A: Karin macht sich sicher lustig über mich. Wie schade, dass sie mich nicht versteht. Ich werde etwas traurig und antworte: »Schade, dass du das albern findest.« Dann wird sie sich eventuell angegriffen fühlen und, ach.

Variante B: Mein Baumerlebnis war magisch. Für mich. Niemand muss das verstehen. Es bleibt als wunderbarer Moment für immer in mir. Ich bleibe in meiner positiven Energie und antworte: »Klingt völlig schräg, ne? Aber es war maaaagisch und ich bin so glücklich, dass ich das gemacht habe. Muss jetzt noch drüber kichern.« Vielleicht wird sie schmunzeln, vielleicht wird sie neugierig. In keinem Fall aber fühlt sie sich nach diesen Worten angegriffen und ich bin immer noch gut drauf.

Ich entscheide mich für Variante B.

Piep. Piep.

Na, nun bin ich aber auf ihre Reaktion gespannt.

»Ich muss gerade an dich denken.«

Ich werfe das Handy aufs Sofa, als sei es ein glitschiger Frosch, trinke einen Schluck und nehme es wieder in die Hand.

Quak. Quak.

»Ich habe vergessen, dir die Hausaufgaben mitzugeben. Bitte schreibe einen ansprechenden Reisebericht über die heutige Wanderung. Freundliche Grüße. Herr Konrad.«

Ich lache laut.

Was wird das denn hier? Ich muss gerade an dich denken?

Piep. Piep.

»Petra, das klingt genauso schräg wie wundervoll. Halt dir den Lehrer warm, Schülerin. Kuss.«

Ich freue mich über Karins Nachricht. Sehr. Und aus diesem schönen Gefühl heraus antworte ich Konrad.

»Kann ich das auch mündlich vortragen?«

Ups. Das war forsch. Ich halte mir die Hand vor den Mund. Ich meinte es in jedem Fall wortwörtlich und hoffe aus unschuldigstem Herzen, dass er das nicht zweideutig versteht. Ich weiß nicht mal, ob er Single ist oder schwul oder sonst was. Ich hämmere mir vor die Stirn. Bitte, lass es mich nicht versaut haben.

Piep. Piep.

»Du kannst es auch vortanzen.«

Oh Gott. Ich habe Bilder im Kopf. Mach die weg. Weg!

Piep. Piep.

»Kannst dir bei Paul was abgucken. Wir machen gerade Jump-Style in Sport.«

Google Jump-Style. Ah, das ist so ein Tanzgehüpfe. Vielleicht meint er doch eine andere Art Tanz, als ich befürchtet hatte.

»Darüber muss ich erst noch meditieren«, versuche ich, dem Gespräch wieder die gewünschte Richtung zu geben.

Das Handy klingelt. Er ruft an.

»Lieblingsschülerin?«, melde ich mich.

»Wollen wir das mal zusammen machen?«

»Was?« Oh my god.

»Na, meditieren«, löst er auf. »Hast du Lust?«

»Zu meditieren?«

Mir fallen spontan die just mit den Kindern geübten englischen Adjektivsteigerungen bad, worse, worst ein. Wie kann man es noch schlechter machen, Frau Schüler?

»Äh, ja? Warte, wir fangen noch mal von vorn an.«

Er legt tatsächlich auf. Ich starre auf mein Handy. Er ruft wieder an. Ich nehme wortlos ab.

»Hallo, hier ist Konrad. Weißt du noch? Wir haben ja heute so eine schöne Wanderung gemacht. Erinnerst du dich?«

Ich lache ins Handy und verbinde in Erwartung eines längeren Gesprächs vorsichtshalber mein Headset und setze es auf.

Ich habe noch nie ein so unbeschwertes und sich ständig neu befruchtendes Gespräch geführt. Irgendwann meldet mein Akku kritischen Kraftverlust und dann erst stelle ich fest, dass es inzwischen achtzehn Uhr ist. Wir haben fast zwei Stunden miteinander telefoniert und es war zu keiner Sekunde komisch oder langweilig. Keine peinliche Pause, nicht ein einziger Störfaktor.

»Mein Akku gibt auf«, sage ich. »Außerdem ist es inzwischen Abend. Deine Frau wartet sicher schon mit dem Essen.«

Stille.

»Oder dein Freund?«, schiebe ich zaghaft hinterher.

»Nee, ich koche selbst«, höre ich, »sogar ganz gut.«

Stille.

»Petra, bitte versteh das jetzt nicht falsch. Ich fühle mich so sehr mit dir verbunden. Auf eine ...«, er scheint nachzudenken, »bisher für mich unbekannte Weise. Ich weiß gar nicht so richtig, wie ich das sagen soll. So auf Seelenebene.«

Ich mache ein zustimmendes Geräusch.

»Ich möchte gar nicht auflegen«, fährt er fort.

Gespräch ist weg. Akku down.

Mist, Mist, Mist. Wo ist das verdammte Ladekabel? Ich renne die Treppe hoch und finde eins in Theos Zimmer. Renne wieder runter und hänge es an die Dose, damit es mit seinem notwendigen Lebenselixier genährt werden kann. Das Festnetz klingelt.

Außer Atem und ärgerlich über die Störung melde ich mich.

»Schüler!«

»Ist das dieselbe Frau Schüler von vorhin?«

Natürlich, Konrad hat ja unsere Festnetznummer. Da hat er doch auch gestern angerufen.

»Ja, ich habe mehrere Gesichter«, gebe ich zu.

»Ich möchte die alle kennenlernen, bitte. Soll ich was für uns kochen?«

Wo kommt denn auf einmal dieses »uns« her? Ach, Petra, nun entspann dich. Er sagte Seelenebene und meinte das sicher auch so.

»Nur wenn es mehr als Tiefkühlpizza ist«, scherze ich und beiße mir sofort wieder auf die freche Zunge.

»Keine Sorge. Man kann Single und gleichzeitig kein Pizza-Monster sein. Also, kommst du?«

»Was, jetzt? Zu dir?«

»Ins Hotel???«, ahmt er den alten Hallervorden-Sketch nach und lacht. »Ja, du zu mir. Oder willst du Paul und Theo erzählen, dass Herr Konrad sich in eurer Küche jetzt richtig gut auskennt?«

Daran hatte ich gar nicht gedacht.

»Ähm, ich sitze hier in Jogginghose und so«, wende ich ein.

»Hallo? Ich bin Sportlehrer. Ich besitze gar keine anderen Hosen.«

WILL ich das? Will ICH das? Will ich DAS?

Ja. Ich will.

»Oh, Scheiße«, fällt mir ein, »ich hab' schon zwei Aperol getrunken.«

»Ich hol' dich. Deine Adresse steht bei den Unterlagen von Paul. Bleib, wie du bist. Bitte nicht anhübschen oder diesen ganzen Frauenkram betreiben. Ich komme aus Kirchdornberg. Bin in fünfzehn Minuten da.«

Er legt auf, damit ich keine weiteren Widerworte geben kann. Das ist mir sofort klar.

Ich gucke panisch an mir runter. Die Jogginghose, die ich trage, ist die einzig noch passende. Sie ist mit Krümelmonstern bedruckt! Die Haare hatte ich mir nach der Dusche heute nicht mal geföhnt, sondern nur nass irgendwie hochgedröselt. Kreisch! Ich sehe aus wie eine Vogelscheuche aus der Sesamstraße. Ich wirble rum und reiße mit meiner langen Strickjacke das halb volle Glas Aperol vom Couchtisch. Das fehlte noch.

Pause. Atmen.

Kontrolliere deine Gedanken, Frau Schüler. Der positivste, den du denken kannst? Gott sei Dank ist der Teppich nicht weiß? Gut. Nächster. Das Krümelmonster macht sich auf der Buchse besser als Miss Piggy. Ich muss schon lachen. Schnell beseitige ich das Chaos. Dann ziehe ich mir meine weißen Sneaker an, wickle mir einen überdimensionalen hellgrauen Schal um Hals und Schultern und entscheide, dass ein bisschen Lipgloss erlaubt sein muss. Rucksack, Geld, Schlüssel, Handy, Ladekabel. Es klingelt.

»Wir können auch Kekse backen«, begrüßt mich Konrad und zeigt auf meine Hose.

»Du hast es so gewollt«, versuche ich, selbstbewusst zu klingen.

———

Er wohnt in einer großzügigen Vierzimmerwohnung eines renovierten Altbaus in Kirchdornberg. Ebenfalls ein Stadtteil im Bielefelder Westen.

Ich darf mich überall umsehen. Er hat eine große Küche mit so alten Schachbrettfliesen. Hier drin steht auch ein rustikaler, riesiger Esstisch aus massiver Eiche, der sicher schon verdammt viel erlebt hat.

Ein Arbeitszimmer vollgestopft mit Büchern, die schwer nach Schule aussehen.

»Warum braucht ein Sportlehrer so viel Buchmaterial?«

»Weil der Sportlehrer auch noch Deutsch unterrichtet und die ein oder andere Zusatzaufgabe in der Schule übernommen hat.«

Das kann man gelten lassen.

Ein Wohnzimmer, das eher einem Musikzimmer gleicht. So ein Herrenzimmer mit wahrscheinlich sündhaft teurer Musikanlage. Mehrere Gitarren kann ich ausmachen und eine chillige Sofalandschaft. Keinen Fernseher.

Das dritte Zimmer erinnert mich an so einen Yogaraum, wie man ihn in guten Hotels schon mal findet. Puristisches und doch warmes Ambiente. Helle Farben. Meditationskissen, Yogamatte und so weiter.

Das letzte Zimmer wird das Schlafzimmer sein — da schaue ich nicht rein.

»Magst du Toast Hawaii?«, fragt er.

Aha. Jemand kocht für mich. Toast! Hawaii! Echte Sterneküche. Das muss man wirklich können.

»Keine Sorge, war ein Scherz. Ich habe alles da für Ossobuco mit Röstgemüse.«

Osso was?

Ich lerne, dass es sich um ein italienisches Schmorgericht handelt. Deftig. Mag ich.

Wir schnippeln und reichen uns an, arbeiten Hand in Hand, als hätten wir nie etwas anderes zusammen gemacht.

»Wie kontrollierst du deine Gedanken?«, frage ich ihn.

Er versteht sofort, was ich meine.

»Übung und Achtsamkeit sind die Stichworte. Kennst du so Leute, die ständig jammern? Die merken nicht mal, wie negativ sie sind. In deren Umfeld fühlt man sich sofort unwohl.«

Ja, so ein Thema hatten wir ja auch schon mal auf dem Seminar.

»Wenn du die darauf hinweist, dann schießen sie meist sofort zurück, weil sie es als Angriff verstehen. Der Grund dafür ist, dass sie ihr Leben in der Opferrolle leben und eben auch die dazu passenden Gedanken denken. Fühlen sich immer angegriffen, weil sie ja in der Opferrolle sind.«

Ich nicke.

»So jemand bist du nicht. Das heißt, du hast es schon mal viel leichter. Du musst einfach nur lernen, deine Gedanken in die richtige Richtung zu lenken. Dafür musst du sie erst einmal mitbekommen. Das fällt auch unter Achtsamkeit. Kennst du das, wenn du eine bekannte Strecke mit dem Auto fährst und dich am Ziel fragst, wie du überhaupt hergekommen bist? Du kannst dich also gar nicht mehr so richtig bewusst an den Weg erinnern?«

»Ja, das geht mir total oft so. Ich kenne ja bestimmte Wege in- und auswendig. Ich bin dann irgendwie automatisch gefahren.«

»Da hängst du dann deinen Gedanken nach. Ärgerst dich noch, dass Paul und Theo getrödelt haben, alles viel zu hektisch war. Oder dass dein Mann dir 'ne blöde Nachricht geschickt hat. Ihr lebt getrennt, richtig?«

»Stimmt.«

»Dann beschimpfst du in Gedanken den Ex und plötzlich bist du schon auf der Höhe des Oetkerparks und hupst deinen Vordermann an, weil der nicht schnell genug anfährt im morgendlichen Stau.«

»Jaja, so weit klar. Aber meine Frage war, wie du deine Gedanken kontrollierst. In der Theorie habe ich das, glaube ich, erfasst.«

»Ich übe bewusst, Verrichtungen des täglichen Lebens so zu machen, dass ich nur das Erlebnis wahrnehme und andere Gedanken ausblende. Beim Gemüseschneiden zum Beispiel nehme ich bewusst wahr, wie das Messer durch die Möhre gleitet, wie es auf dem Brettchen aufsetzt, oben wieder in die Möhre schneidet und wieder von vorn. Ich nehme dabei die Geräusche wahr und auch den Geruch. Das Gewicht des Messers in meiner Hand. Ich sehe, wie sich die Haut über meinen Fingerknöcheln spannt, wenn ich Druck auf das Messer gebe.«

Das klingt sterbenslangweilig, Herr Konrad. Ich muss gähnen.

»Achtsamkeitsübungen sind unspektakulär bis langweilig, haben aber eine enorme Wirkung auf genau das, was du lernen möchtest.«

»Du Lehrer, du«, grinse ich ihn an.

»Du musst das ja nicht mit Möhren machen. Das geht auch mit Keksen, Krümelmonster. Ohne Scheiß, öffne doch mal mit geschlossenen Augen eine Kekspackung. Höre hin, fühle, nimm wahr. Ist die Verpackung kühl? Haften deine Finger vielleicht am Material? Knistert das Papier oder die Folie? Sitzt sie stramm um den Inhalt oder ist es eine lose Tüte? Kannst du den Aufdruck auf der Verpackung fühlen, wenn du mit den Fingerkuppen sanft drüberfährst? Öffnet es sich leicht oder mit Widerstand? Dann fühl, wo der Keks ist, fass ihn an und nimm wahr, wie er beschaffen ist. Wie leicht wiegt er in deiner Hand? Ist er glatt oder krümelig? Dick oder dünn? Weich oder knusprig? Ab welchem Moment setzt deine Speichelproduktion ein? Wenn du den Duft wahrnimmst oder wenn du dir seinen Geschmack oder nur seinen Anblick vorstellst? Oder erst, wenn du reinbeißt? Wie hört sich das an? Geschmeidig oder krachend? In wie viele Teile zerfällt der erste Bissen in deinem Mund? Musst du viel kauen oder wird er sofort weich, wenn er mit deiner Zunge in Berührung kommt?«

Ich bin vollkommen fasziniert. Wie schafft man es nur, das Öffnen einer Packung und das Futtern eines Kekses als ein so sinnliches Erlebnis darzustellen? Toll!

Bei mir läuft das nämlich etwas anders ab. Etwa folgendermaßen: Irgendwie steht plötzlich die Tüte Schokocookies auf dem Tisch, dann ist es in meinem Mund so schön süß, jeder Finger klebrig und die Tüte leer.

»Das geht auch beim Duschen oder Eincremen.«

Ich würde zu gern seine Schilderung dazu hören, aber ich habe Befürchtungen, dass das eine nicht jugendfreie Dynamik entwickeln könnte.

»Ist gut«, winke ich deshalb ab, »ich habe Hunger.«

Das Essen dauert noch eine Weile; deshalb verteilt Konrad schon mal ein paar Oliven als Vorspeise.

Ich hatte nie zuvor mitbekommen, welch akrobatische Höchstleistung meine Zunge vollführt, wenn sie eine schwarze Olive vom Kern befreit. Mit der Nummer trete ich demnächst im Zirkus auf.

Dieses Ossobuco ist unfassbar lecker, ich möchte am liebsten laut schmatzen. Total achtsam, versteht sich.

KAPITEL ELF

»TOLL, DASS ES MICH GIBT.«

»Aber irgendein dunkles Geheimnis hat der«, sage ich am Sonntagmorgen zu Karin am Telefon.

»Was meinste mit dunkel?«, fragt sie.

»Ja, einerseits sind wir wie Seelenverwandte. Ich fühle mich so unglaublich wohl in seiner Nähe. Wir haben dann noch auf seinem Sofa rumgelümmelt, er hat Gitarre gespielt und wir haben gesungen.«

»Du hast gesungen?«, kommt es ungläubig aus dem Hörer.

Ich muss selber lachen, da ich normalerweise niemals vor anderen singen würde. Genauso wenig, wie ich mich jemals in meiner Krümelmonsterhose vor die Tür wagen würde. Ebenfalls eigentlich.

»Andererseits habe ich so gut wie nichts Privates aus ihm herausbekommen«, sinniere ich gedankenverloren.

»Lief da denn was zwischen euch? Erzähl!«

»Nein, nichts«, antworte ich wahrheitsgemäß.

»Dann isser schwul.«

»Hm, dann aber nicht besonders. Wahrscheinlich steht er einfach nicht auf mich«, resümiere ich.

»Na, das hätte er aber doch schon im Wald feststellen können. Dafür musste er dich ja nicht erst zu sich einladen und für dich kochen. Und musizieren«, bei dem Wort musizieren müssen wir beide lachen.

Wir verabschieden uns, ohne dass der hohe Rat der Freundinnen zu einem eindeutigen Ergebnis gekommen wäre.

Piep. Piep.

»Ich habe das Gefühl, ich muss dir da was erklären.«

Oh nee, ich wusste es. Irgendwas Kompliziertes musste ja kommen. Er hatte mich gestern Abend beziehungsweise heute Nacht verantwortungsbewusst wieder nach Hause gefahren, mir einen flüchtigen Kuss auf die Wange gedrückt und keinen Raum für knisternde Entwicklungen gelassen. Ich war daraufhin zwar glücklich über den schönen Tag, aber dennoch leicht verstört schlafen gegangen.

Heute Morgen war ich froh, dass es bei Konrad keinen Alkohol gab. So konnte ich schon um neun Uhr stolz auf ein sauberes, aufgeräumtes Heim und eine tageslichttaugliche Version meiner selbst meinen Kaffee trinken und mit Karin quatschen.

Und um neun Uhr dreißig möchte mein Sportlehrer mir etwas erklären.

»Noch mehr?«, versuche ich es mit einem Witz.

»Hast du Zeit für einen Ausflug?«

Ich weiß nicht, ob ich meinen Muskelkater schon wieder in den Wald scheuchen kann.

»Ich würde dir gern etwas zeigen. Gute Stunde Autofahrt entfernt.«

Meine Waden atmen auf. Bis neunzehn Uhr habe ich Zeit, dann bringt Steffen die Kinder. Ich bin einfach zu neugierig, um abzusagen.

»Ich habe Zeit.«

———

Dreißig Minuten später holt er mich ab und wir fahren nach Münster. Er wirkt ernster als sonst. Sonst. Frau Schüler, ihr kennt euch seit gestern. Es sind noch keine vierundzwanzig Stunden vergangen, seitdem du Konrad das erste Mal angekeucht hast beim Aufstieg in den Teutoburger Wald. Ich stelle einfach mal keine Fragen zum genauen Ziel und Grund dieses Ausflugs. Stattdessen überlasse ich ihm den Dozentenpart, mit dem er sich ja ganz offensichtlich sehr wohlfühlt. Wir knüpfen an das gestrige Thema noch mal an.

»Man kann positives Denken auch tatsächlich trainieren«, höre ich ihm zu. »Das ist wie mit dem Sport. Wenn dein Sport bisher ausschließlich darin bestand, die acht Arten des Couchliegens zu beherrschen, dann musst du regelmäßig trainieren, bis du den Hermannslauf durchhalten kannst.«

Ich bin fest davon überzeugt, dass es nur ein abstraktes Beispiel ist und Ähnlichkeiten mit lebenden oder gar anwesenden Personen reiner Zufall sein sollten.

»Auf dem Sofa zu liegen, das machen die meisten Menschen mit ihren Gedanken im übertragenen Sinne. Sie ärgern sich morgens, dass der Wecker klingelt, das Duschgel leer ist, etwas Schlimmes in der Welt passiert ist — und du weißt, was ich meine.«

Natürlich.

»Wenn überwiegend positive Gedanken zu denken nun den Hermannslauf darstellt, dann würdest du ja auch nicht Ende April mal eben nach Detmold zum Hermannsdenkmal fahren, dich in die Reihe der Läufer stellen und untrainiert knappe zweiunddreißig Kilometer bergauf und bergab rennen.«

Ich sowieso nicht.

»Vor allem aber würdest du nicht losjoggen, nach zwei Kilometern völlig frustriert aufgeben und sagen: ›Ich hab' es mir doch so fest vorgenommen, ich habe alle Bücher über den Hermannslauf gelesen und weiß alles darüber, aber es klappt einfach in der Praxis nicht. Es funktioniert für mich nicht.‹ Stimmst du mir zu, Frau Schüler?«

»Ja, Herr Lehrer.«

»Und genau das ist der Fehler, den so viele machen. Sie nehmen sich vor, dass sie ab morgen einen freundlichen Blick auf ihr Leben haben wollen, und beim ersten kleinen Problem scheitern sie, weil sie es nie geübt haben. Dann geben sie auf und sind oft noch frustrierter als vorher.«

Ja, da ist absolut was dran. Ich lasse das mal eine kleine Weile wirken. Von Karin weiß ich, dass sie einem strengen Trainingsplan gefolgt ist, bis sie so fit war, dass sie sogar recht schnell bei dem berühmten Lauf durchs Ziel kam. Ich muss ein bisschen kichern, weil ich mir vorstelle, wie wohl so ein Trainingsplan in Gedankenkontrolle aussehen könnte.

Woche eins, Trainingstag eins: Als Einstieg versuchen Sie, heute niemandem eine schlimme Seuche zu wünschen.

Woche eins, Trainingstag zwei: Jedem, dem Sie heute die Pest an den Hals wünschen möchten, schicken Sie in Gedanken Blumen.

Woche eins, Trainingstag drei. Legen Sie heute unbedingt eine Trainingspause ein, um sich nicht zu überlasten.

»Man fängt da wirklich ganz bewusst und langsam an und steigert sich dann«, fährt Konrad fort. »Wenn du morgens also aufwachst, dann kannst du dich beispielsweise freuen, dass du wieder aufgewacht bist.«

»Na ja«, so richtig überzeugt bin ich nicht.

»Wenn du wach wirst, kannst du glücklich darüber sein, dass dein Körper über Nacht unendlich viele Regenerationsprozesse durchgeführt hat, und zwar völlig freiwillig. Dass deine Beine dich tragen. Dass du warmes Wasser in der Dusche hast.«

Na ja, das ist ja so ein Punkt in meiner Dusche. Aber ich bin sicher, dass man da im Text etwas modifizieren kann.

»Du kannst dich im Laufe des Tages oder am Abend hinsetzen und überlegen, was dir Schönes passiert ist. Hat dich jemand angelächelt? Schreib es auf. Hast du einen guten Parkplatz gefunden? Notiere es dir. Hat dir jemand die Tür aufgehalten? Halte es auf Papier fest. Es ist wichtig, dass du es aufschreibst. Während du es schreibst, ist deine Aufmerksamkeit beim Positiven. Und du weißt ja ...«, er guckt mich an.

»Die Energie folgt der Aufmerksamkeit«, sagen wir synchron.

»Damit sensibilisierst du dich für das Gute. Für all die schönen Kleinigkeiten, die sonst im Gejammer oder Geschimpfe untergehen. Mach es täglich. Immer wieder. Immer mehr. Ertappst du dich bei einem miesen Gedanken, gut! Schick ihm mindestens zwei positive hinterher. Training ist alles. Stell dir vor, dass die Muskeln, die du für das positive Denken benötigst, dadurch wachsen. Werde zum Hermannsläufer des Glücks.«

Es ist großartig, ihm zuzuhören. Ich bin wild aufs Trainingslager.

––––––

In Münster parken wir in der Nähe des Aasees und setzen uns dort bei strahlendem Sonnenschein auf eine sehr breite Treppe an den Aaseeterrassen und gucken schweigend auf den See. Irgendetwas brodelt in ihm. Braucht er wohl noch einen Anschubser von mir?

»Hm?«, mache ich ein aufforderndes, aber liebevolles Geräusch.

»Hier ist mein altes Leben zu Ende gegangen.«

Huch. Ich bin sicher, dass noch mehr kommt und ich nicht nachfragen soll.

»Vor gut acht Jahren sind meine Frau und unser Sohn bei einem Autounfall ums Leben gekommen.«

Oh Gott.

»Sie waren auf dem Weg zu ihren Eltern ins Sauerland und ein betrunkener Autofahrer ... na ja. Sie waren sofort tot.«

»Mein Gott, das tut mir unfassbar leid«, ist alles, was ich sagen kann.

»Ich habe das nicht verkraftet« — er spricht von ganz weit entfernt. »Ich kenne alle Phasen der Trauer. Ich habe jede einzelne zelebriert. Glaub mir. Nach einem Jahr habe ich schon morgens Rotwein getrunken. Ich war besoffen im Unterricht. Bis es auffiel. Es folgten die notwendigen disziplinarischen Maßnahmen. Ich verlor alles. Nach zwei Jahren gehörte ich zur Säuferszene und war obdachlos.«

Ich kann nicht glauben, was ich da zu hören bekomme.

»Eines Nachts bin ich wohl mit zwei Flaschen Wodka an den Bootssteg gegangen. Ich wollte angeblich ein Ruderboot klauen und mich wahrscheinlich auf dem See aus dem Leben saufen. Ich war total high, hatte anscheinend vorher schon allerhand genommen. Das weiß ich aus Erzählungen.«

Was redet der da? Das ist doch Herr Konrad, Pauls Sportlehrer?

»Ich hatte die erste Flasche auf dem Steg zur Hälfte leer getrunken, als ich ins Stolpern gekommen sein muss. Ich bin dann mit dem Kopf wohl ungünstig aufgekommen und bewusstlos ins Wasser gefallen.«

Stille.

»Ich wachte drei Tage später im Krankenhaus wieder auf. Das Erste, woran ich mich erinnern kann, sind die Worte einer Krankenschwester.«

»Was sagte sie?«, frage ich.

»Das Universum hat in diesem Leben noch eine Aufgabe für Sie. Sie sind hier noch nicht fertig.«

Ich sehe, dass er die Worte wieder hört, als habe man sie gerade erst zu ihm gesagt.

Er dreht sich in meine Richtung, guckt mich sehr lange an und spricht dann weiter.

»Es war kein Zufall, dass ein älterer Herr, der unter Schlaflosigkeit litt, mit seinem Neufundländer ausgerechnet nachts um zwei Uhr um den Aasee gehen wollte. Auch nicht, dass er genau zu der Zeit, als ich ins Wasser stürzte, hier herunterkam.« Er zeigt auf die Treppe, auf der wir sitzen.

»Der Hund und sein Herrchen haben mich aus dem Wasser gezogen. Diese beiden und Nina, die Krankenschwester, haben mein Leben gerettet. Ist das nicht unglaublich?«

Ich nicke.

»Mein neues Leben begann mit den Worten von Nina. Mir wurde klar, dass ich noch nicht sterben sollte, wie sie sagte. So kam ich zur Spiritualität.«

»Ich weiß nicht, was ich sagen soll«, flüstere ich.

»Du musst nichts sagen. Ich wollte etwas sagen. Nämlich das. Das weiß aus meinem neuen Leben in Bielefeld kaum jemand. Der Tag gestern, unsere Gespräche, das Gefühl der Verbundenheit ... ich wusste heute Morgen, als ich aufstand, dass ich es dir erzählen möchte.«

»Danke dafür. Danke für dein Vertrauen.«

Er legt den Arm um mich und ich den Kopf an seine Schulter.

»Ich habe eine Alkoholkarriere hinter mir. Ich brauche meinen geregelten Tagesablauf. Darf nie wieder einen Tropfen Alkohol trinken. Meditation, Musik und Sport gehören zu meinen Drogen heute.«

Er lächelt und strafft sich wieder.

»Ich konnte vor fünf Jahren wieder in den Schuldienst, worüber ich sehr dankbar bin. Was für eine Chance. Ich bin einfach so unglaublich dankbar, Petra«, er hat glänzende Augen. »Dankbarkeit ist der Schlüssel. Wenn du dankbar bist, schaffst du es.«

»Wie heißen deine Frau und dein Sohn?«, traue ich mich zu fragen.

»Marion heißt sie. Und unser Florian wäre heute sechzehn Jahre alt.«

Er beantwortet mir alle Fragen, die ich noch wage zu stellen. Ich bewundere, mit welcher Kraft und Entschlossenheit er sich aus dem Sumpf gezogen hat. Der Entzug muss die Hölle gewesen sein. Und doch hat er es augenscheinlich geschafft. Er habe seit dieser Nacht nie wieder einen Tropfen Alkohol angerührt. Er habe sich mehreren Begutachtungen stellen und zahlreiche Rehabilitationsmaßnahmen durchlaufen müssen, bis er wieder für den Schuldienst tauglich geschrieben worden sei. Der Rektor seiner neuen Schule wisse Bescheid, man habe aber Stillschweigen darüber vereinbart.

Da Bielefeld beziehungsweise Werther und Münster aber nun keine riesige Entfernung darstellen, kann es zu jeder Zeit sein, dass die Gründe, warum er nach Werther ans Gymnasium gekommen ist, bekannt werden. Er lebe damit und werde dann offen damit umgehen.

»Ich verspreche dir, dass ich mit niemandem darüber reden werde«, danke ich noch mal für sein Vertrauen.

»Das weiß ich. Und deshalb habe ich es dir erzählt.«

Wir holen uns ein Eis am Kiosk und gehen ein wenig den See entlang.

»Da ist noch etwas.«

Was kann jetzt bitte noch kommen?

»Ich habe entschieden, nie wieder in einer Liebesbeziehung zu leben.«

Ich habe volles Verständnis für das, was er sagt.

»Das verstehe ich, Konrad Ferdinand Konrad.«

Und irgendwie bin ich auch erleichtert, dass das jetzt geklärt wäre, bevor es irgendwann zwischen uns zu einem Thema werden könnte. Bei unserem Tempo wäre das wahrscheinlich heute Abend schon der Fall gewesen.

»Weißt du inzwischen, welche Aufgabe du noch zu erledigen hast in diesem Leben?«, frage ich.

»Ja, ich weiß es. Aber es klingt vielleicht etwas pathetisch.«

»Egal.«

Ich sehe, wie er mit sich oder nach den richtigen Worten ringt. Kein Wunder bei der Thematik. Auch in meinem Kopf rattert es fast schmerzhaft. In mir explodiert augenblicklich die Frage, ob ich weiterleben könnte, wenn Paul und Theo nicht mehr wären. Mir schnürt es den Hals ganz eng zu und ich merke, wie meine Augen zu brennen beginnen. Diese mit nichts vergleichbare Liebe, die man zu seinen Kindern empfindet, ist so atemberaubend intensiv, dass ... Mein Schwiegervater hatte einmal zu mir gesagt, dass wahre Liebe immer nur von oben nach unten verlaufe. Damals hatte ich ihn angeschaut und nicht vollständig verstanden, wie er das meinte. Damals, da hatte ich noch keine Kinder. Heute, heute weiß ich, was er mir sagen wollte. Ich straffe mich, als ich merke, dass Konrad Luft holt und ansetzt zu sprechen.

»Ich musste all das durchmachen«, er macht eine Pause, »damit ich Dankbarkeit, Liebe, Vertrauen, Glück, Hoffnung und Freude ins Universum aussenden kann. All das ist in uns und um uns. Ständig. Wir sehen es nur nicht immer. Doch wir können das wiedererwecken. Ich bin der lebende Beweis dafür. Meine Erfahrung ist gleichzeitig eine Transformation. Ich stand am Abgrund. Glaubst du, man hätte mir damals noch mal was von Hoffnung oder Freude erzählen können? Von Vertrauen oder gar Glück? Pah! Und dennoch wollte da etwas oder jemand, dass ich mich verwandle. Ich habe mich aus meinem Kokon des Leids und der Selbstzerstörung gekämpft und wurde zwar kein wunderschöner Schmetterling«, er lacht, »aber ich lebe all das, was die Erde, die Menschheit so dringend nötig hat.«

Mich berühren seine Worte zutiefst und ich muss schlucken. »Weißt du, Petra, ich kann Liebe, Vertrauen und so nun wahrhaftig leben und überzeugend vermitteln. Ich bin ansteckend mit dem ganzen positiven Kram.«

Er lacht wieder. »Bei mir kann man sich infizieren. Also sei vorsichtig.«

»Zu spät«, lächle ich fasziniert und lasse das einfach so stehen.

Wir laufen noch eine ganze Weile schweigend nebeneinander her. Dann sagt er: »Danke, dass ich dir vom alten Konrad erzählen durfte. Doch ab jetzt reden wir da nie wieder drüber. Abgemacht?«

»Abgemacht!«

———

Am späten Nachmittag setzt er mich wieder zu Hause ab. Ich hänge noch ein wenig meinen Gedanken nach, bevor am Abend meine Jungs wiederkommen.

Ich drücke beide noch etwas länger als sonst und bin so dankbar, dass sie Teil meines Lebens sind.

»Papa hat 'ne Freundin«, platzt es aus Theo raus.

»Mann, das war doch ein Geheimnis«, zischt Paul ihn an.

Was? Ich verstehe nicht. Ich gucke Steffen an und dann verstehe ich mit einem Mal alles schlagartig. Das war es, was er mit mir besprechen wollte.

»Tja, so solltest du es eigentlich nicht erfahren«, sagt er.

Ich weiß überhaupt nicht, was ich fühlen soll. Klar, wir sind getrennt. Natürlich darf er eine Freundin haben. Ich wusste, dass er sich mal mit dieser oder jener trifft. Aber das war nie etwas Ernstes. Jetzt scheinbar schon. Mich trifft es intensiver, als ich gedacht habe.

»Okay«, bringe ich nur hervor.

Bin ich jetzt eifersüchtig? Gott, ich weiß es nicht.

Die Jungs haben sich schon vor den Fernseher gesetzt. Deshalb bitte ich Steffen in die Küche.

»Und die Kinder kennen sie schon?« — ich merke, wie ich emotional werde.

»Ja, wir waren heute zusammen ein Eis essen. Es ergab sich so.«

Ich kämpfe mit den Tränen und weiß nicht warum. Weil die Kinder vor mir Bescheid wussten? Weil sie die Neue vielleicht lieber haben könnten als mich? Weil Steffen vielleicht mit ihr glücklicher sein würde als mit mir?

»Sie heißt Olivia. Ich kenne sie seit drei Monaten. Das war es, was ich dir Sonntag erzählen wollte. Ich wusste nicht so richtig wie und habe es dann vor mir hergeschoben.«

»Super, und nun haben dir die Kinder den Job abgenommen. Sehr charakterstark«, ätze ich.

»Ja, das ist jetzt so passiert und ich kann es nicht mehr ändern.«

»Keine große Sache? Vielleicht hätten wir das vorher mal zusammen besprechen können, wie wir ihnen mitteilen, dass da nun eine neue Partnerin im Spiel ist?«, werde ich lauter.

»Ich möchte mich nicht mit dir streiten. Es ist aus deiner Sicht sicher nicht optimal gelaufen. Aber nun weißt du es, die Kinder wissen es und ich fahre jetzt nach Hause. Wenn du dich beruhigt hast, können wir gern noch mal reden«, sagt er und verabschiedet sich.

Ich stehe wie ein Trottel in der Küche.

Atme! Mir fällt kein guter Gedanke ein. Kleine, süße Hundebabys? Oh Mann, hätte ich doch dieses ganze Training für positive Gedanken schon gemacht. Sicher ist diese Olivia total schön und jung und toll und ach. Ich kneife mich selbst in den Arm und ermahne mich. Reiß dich zusammen! Es ist nichts anders als noch vor zwei Stunden. Es ist nur in deinem Kopf. Nur in deinem Kopf entsteht das Drama. Nach ein paar Minuten habe ich mich wieder einigermaßen im Griff.

Am liebsten würde ich die Kinder über alles ausquetschen, über jedes Detail. Aber ich schaffe es, mich zurückzuhalten, bringe sie friedlich ins Bett und merke, dass es für beide scheinbar auch kein großes Thema zu sein scheint. Jedenfalls artikulieren sie keinen akuten Gesprächsbedarf dazu.

———

Als ich später unten wieder im Wohnzimmer sitze, fällt mir ein, was Konrad sagte. Er sei ansteckend mit Liebe, Glück, Freude und all dem Kram. Und ich hatte behauptet, schon infiziert worden zu sein. Tatsächlich steckt mir aber wohl eher noch eine alte Seuche in den Knochen, die noch nicht ganz abgeheilt ist. Ihre Symptome sind Eifersucht, Ärger, Minderwertigkeitsgefühle, Neid und Dramatisierungsbedürfnis, um es mal vorsichtig auszudrücken. Und die Seuche, so erkenne ich, hat einen Namen: Angst.

Rolf hatte uns auf dem Seminar erklärt, dass jedes Gefühl und jeder Gedanke entweder aus der Angst oder aus der Liebe entstehe. Gerade weiß ich, was er damit meinte.

Steffens Information hat in mir Ängste geschürt. Angst davor, schlechter zu sein als die Neue. Angst davor, weniger geliebt zu werden als die Neue. Angst davor, dass sie mir die Kinder wegnimmt und so weiter. Deshalb habe ich so reagiert. Unterm Strich erkenne ich meine Angst davor, nicht zu genügen. Ein Selbstwertthema. Das ist eine schmerzhafte Erkenntnis.

Ich muss mich ja selber tief in mir drin für wirklich widerlich halten, wenn die Angst so aus mir spricht.

Spontan sehe ich die Fratze im Spiegel aus der Meditation vor mir und weiß nun endlich, was sie mir sagen will. In ihrem Arbeitszeugnis würde sicher stehen: »Die Selbstliebe hat sich stets bemüht.« Wie traurig. In der Meditation hat das Aufladen mit Liebe geholfen. Neidisch schaue ich auf das Handy, das gerade an der Steckdose hängt. Wenn es doch so einfach ginge.

Wie würde ich denn reagieren, wenn nicht die Angst, sondern die Liebe aus mir spräche? Dann wüsste ich um meinen eigenen Wert und müsste um nichts fürchten. Ich käme in keinerlei Konkurrenzsituation, weder Neid noch Eifersucht wären ein Thema. Ich würde mich freuen, dass Steffen eine neue Liebe gefunden hat, wo es doch mit unserer nicht geklappt hat. Ich würde ihm das Glück von Herzen gönnen, da sein Glück niemals meines schmälern könnte. Die Kinder hätten eine weitere Person im Leben, zu der sie vielleicht Vertrauen und eine Beziehung aufbauen könnten. Die Jungs und ich haben eine Mutter-Söhne-Liebe. Die gibt es nur zwischen ihnen und mir. Denk an die Worte deines Schwiegervaters. Wahre Liebe verläuft immer von oben nach unten. Nicht von rechts nach links. Ist es nicht schön, wenn sie möglichst viele liebevolle Beziehungen haben dürfen? Doch! Außer Olivia ist jünger und schlanker als ich. Diese Bitch. Ich lache mich selbst aus, greife zum Handy und tippe folgende Zeilen an Steffen: »Es tut mir leid. Ich freue mich für dich. Für euch. Ich wünsche dir alles Glück der Welt.«

Trotzdem muss ich ein paar Tränen verdrücken. Aber ich weiß, dass die irgendwie dazugehören und auch wieder vergehen.

Piep. Piep.

»Danke, das tut gut.«

Ja, recht hat er.

Was für ein Wochenende. Das kann unmöglich alles in nur zwei Tagen passiert sein. Das ist doch eigentlich Stoff für mehrere Monate. Ich hole mir aus der Küche einen Zettel und einen Stift und schreibe auf, über was ich mich an diesem Tag gefreut habe. Erst weiß ich nicht so recht, wo ich beginnen soll. Was zählt denn alles? Ohne Rückenschmerzen aufgewacht? Guter Stuhlgang? Gibt es da Regeln? Dann fließt es aber doch irgendwie aus mir raus. Am Ende habe ich eine ganze DIN-A4-Seite geschrieben und bin fasziniert von der Magie, die davon ausgeht. Konrad hat recht. Es ist wichtig, es aufzuschreiben. Ich habe mich jetzt mehr als zehn Minuten nur mit schönen Dingen befasst. Ich bin dankbar. Tatsächlich liege ich hier in der sechsten Position meiner Couchliegedisziplin und lächle vor mich hin.

Piep. Piep.

»Einmal angesteckt, hat man den Kram übrigens für immer.«

Konrad. Habe eigentlich ich den in mein Leben gezogen oder er mich in seins?

Piep. Piep.

»Danke für dich.«

Ich tippe.

»Toll, dass es dich gibt. Gute Nacht.«

Und offensichtlich ist es auch toll, dass es mich gibt.

Nun ist es aber genug mit diesem ganzen Gefühlskram. Nachher bekomme ich noch 'ne Überdosis.

———

Dann gehe ich schlafen.

———

KAPITEL ZWÖLF

»MUSS ICH ERST DIE TRILLERPFEIFE ZÜCKEN?«

Siebenundneunzig. Fünfhundert. Drei und fünfundsiebzig.

Das sind die Zahlen meiner letzten zwei Wochen.

Die dazugehörigen Einheiten lauten Kilogramm. Kalorien. Hörbücher und Doppel-D.

Nun wiege ich also noch zwei Kilo mehr. Heute ist Freitag und ich stehe auf dem Wochenmarkt. Hin- und hergerissen zwischen Käse- und Gemüsestand. Genuss oder Vernunft. Zart schmelzend oder knackig frisch. Dings oder Bums. Ich entscheide mich für beides. Und Rotwein. Der Seele soll es doch auch gut gehen. Das hatte ich in einem der drei Hörbücher gehört, die ich, Gott sei Dank, völlig kalorienfrei seit vorletzter Woche Montag verschlungen habe. Meine beiden Kolleginnen machen derzeit eine Diät, bei der man nur fünfhundert Kilokalorien täglich zu sich nehmen darf. Kein Fett. Keinen Zucker. Keinen Alkohol. Wie kann man sich nur derartig quälen? Die logische Schlussfolgerung ist doch ganz klar. Keinen Spaß. Kein Leben. Keinen Sex. Wer will denn so was? Ich jedenfalls nicht. Wobei ich bei letzterem Thema auch mit täglich dreitausendfünfhundert verspeisten Kalorien eher auf Diät bin. Sei es drum. Irgendwo im Universum existiert die schlanke Frau Schüler bereits. Den Wunsch hatte ich doch auch schon ins Universum abgesandt. Bedankt habe ich mich auch dafür. Was also habe ich falsch gemacht? Ehrlich gesagt bin ich ziemlich frustriert.

Nach meinem intensiven Wochenende mit Konrad war ich am nächsten Montag zu meinen Auswärtsterminen gefahren, voller guter Vorsätze und auch positiver Energie. Die gierig gehörten Bücher hatten mir in den nächsten Tagen einen Aha-Effekt nach dem nächsten verschafft und teilweise fühlte ich mich der Welt nahezu entrückt. Irgendwie ist aber all die gute Energie aus mir entwichen. Ganz langsam. Nahezu unbemerkt. Wie aus einem aufblasbaren Planschbecken. So einem mit drei Ringen, in deren Ventile kein einziger Aufsatz der Pumpe passt und man es dann mit dem Mund aufpustet, der Ohnmacht nahe. Aber die Kinder sollen halt Spaß haben. Nach ein paar Tagen ist der Pool dann schlapp. Irgendein winziges Leck hat unnachgiebig und beständig Luft abgegeben. Ja genau, ich bin ein erschlaffter Pool.

Woran liegt das? Bei doch all der Theorie, die ich gelernt und verinnerlicht hatte? Wo ist das Leck? Ich denke nach und habe da jemanden in Verdacht. Einen echten Feind. Der stellt ein riesiges Problem dar. Der ist gemein und zermürbend. Man hat noch die letzten Worte des weisen Buches im Ohr, weiß schon, wie man das alles für sich umsetzen möchte, und dann ist er da. Lauert einem böswillig und hinterhältig auf. Hat die Macht eines Radiergummis, eines Tintenkillers oder die des Blitzdings aus *Men in Black*. Wischt die Erkenntnisse einfach weg. Löscht jedes Wort, das noch in einem nachklingen wollte. Setzt einen auf Werkseinstellungen ohne Erinnerung an das eben noch Gehörte zurück. Reset. Amnesie. Dieser Feind heißt Alltag. Ja, der verdammte Alltag, der bohrt heimlich Löcher und macht einen undicht. Also nicht so, nicht inkontinent. Aber das Positive verflüchtigt sich einfach wie die Luft aus dem Pool und alles ist beim Alten.

Es klingt so einfach und einleuchtend, wenn du es in einer geschützten Atmosphäre hörst oder liest. Wenn niemand um dich herum etwas von dir will. Wenn du keinen Termindruck bei der Arbeit hast. Wenn du nicht für alle mitdenken musst. Doch in Wahrheit zerren dich die vielen Widrigkeiten des Belanglosen in die falsche Richtung. Nämlich abwärts. Stück für Stück. Und wenn ich jetzt auch nur noch an einer Zucchini lutschen darf, statt mir Gorgonzola mit Rioja gönnen zu können, dann wird das keinesfalls ein Richtungswechsel.

Ich schleppe meine Einkäufe nach Hause und ertappe mich bei dem Gedanken, dass ich froh bin, ein kinderfreies Wochenende vor mir zu haben. Endlich mal für niemanden verantwortlich sein zu müssen. Füße auf den Tisch legen. Entspannen. Sofort aber nagen die altbekannten Schuldgefühle wieder an mir. Ich liebe die Jungs wie nichts und niemanden auf der Welt. Wir hatten doch auch so viel Spaß in den letzten zwei Wochen. Highlight war unser Casinoabend. Mit einem Koffer voll Jetons und einem nagelneuen Pokerdeck haben wir um Süßigkeiten gespielt. Wir hatten uns chic gemacht und schon mal Pokerfaces geübt. Theo hatte sich vorsichtshalber eine Sonnenbrille aufgesetzt, um nichts preiszugeben. Ich hatte den Esstisch wirklich cool in Schwarz-Weiß-Gold dekoriert, uns Cocktails gemixt und natürlich hatte Paul, der Millionär, alles gewonnen. Wie kann ich denn da jetzt froh sein, dass sie weg sind? Klar, ich musste sie nach der Arbeit viel beim Lernen für drei Klassenarbeiten unterstützen. Das war nicht wirklich dauerharmonisch. Und dann die täglichen kleinen Kämpfe um häusliche Pflichten. Irgendwie nagt es doch an einem. Ich ärgere mich, dass ich meine Freude verloren habe. Menno.

Als ich meine Einkaufstaschen in den Hauswirtschaftsraum bringe, bleibt mein Blick am Flurspiegel kleben. Frau Schüler, bist du das? Ich bin regelrecht erschrocken. Alter Schwede, was für eine Frustinette ist das denn bitte? Ich strahle mit jeder Faser der siebenundneunzig Kilogramm Unzufriedenheit aus. Ich blicke dieses Geschöpf an und grüble. Wann genau war das bitte passiert? Wann hatte der Point of no Return seinen Anker ausgeworfen? Berechtigte Frage. Ich starre auf diese Fleisch gewordene Negativität. Ehrlich, ich bin genauso entsetzt über den Anblick wie motiviert, dieser unheimlichen Wandlung auf den Grund zu gehen und sie ins Gegenteil zu kehren.

Ich greife in meine Handtasche im Regal hinter mir, zücke einen Lippenstift und male meinem Spiegelbild einen großen, grinsenden Mund. Danach umrande ich mein Gesicht mit einem großen Herz. Einem Impuls folgend sage ich: »Ich hab' dich lieb, Petra. Wir schaffen das schon.«

Sofort sehe ich mich paranoid um und hoffe, dass mich niemand gehört hat. Dann muss ich über mich selber lachen. Ich beschließe, dass das ein guter Anfang ist. Noch kichernd male ich auf den Spiegel eine Pfeife und eine Detektivmütze.

»Komm, Sherlock Schüler, wir haben einen Fall«, spreche ich zu meinem Spiegelbild.

Ich denke darüber nach, ob es einen Auslöser dafür gab, dass ich meine Gedanken nicht mehr kontrolliert bzw. korrigiert habe. Puh, das ist nicht leicht, sich selbst zu reflektieren. Ich glaube, ich brauche einen Watson. Natürlich fällt mir zuerst Konrad ein. Wir hatten in den letzten beiden Wochen nur losen Kontakt. Nur piep, piep. Kein Telefonat. Sicher hat der auch noch Unterricht. Ich setze mich mit einem Kaffee auf die Terrasse und blicke in den Garten. Unter den inzwischen fast verblühten Pfingstrosen entdecke ich einen Löwenzahn. Blutbildend, lächle ich vor mich hin. Marlene, wie es der wohl geht. In zwei Wochen sehen wir uns alle wieder. Mein Gott, was freue ich mich darauf! Ich schreibe in den Gruppenchat, dass ich alle so sehr vermisse. Ein Sturm von Bestätigungsnachrichten bricht los und meine Finger tippen auf Evas Namen.

»Hey, die Frau Schüler«, meldet sie sich.

Es ist schön, ihre Stimme zu hören. Die Eva-Fee. Nur die Tatsache, dass ich mit ihr spreche, hebt meine Laune, das merke ich sofort. Dennoch klage ich ihr ein wenig mein Leid. Erzähle, dass ich mich über den Alltag irgendwie habe gehen lassen. Dass mir am Ende nicht mal mehr bewusst war, dass ich für mich ungünstige Gedanken denke und ich mir deshalb Vorwürfe mache.

»Stopp! Nun hör aber mal auf, Petralein. Hast du denn alles vergessen?«

Ja, ganz offensichtlich.

»Du machst das doch nicht absichtlich. Es ist eben nicht leicht, alleinerziehend mit Zwillingen und dann noch berufstätig zu sein, weißt?«

Ach, komm, es gibt so viele, die es deutlich schlechter haben als ich. Und das sage ich dann auch.

»Das mag ja sein, aber du merkst doch, dass es dich schlaucht, gell? Sei mal lieb zu dir. Das ist wichtig.«

Ich erzähle ihr, dass Konrad mir so guttut, ich aber Angst habe, ihm zu nahe zu kommen. Seine Geschichte ist ja wirklich speziell und seine Entscheidung, nie wieder in einer Liebesbeziehung leben zu wollen, respektiere ich.

»Und nun meldest du dich bei ihm nicht mehr?«

»Na ja, ich bin halt unsicher. Nachher denkt er, dass ich doch was von ihm will. Oder nicht?«

»Du wirst es nicht erfahren, wenn du nicht mit ihm sprichst, weißt?«

»Mann, Eva, ich fühle mich einfach mies. Statt ab- habe ich zugenommen und dann habe ich letzte Woche Steffen mit seiner neuen Freundin im Getränkemarkt gesehen. Olivia hat riesige Möpse und ist total schlank.«

»Ach, Frau Schüler, nun weiß ich, woher der Wind weht.«

»Nein, ich gönne ihm doch diesen Glücksgriff ins Doppel-D.«

Als ich das sage, überlege ich, ob ich das auch wirklich so meine. Ich will nicht eifersüchtig sein. Sie nimmt mir nichts weg. Ich hatte das mit mir schon geklärt.

»Na, so ganz ehrlich scheinst du das nicht über die Lippen zu bringen, hm?«

Ich sage nichts.

»Das ist auch schwer. Eifersucht und Neid sind so starke Gefühle. Aber es ist ganz wichtig, dass du das abschüttelst. Diese Energien wirken sich negativ auf deine mittlere Schwingungsfrequenz aus, weißt?«

Ach ja, richtig, ich telefoniere ja mit Eva, grinse ich über die mittlere Schwingungsfrequenz.

»Wie werde ich das denn los, du liebe Zauberfee?«

»Du kannst das mit der liegenden Acht machen.«

»Hä?«

»Kennst du nicht die Magie der Acht?«

Nein, aber ich kenne Johnny, der eigentlich Johannes heißt und ein Freund von Steffen ist. Johnny erzählt bei jeder Gelegenheit von seinem Zivildienst. Er hatte irgendetwas mit behinderten Kindern zu tun, was ich an sich sehr bewundernswert finde. Bis heute behauptet er bei jeder Gelegenheit, dass er dort das Badewasser für die Kinder in Achten rühren musste, weil das dann sauberer machte oder so. Geglaubt hat ihm das natürlich niemand. Der Typ ist eh total verstrahlt. Vor ein paar Jahren hatten wir Johnny, ein anderes Pärchen und Justus, den Mann von Edith, zum Essen eingeladen. Edith und Justus hatten seit Jahren versucht, schwanger zu werden, wie Justus immer sagte. Letztlich wurde eine künstliche Befruchtung notwendig. Edith konnte an jenem Abend nicht mitkommen, da es ihr nicht gut ging. Ich bekam ein Gespräch zwischen Justus und Johnny mit, das ungefähr so ablief.

»Ja und dann muss Edith echt einiges über sich ergehen lassen. Drei Monate wurde sie in die künstlichen Wechseljahre versetzt. Hat dafür so ein ganz dickes Hormondepot unter die Haut gespritzt bekommen. Hat alle Nebenwirkungen dabei mitgenommen. Jede Woche muss sie jetzt nach Hannover fahren zur Kontrolle. Nach den drei Monaten musste sie sich für vierzehn Tage zwei Mal täglich bestimmte Hormone spritzen. Das setzt ihr echt zu.«

Johnny sagte nichts.

»Tja, von Kopfschmerzen bis Übelkeit alles dabei. Hitzewallungen, Hautausschläge. Morgen muss sie sich so eine Auslösespritze für den künstlich erzeugten Eisprung setzen und übermorgen werden ihr dann unter Vollnarkose die reifen Eizellen entnommen. Eine richtige OP.«

Johnny wirkte immer noch eher teilnahmslos.

»Und dann ist auch mein Part gefragt«, fuhr Justus fort, »dann werden meine Jungs gebraucht, damit die Eizellen auch befruchtet werden können.«

»Ey, Alter! Echt? Da musste dir dann punktgenau einen von der Palme wedeln? Hammer, was für 'n Druck da auf dir lastet. Boah, ich beneide dich echt nicht. Krass, Mensch, das ist sicher nicht leicht. So 'ne künstliche Befruchtung ist echt kein Zuckerschlecken, das hört man ja immer wieder. Mensch du, ich denk' an dich.«

Ja, der arme Justus, er spürte den Druck der Millionen Kollegen. Für Edith war das sicher ein Spaziergang. Ich rolle jetzt noch in Gedanken an Johnnys Reaktion mit den Augen. Soll er doch sein Badewasser weiter in Achten rühren.

»Bist noch da?«, fragt Eva.

»Sorry, war kurz abgelenkt. Was für 'ne Acht?«

»Also, die liegende Acht hat eine neutralisierende Wirkung. Musst mal bei manchen Produkten aus Bioläden auf den Strichcode gucken. Die sind oft mit der liegenden Acht übermalt. Die Information des Barcodes soll neutralisiert werden.«

»Ah so.« War die zwischendurch auf irgendeinem Voodoo-Camp?

»Du kannst jetzt ein Blatt Papier nehmen und eine große liegende Acht draufmalen. In das linke Auge schreibst du deinen Namen und in das rechte Olivia.«

Meint die das ernst?

»Frau Schüler, ich seh' deine linke Augenbraue zucken«, lacht Eva.

»Eva, ich kann nichts dafür. Aber mal ehrlich, das klingt doch bescheuert.«

»Ja, aber mach es doch einfach mal. Es geht darum, dass du dich energetisch von der Frau trennst. Sie hat in dir alte Bekannte wie Neid und Minderwertigkeit ausgegraben. Nicht absichtlich.«

»Und dann bin ich nie wieder neidisch und eifersüchtig und fühle mich nie wieder minderwertig?«

»Nein, aber du hast die energetische Verbindung zu ihr gekappt, die diese Dinge in dir antriggern, wenn du an sie denkst oder sie siehst. Um diese Gefühle grundsätzlich loszuwerden, musst du noch ein bisschen mehr an dir arbeiten. Aber fürs Erste ist das eine gute Maßnahme. Und ehrlich, ruf doch den Konrad einfach mal an.«

Wir quatschen noch eine Weile und als ich auflege, habe ich schon ein besseres Gefühl als vorher. Ich google über die Magie der liegenden Acht und bin tatsächlich beeindruckt. Bisher kannte ich es nur als Zeichen der Unendlichkeit. Sie soll aber auch für Harmonie und Ausgeglichenheit sorgen. Wenn man große liegende Achten malt, dann ist es gut für die Konzentration, weil das eine Art Acht(haha)samkeitsübung ist und gleichzeitig die beiden Gehirnhälften miteinander verknüpft. Evas Ausführungen finde ich auch bestätigt. Wow.

Ich mache nun also, wie mir empfohlen wurde. Ob sich was getan hat oder nicht, kann ich spontan nicht sagen.

Aber immerhin habe ich den Mut, Konrad zu schreiben.

»Gibst du auch Nachhilfe?«, schicke ich ab.

Sofort höre ich. Piep. Piep.

»Kannst du zahlen?«

Ich schmunzle.

»Nur in Naturalien.«

Piep. Piep.

»Dann ja. Jetzt sofort?«

Ich würde zu gern Ja sagen und wie von selber tippen meine Finger: »Ich bin in einer Stunde bei dir. Bringe Zutaten für Abendessen mit.«

Piep. Piep.

»Wow, du bist cooler geworden. Ich freu' mich. Pack das Krümelmonster ein.«

Ich lasse das unkommentiert und bin so froh, dass ich mutig war. Nein, ich bin froh, dass Eva mir gesagt hat, dass ich mutig sein soll.

Kurz mache ich mich frisch, packe ein paar Sachen zusammen, wer weiß, ob wir nicht noch eine Runde spazieren gehen, und fahre dann zum Supermarkt. Auf dem Weg denke ich an Johnny. Von dem habe ich lange nichts gehört. Wie es dem wohl geht? Seit der Trennung von Steffen habe ich ihn nicht mehr gesehen. Das Badewasser in Achten rühren. Das ist schon so ein geflügeltes Wort wie »Wir tanzen unseren Namen«.

Im Einkaufswagen habe ich alles für Ofengemüse mit Schafskäse und ein paar Lammkoteletts. Alkohol scheidet aus. Dafür packe ich noch eine Tüte Krümelmonsterkekse ein. Die gibt es wirklich. In der Bioabteilung. Ich gucke auf den Barcode, keine liegende Acht. An der Kasse höre ich plötzlich meinen Namen. Ich drehe mich um und sehe direkt in das Gesicht von Johnny. Das gibt's doch gar nicht.

»Ey, gerade habe ich an dich gedacht«, sage ich verblüfft.

»Ach komm, stimmt doch eh nicht«, wehrt er ab, scheint sich aber zu freuen.

»Wie geht's dir?«, frage ich ihn.

»Du, wieder gut. Hat Steffen nichts erzählt?«

Ich gucke wohl entsprechend. Er macht eine Kopfbewegung Richtung Ausgang und ich verstehe. Wir bezahlen beide und hinter der

Kasse erzählt er mir, dass er Krebs hatte. Ich bin erschrocken. Soweit sei alles gut überstanden. Keine Metastasen, alles gute Befunde nun.

»Leider fehlt mir jetzt ein Hoden. Bin jetzt also ein Einkugelspieler.« Er lacht.

Ich auch. Die Gründe sind unterschiedlich. Einkugelspieler. Ich drücke ihn und wünsche ihm alles Gute. Der Johnny, da steht der da plötzlich, kaum dass man über Achten redet. Nee, Zufälle gibt es nicht.

Es ist fünfzehn Uhr zehn, als ich bei Konrad klingle. Er hat rote Farbtupfer im Gesicht. Einen dicken direkt an der Lippe.

»Mit wem hast du denn geknutscht? Wo ist die Schlampe?«, scherze ich und stürme theatralisch in die Wohnung.

Er guckt verständnislos, schaut dann im Flur in den Spiegel und lacht.

»Ich korrigiere gerade Deutschklausuren. Der Stift kleckst.«

»Da hat man also bei dir den Rotstift angesetzt? Biste nun billiger zu haben?«

»Frau Schüler, du bist frech.«

»Na, ich meine das Nachhilfelehrerhonorar.«

Ich stelle meine Einkäufe in der Küche ab.

»Dann reichen vielleicht zwei Lammkoteletts für dich, statt drei wie geplant. Naturalien, erinnerst du dich?«

Er umarmt mich.

»Ich liebe Lamm. Woher wusstest du das?«

Ich frage mich, warum ich die letzten zwei Wochen so zurückhaltend ihm gegenüber war. Kaum bin ich da, ist alles, als wären wir nie auseinandergegangen.

»Frau Schüler weiß, was Lehrer wünschen.«

»Na, da bin ich nicht so sicher. Schließlich hast du dich zwei Wochen kaum gerührt und auf meine Nachrichten nur sehr unmotiviert geantwortet. Ich hatte schon Sorgen, dass ich dich mit meinem Outing verschreckt haben könnte«, sagt er ernst.

Ich weiß nicht, was ich sagen soll. Der Grund für meine Zurückhaltung waren komplizierte Frauenschachtelgedanken, die ich nicht erklären kann, weil sie zu blöd sind.

»Ehrlich, Petra, ich war traurig.«

War seine Stimme brüchig?

»Weißt du, wir haben uns nicht zufällig gefunden. Wir sind wichtig füreinander. Du für mich und ich für dich. Wir für das Universum.«

Er nimmt mich in die Arme und lässt mich lange Zeit nicht mehr los. Schlagartig wird mir klar, wie dämlich meine Angst davor, etwas falsch zu machen, war. Angst, Frau Schüler. Angst, falsche Frequenz. Völlig falsche Frequenz.

»Es tut mir leid, Konrad, ich wollte einfach nichts Falsches machen.«

»Wichtig ist, dass du nun hier bist, Petra. Komm, wir korrigieren Deutschklausuren als Vorspiel.«

Ich bekomme einen Lachanfall und weiß manchmal echt nicht, wie er was genau meint.

»Ich habe die Achtklässler gefragt, was Glück ist. Sie durften eine Doppelstunde lang einen freien Text über Glück schreiben. Es ist so fantastisch, was sie schreiben. Hör zu.«

»Stopp, darfst du das? Das unterliegt doch dem Datenschutz, oder nicht?«

»Kann ich bitte meine Lieblingsschülerin zurückbekommen? Was ist denn los mit dir? Natürlich kann ich dir Texte von Schülern vorlesen, solange ich nicht den Namen des Verfassers preisgebe. Dein Lammkotelett müssen wir wohl erst etwas in Leichtigkeit marinieren, hm?«

»Los, lies vor.«

Es ist alles. Lustig. Rührend. Grotesk. Großartig. Erwachsen. Traurig. Unreif. Es ist wunderbar, all das zu hören. Ich weiß, was er mit Vorspiel meinte. Was für ein wunderbarer Einstieg in unseren Tag.

Glück ist, wenn die Mutter immer genug Wackelpudding einkauft.

Glück ist auch, wenn der Vater nicht mitbekommt, dass man heimlich Egoshooter-Spiele zockt.

Wenn der Nachbarsjunge einen endlich niedlich anlächelt und man dann auf Wolke sieben schwebt, das ist auch Glück.

Glück ist, wenn die verstorbene Schwester wieder aufwachen würde und alles nur ein Traum gewesen wäre.

Hach.

Alle Texte sind zwischen drei und vier Seiten lang. Was wir für unterschiedliche Definitionen und Erklärungen für individuelles Glück lesen, berührt mich.

»Wie bewertest du das denn jetzt? Du kannst ja nicht über persönliche Ansichten richten«, frage ich.

»Ach, natürlich muss ich ein wenig die Hingabe bewerten und dann auch die äußere Form und Rechtschreibung, Grammatik und Zeichensetzung. Aber selbstverständlich habe ich damit nur das eine Ziel verfolgt. Die Kids sollten sich zwei Stunden mit glücklichen Gedanken beschäftigen. Wann kann man das in der Schule schon mal?«

Ich gucke ihn an und möchte ihn am liebsten knutschen. Was für ein Geschenk des Himmels, dass es so einen Lehrer gibt. Doch ehrlich gesagt bin ich nicht mal im Ansatz darauf gekommen, dass das seine Motivation gewesen sein könnte. Aber recht hat er. Wer bekommt schon Achtklässler dazu, positiv zu denken?

»In der Mittelstufe ist man dagegen. Wogegen? Egal, man ist aus Prinzip dagegen. So viele negative Gedanken. So viel anti. Denen brauchst du nicht mit Achtsamkeitsübungen zu kommen. Keinesfalls mit Meditation. Da darfst du nicht mal ›positiv denken‹ sagen, da wirst du gedisst«, erklärt er.

Ja, ich freue mich schon mal drauf. Das wird gruselig mit zwei Jungs. Herrgott, Frau Schüler, wieder Gedanken der Angst. Schluss jetzt!

»Huch, womit?«, zuckt Konrad zusammen.

Oh, ich hatte das offensichtlich laut gedacht. Sehr laut.

Ich erzähle ihm davon, dass ich wieder im alten Schwingungsmuster bin. Alles Gehörte und Gelernte vergessen habe. Dass es mir gar nicht gut geht. Dass ich noch mehr zugenommen habe.

»Alles Scheiße, deine Elli«, schließe ich meinen Jammervortrag.

»Ich wusste es doch. Du bist nicht die Frau Schüler, die ich kenne. Komm, wir ziehen deine Verkleidung aus.«

Ich schaue an mir runter. Ich sehe im Vergleich zum letzten Treffen hier nicht nach Karneval aus.

»Du hast miese Energie an dir. Die steht dir nicht. Die ziehst du nun aus. Das machen wir draußen. Hast du deine Sportschuhe mit? Ab in den Wald!«

Als hätte ich es geahnt. Allerdings muss man ja kein Hellseher sein, wenn man damit rechnet, dass bei einer Verabredung mit einem Sportlehrer Bewegung auf dem Programm steht.

Der Tag ist warm, ich hoffe nicht, dass er mich wieder den Kamm hochscheucht. Ich hatte mir im Internet zwei leichte Flatterhosen bestellt. Die hatten nur einen Haken. Sie flattern nur an Modelbeinen. An meinen sitzen sie eher — sagen wir mal knapp. Egal. Der Stoff ist jedenfalls dünn und bunt.

———

Konrad wohnt so wunderbar nah am Teuto. Wir laufen ein Stück leicht bergauf. Als sich die Bäume zum Wald formieren, sagt er: »Stopp! Jetzt stampfst du alles ab.«

What?

Er baut sich vor mir auf. Holt tief Luft, streckt seine Arme ganz nach hoben, stellt sich auf die Zehenspitzen und stampft mit den Hacken auf den Boden. Dabei geht er in die Knie und reißt die Arme wieder runter. Einen urtümlichen Laut gibt er auch noch von sich.

»Los!«

Er wiederholt dieses groteske Schauspiel. Ich schüttle entgeistert den Kopf und wehre ab.

»Muss ich erst die Trillerpfeife zücken?«

»Wozu ist das denn?«

»Na, du merkst doch, dass an dir keine besonders guten Energien kleben. Schüttle sie ab. Stampf sie mindestens fünf Meter in die Erde. Stell dir vor, wie alles Belastende in Grau von dir abfällt und tief im Boden versinkt.«

Ich muss ihm dringend Eva vorstellen.

»Soll ich noch 'ne liegende Acht malen?«, motze ich.

Das war ein Fehler. Konrad guckt mich mit schiefem Kopf an. Zieht mit seinem Fuß eine Linie in das feuchte Laub im Schatten, die — ich ahne es nach einem Drittel — eine überlebensgroße Acht ergibt.

Sein Blick ist schmal, aber sein Mund lächelt herzlich.

»Ich kenne mich mit pubertierenden Kids aus, das ist nichts anderes als mit renitenten Frau Schülern. Leg dich drauf«, fordert er mich heraus.

»Ich soll mich ... auf den ... Waldboden legen?«

»Na, die gute Krümelmonsterhose hast du ja heute nicht an. Die hier kann man sicher waschen.«

Ich mag seine unnachgiebige und liebevoll freche Art.

»Okay, Herr Lehrer«, füge ich mich.

Ich mache einen großen Schritt, gehe in dem einen Auge der Acht in die Hocke — und die Hose reißt! Sie macht dabei so ein fieses Geräusch, dass es sicher bis zum Hermannsdenkmal zu hören ist.

Ich fasse mir reflexartig an den Hintern, verliere das Gleichgewicht und falle rückwärts in des Lehrers Zeichnung. Konrad bricht in der Sekunde, in der ich den Boden berühre, in Gelächter aus. Mir bleibt nichts anderes übrig, als mit einzustimmen. Ich lache das irrste Lachen der letzten Monate. Mir laufen die Tränen übers Gesicht und ich bin ganz sicher unfähig, jemals wieder aufzustehen.

———

KAPITEL DREIZEHN

»DEIN WUNSCH SEI MIR BEFEHL.«

»Darf ich Ihnen aufhelfen?«, prustet Konrad und reicht mir seinen Arm.

―――――

Aber ich kann noch nicht. Ich wälze mich vor Lachen auf dem Boden, auch wenn mir klar wird, dass dieser Lachanfall für eine gerissene Hose übertrieben lang andauert. Ich greife nach seinem Arm, aber statt mich an ihm hochzuziehen, bringe ich Konrad ins Wanken. In einem perfekten Stunt lässt er sich neben mich fallen und so liegen wir nun beide in der magischen Acht. Nach ein paar Minuten habe ich wieder genug Atem, um zu fragen: »Können wir das als Abschütteln der schlechten Energien gelten lassen?«

»So gerade, Frau Schüler, so gerade.«

Ich fühle mit den Händen an der Hosenpanne. Der dünne Stoff ist unterhalb meiner rechten Pobacke quer über die gesamte Rückseite gerissen. Ich möchte im Erdboden versinken und muss schon wieder lachen, weil mir bewusst wird, dass ich im selbigen ja gerade schon rumwühle. Was soll's.

»Okay, war was?«, setze ich mich fragend auf.

»Nicht, dass ich wüsste«, grinst Konrad mit ziemlich viel Laub in seinen roten Locken.

»Komm, Petra, erzähl. Was war los in den letzten zwei Wochen?«

»Ich habe meine ganze gute Energie verloren«, sage ich und streife Blätter von meinem Shirt. »Mir wird das jetzt erst richtig klar. Ich war sozusagen ganz die Alte. Also die ganz Alte. Nicht die alte Petra, die du kennst.«

Ich starre ins Nichts und Konrad lässt mich.

»Und jetzt gerade fühlt es sich so gut an. Dreckig, in Lumpen und mit von Lachtränen verlaufener Schminke im Laub. Mit dir.«

Ich nage an meiner Unterlippe. Konrad bleibt weiter still.

»Versteh mich nicht falsch, Konrad, ich ...«, weiter komme ich nicht.

Er lag bis gerade noch auf dem Waldboden und kniet sich nun vor mich hin, stellt ein Bein auf, nimmt zwei Hände voll Laub, hält sie vor sich in meine Richtung und sagt: »Petra Schüler, willst du meine Seelenfreundin sein? Mit mir wachsen und lachen, scheitern und aufstehen, lernen und lehren? Nie wieder zweifeln, ob du mir sagen darfst, dass du gern in meiner Nähe bist, nur weil du weißt, dass ich keine Liebesbeziehung mehr eingehen werde? Willst du alle Zweifel und Hemmungen diesbezüglich mir gegenüber ablegen und einfach meine engste Freundin sein?«

Der Typ ist doch echt die Härte. Doch ich nicke.

»Ja, ich will.«

Und schon besiegelt er unseren Seelenbund, indem er den Laubhaufen in seinen Händen hochwirft und wir nun beide völlig bekloppt aussehen.

»Müssen wir uns jetzt noch irgendein Zeichen mit Mutterboden ins Gesicht malen?«, foppe ich ihn.

»Nur, wenn du nicht endlich erzählst, was los war.«

Ich erzähle von meinen letzten Wochen, von weiteren zwei Kilos zu viel, von Olivia und Steffen, vom Alltag und schließe damit, dass ich nicht weiß, wann meine Energie umgekippt ist.

»Was hast du denn dafür getan, dass du in einer guten Energie bleibst?«, bohrt er nach.

»Na, ich habe die Hörbücher gehört«, sage ich und nenne die Titel.

»Du hast die kompletten Bücher gehört in nur zwei Wochen? Da sind so unendlich viele Informationen drin. Respekt.«

»Na ja, ich hab' oft vorgespult, wenn es mir zu theoretisch wurde. Und vorm Einschlafen habe ich auch gehört, da wusste ich manchmal morgens nicht mehr, wo ich stehen geblieben bin«, gebe ich etwas zerknirscht zu.

»Ich bin ja Lehrer. Das kann ich so nicht gelten lassen. So erfasst man keine komplexen Inhalte.«

Ich verdrehe die Augen. Aber er hat ja recht. Ich war mit einer gewissen Arroganz an die Bücher herangegangen, weil ich dachte, dass ich das eigentlich doch alles schon verstanden hätte. Im Grund habe ich das auch. Aber ich habe nun fünfundvierzig Jahre in einer anderen Denkgewohnheit, einer komplett anderen Energie gelebt. Wahrscheinlich kann man das alles nicht oft genug hören, ehe man es wirklich umgesetzt hat. Ich nicke also schuldbewusst.

»Weißt du, es ist wie mit dem Sport. Wir hatten ja schon mal drüber geredet. Erinnerst du dich?«

Na klar.

»Du brauchst tägliches Training. Wenn du nur ein Buch oder auch drei liest, dann verstehst du es vielleicht in dem Moment. Aber du vergisst die Umsetzung in der Sekunde, in der du von gewohnter Energie umgeben bist.«

»Der Alltag, der olle Sack«, bestätige ich ihn.

»Betrachte ihn doch nicht als Feind. Er ist ja da und er wird bleiben. Selbst wenn du dich komplett abschotten würdest, so würde auch auf einer einsamen Insel irgendwann ein Alltagstrott Einzug halten. Wir brauchen den. Betrachte ihn als Trainer oder als Challenge.«

Ich springe kreischend auf, als mir eine Spinne über die Hose läuft. Ich hasse Spinnen!

Konrad lacht und steht auch auf.

»Wie passend. Weißt du, wofür die Spinne steht?«

»Ekel ohne Grenzen?«, schreie ich hysterisch.

»Nein, die Spinne als Krafttier ermutigt dich zur Innenschau. Zeigt einen Richtungswechsel an. Sie hat etwas Reinigendes. Man ist vielleicht aufgefordert, sich von alten Gewohnheiten, alten, verwobenen Gedankenkonstrukten zu lösen.«

»Das denkst du dir doch jetzt aus«, behaupte ich frech.

»Kannst du googeln. Nimm es einfach als Zeichen. Letztlich stimmt es doch. Wir sitzen hier, weil du dich von den alten Energien befreien wolltest. Wir reden über Alltag und gewohnte Muster, die dich wieder eingefangen haben. Das passt schon.«

»Hab' ich dieses fiese Ding also angezogen?«

»Kann alles sein. In jedem Fall sieh es als Zeichen. Ein schönes Zeichen. Befreie dich vom Alten.«

»Hab' ich doch. Und der hat jetzt 'ne Neue mit dicken Hupen.«

Wir lachen beide.

Mich juckt es irgendwie überall. Ich hüpfe auf dem Boden auf und ab und hoffe, so alles Getier und Gekrümel, das sich durch den Riss den Weg ins Innere meiner Hose gebahnt hat, wieder loszuwerden.

»Komm, wir gehen zurück. Kannst bei mir duschen.«

Nach der Dusche fühle ich mich schon besser. Ich bin so froh, dass ich Kulturbeutel und die neu gekauften bequemen Klamotten mitgenommen habe. Danke, Marlene, ich glaube du hast mich dazu inspiriert, einen Buko mitzunehmen. Obwohl ja ausgeschlossen ist, dass es mit Konrad jemals zu beischlafähnlichen Handlungen kommen wird. Stattdessen wälzen wir uns viel lieber im Dreck und kippen uns Laub auf den Kopf. Als ich aus dem Bad komme, sehe ich, dass Konrad in seinem Meditationsraum etwas vorbereitet.

»Was kommt jetzt?«, frage ich neugierig.

»Na, du hast ja deine Hausaufgaben nicht gemacht. Nachlässig die Lektüre überflogen. Du hast nach Nachhilfe gefragt. Die findet hier statt.«

Womit habe ich diesen Menschen eigentlich verdient? Vielleicht habe ich darum gebeten? In meiner tiefen Verzweiflung während meiner ganz dunklen Phase. Da habe ich so oft um Hilfe gebeten, manchmal auch ins Kopfkissen geschrien. Dann bekam ich dieses Seminar geschenkt und damit hat sich die Tür zu einer neuen Dimension geöffnet. So muss ich es einfach sagen, Pathos hin oder her. So und nicht anders ist es seit dem Tag, an dem ich die Ottokar-Energie gespürt habe. Es gibt kein Zurück mehr. Ich weiß, was hinter dieser Tür verborgen ist, und ich will nie wieder ohne dieses Wissen sein. Doch die alten Strukturen kleben irgendwie an mir. Ich will mich befreien. Der Alltag ist wie ein klebriges Spinnennetz, an dem ich immer wieder hängen bleibe. Ja ja, ich habe das Zeichen von Spiderman gesehen. Müssen wir nicht weiter breittreten. Ich darf Spinnen sicher weiterhin ekelhaft finden mit ihren grusligen acht (noch 'ne Acht — langsam wird es unheimlich) Beinen und dieser abartig flinken Art, plötzlich aufzutauchen, um dann ausgerechnet unterm Bett wieder zu verschwinden. Widerlich. Ich bekomme eine Gänsehaut und muss mich schütteln. Egal. Wichtig ist nun die Botschaft, das Alte hinter mir zu lassen. Konrad zündet eine Kerze mitten im Raum an. Ich bin mit einem Mal sicher, dass es folgendermaßen sein muss. Wer um Hilfe bittet, wer danach fragt, der bekommt jemanden zur Seite gestellt. Ob die Bitte nun laut in Worten formuliert oder als Schwingungsenergie ausgesendet wird, es wird geliefert. Das Universum oder das Göttliche, wie auch immer man es nennen will, eine Art höhere Intelligenz hat mir Konrad geschickt. Den wandernden und Laub werfenden Lehrer. Ich sehe ihn an, wie er mit Hingabe weitere Kerzen anzündet, Kissen arrangiert und Decken bereitlegt. Aus dem Raum strömt ein angenehmer Duft in meine Richtung. Meditationsmusik schallt aus irgendwelchen Boxen, die scheinbar geschickt verbaut wurden. Ich sehe sie nicht. Er schenkt uns zwei Gläser Wasser ein und fordert mich auf reinzukommen. Ich bin ein wenig aufgeregt, wenn ich ehrlich bin.

»Komm, lass uns dich wieder in eine höhere Schwingungsfrequenz bringen.«

Ich weiß, dass es richtig ist, das zu machen. Aber ich finde solche Sätze immer noch schwierig. Aber ich wollte Nachhilfe. Nun wird nicht gekniffen.

»Mach's dir gemütlich.«

Ich setze mich auf ein extra hohes Meditationskissen. Konrad erklärt mir, dass ihm auf den normalen immer die Beine einschlafen. Das wiederum finde ich herrlich bodenständig.

»Also, Petra, ich wünsche mir, dass du eine für dich passende Routine findest, die dich in einer guten Energie hält. Jeder Tag ist unterschiedlich anspruchsvoll. Ein Tag, an dem viel schiefgeht, an dem viel Stress und Zeitdruck, vielleicht sogar Streit ist, kann dich sofort aus der guten Energie reißen. Deshalb solltest du regelmäßig dafür sorgen, dass du in einer höheren Frequenz swingst.«

Er grinst. Er weiß offenbar genau, dass er zwischendurch in meiner Sprache sprechen muss, damit er mich bei der Stange hält. Der alte Swinger.

»Okay, und wie mache ich das nun als Routine? Ich kann nicht jeden Tag meditieren.«

»Also erst mal kannst du selbstverständlich jeden Tag meditieren. Du willst das aber nicht jeden Tag. Und das ist völlig in Ordnung. Finde für dich etwas anderes, das du aber jeden Tag machen kannst. Was hältst du von einer kurzen Visualisierung, zum Beispiel morgens, bevor du aufstehst.«

»Morgens? Ich kämpfe morgens ums Überleben und jeder in meiner Nähe auch. Wenn es was Schönes ist, das ich visualisieren soll, dann ist morgens definitiv der falsche Zeitpunkt«, lache ich.

»Okay, natürlich kannst du das auch abends machen. Oder tagsüber. Wichtig ist nur, dass du etwas machst. Was wäre denn eine schöne Visualisierung für dich?«

»Was gilt denn alles?«

»Egal, alles, was dir ein gutes Gefühl verschafft.«

Ich grunze anzüglich und kichere.

»Meinetwegen auch so was«, fährt er unbeirrt fort.

»Nein, tut mir leid, das war jetzt unsachlich. Ich verstehe natürlich, was das bewirken soll. Die schönste Vorstellung wäre, wenn ich schlank und straff sein könnte«, sage ich leise und verschämt und sofort merke ich, dass das tatsächlich mein wunder Punkt ist. Der Knopf im Lift nach abwärts.

Konrad sagt nichts. Er merkt sicher, dass ich ein Thema gefunden habe.

»Ja, ich würde das gerne visualisieren. Merke aber, dass es mich sofort antriggert und eine schlechte Stimmung aufkommt.«

»Dann ist es vielleicht sogar ein guter Ansatz. Hier ist auch das Geheimnis. Wir haben zwar schon drüber gesprochen, aber ich bin sicher, dass es nicht schadet, es noch mal zu erklären. Ich bin Lehrer, du weißt?«

Er zwinkert mir zu.

»Und ich Schüler.«

»Es gibt zu jedem Thema zwei Pole. Du kannst über fehlendes Geld nachdenken oder über das Reichwerden. Wenn du reich werden möchtest und dir bei jedem Gedanken dazu aber schmerzlich bewusst wird, dass du ja nicht reich, sondern arm bist, dann denkst du nicht reich, sondern arm. Du verharrst in einer Energie aus Mangel und vielleicht Neid. Opfer- und Versagensgedanken. Du wirst scheitern, weil du nicht ans Gewinnen denkst. Mal ganz einfach gesagt. Deshalb ist richtiges Visualisieren so wichtig. Mach dabei die Augen zu und stell dir vor, wie du aussiehst, wenn du schlank bist. Tu so, als ob es schon erreicht ist. Wir können das jetzt zusammen machen. Hast du Lust?«

»In Ordnung«, stimme ich zögernd zu.

»Wenn wir jetzt schon mal hier sind, könnten wir das doch auch mit einer Meditation verbinden. Was meinst du?«

Du Schlingel. Aber klar. Also nicke ich. Er leitet in ruhiger Stimme an und bringt mich dazu, komplett fokussiert zu sein.

»Spüre den Raum zwischen deinen Augenbrauen. Leite all deine Aufmerksamkeit, deine Energie dorthin.«

Interessant, ich spüre diese Stelle tatsächlich so, als ginge von ihr ein geringer Druck aus.

»Atme ruhig und regelmäßig und versuche, deinen Atem an genau diese Stelle zu bringen.«

Das klingt komplizierter, als es dann tatsächlich ist. Er leitet das für noch viele Stellen im Körper an. Nun soll ich den Raum zwischen meinen Schläfen und den Zimmerwänden spüren. Er lässt mir Zeit. Ich spüre meine Schläfen.

»Sauge deinen Atem bis über deine Schläfen hinaus ein. Fühl mal, ob du die Energie von deinen Schläfen bis zur Zimmerwand fühlen kannst.«

Ja, ich kann das. Unglaublich.

»Nun atme in dein Herz. Fühle, wie es groß und weit wird. Spüre die Energie in deinem Herzzentrum und beobachte genau, wie weit sie über deinen Körper hinausstrahlt.«

Weit. Sehr weit.

»Lass nun deine gesamte Körperenergie über deinen Körper hinauswirken. Spüre, wie sich deine physische Hülle auflöst, und werde zu reiner Energie. Im zeitlosen Raum. Im Nirgendwo. Sei ein Niemand in der Unendlichkeit.«

Ich habe das Gefühl, dass ich umfalle, ich falle aber nicht.

»Hier bist du nun im Quantenfeld der unbegrenzten Möglichkeiten. Schau nun, wie die Petra aussieht, die du sein möchtest. Male dir alles genau aus. Wie fühlst du dich, wenn du morgens aufwachst? Wenn du dich reckst und streckst? Kommst du leichter aus dem Bett? Mit welcher Stimmung stehst du auf? Schau an dir herunter. Guck genau hin, wie dein Traumkörper aussieht. Fühlt er sich beim Gehen anders an? Freust du dich, wenn du ins Bad gehst und dich dabei im Spiegel siehst? Wenn du deinen Schlafanzug auziehst, fühlst du deine schlanken, festen Beine. Nun mach in Gedanken für dich genau so weiter.«

Oh ja. Ich sehe mich im Badezimmerspiegel an und sehe einen schlanken, straffen Körper. Meinen Körper. Ich strahle mich an und bin unglaublich glücklich. In der Dusche seife ich meinen flachen Bauch ein und sehe den Rasierer über meine trainierten Beine gleiten. Nach der Dusche knote ich den Gürtel des Bademantels eng um meine Taille und fühle mich sexy. Ich steige auf die Waage und sehe eine Sieben und eine Fünf. Ich ziehe mir eine knackige Jeans und ein enges Shirt an. Mit allerbester Laune wecke ich die Kinder. Ich kuschle mich zu ihnen ins Bett und fühle so eine Leichtigkeit, so ein Glücksgefühl. So gehe ich den Tag innerlich Stück für Stück durch, bis ich wieder im Bett liege.

»Wie verbringst du deinen Urlaub in deinem Wunschkörper. Sieh dich ganz genau damit.«

Ich spiele Volleyball am Strand von Langeoog in einem dunkelblau-orangenen Bikini. Ich. Frau Schüler spielt Volleyball. Ich sehe meine Arme, wie sie zum Baggern vorn ausgestreckt zusammenhalten. Ich sehe an meinen Beinen herunter, wie sich die Muskeln anspannen, als ich in die Hocke gehe und den Ball annehme.

Ich habe keine Ahnung, wie lange Konrad mich diese Bilder hat ausmalen lassen. Es fühlt sich einfach unglaublich gut und real an.

»Nun schick diese Bilder ab und lass sie los. Gib sie ins Quantenfeld und sei sicher, dass es schon geschehen ist. Du existierst mit genau diesem Körper bereits. Und nun kommt das Wichtigste. Fühle deine Dankbarkeit darüber. Bedanke dich voller Freude darüber, dass es sich schon erfüllt hat. Sei so dankbar, wie es dir nur irgendwie möglich ist. Das ist sozusagen die Quittierung deiner Bestellung.«

Ich muss mich nicht mal bemühen, dankbar zu sein. Ich bin so erfüllt von Freude und Dank darüber, dass mir diese Last genommen und der Wunschkörper gegeben worden ist. Ich bin regelrecht gerührt.

»Dann fühle langsam wieder das Zentrum deines Körpers.«

Er leitet mich behutsam dazu an, wieder ins Hier und Jetzt zu kommen.

»Und wenn du so weit bist, dann öffne deine Augen.«

Ich schaue ihn an.

»Das war schön«, sage ich.

»Prima.«

»Und nun bekomme ich 'ne Augenbinde, dass ich mich selbst nicht sehen kann? Sonst fällt mir doch der Betrug sofort auf.«

»Nein, Petra, du vertraust jetzt darauf, dass alle Umstände, die du brauchst, um das von dir Bestellte zu erreichen, zu dir kommen.«

»Das ist sicher die hohe Schule, oder, Herr Lehrer?«

»Ja, dafür hast du mich. Ich helfe dir bei Zweifeln. Du musst einmal erfahren haben, dass du vertrauen kannst. Dann fällt es dir immer leichter.«

Natürlich kann ich das noch nicht ganz glauben, aber es wäre zu schön. Ich versuche, darauf zu achten, aus der richtigen Richtung zu denken. Also, ich denke nicht: »Es wäre zu schön, um wahr zu sein«, sondern: »Ich habe mich schon schlank gesehen; deshalb existiert es schon. Ich freue mich auf meinen schlanken Körper.« So in der Art. Da kann ich sicher noch Fleißpunkte sammeln, indem ich passende Gedanken vielleicht mal schriftlich formuliere.

»Die Tatsache, dass nun dein Gewichtsthema das Erste war, was dir zum Thema Visualisierung einfiel, beweist, dass das das Vordringlichste war. Das scheint dir ganz viel Energie genommen und einen guten Fluss blockiert zu haben.«

Ja, das kann gut sein. Ich habe kein gutes Haar an mir gelassen. Bei jedem Bissen und bei jedem Schluck habe ich mich zunehmen sehen. Habe mich selbst beschimpft, weil ich es seit Jahren nicht schaffe, endlich wieder zu den Schlanken zu gehören. Stopp! Ich gehöre zu den Schlanken, ich habe mich gesehen. Ich spiele Volleyball am Strand. Ich merke, wie sich meine Mundwinkel hochziehen. Bald machen sie der Augenbraue Konkurrenz.

»Ja, ich glaube, du hast recht, Konrad. Und dann tauchte auch noch die Doppel-D-Olivia in Kleidergröße sechsunddreißig auf. Die hat mir wohl den Rest gegeben.«

Ich denke plötzlich, wie furchtbar es ist, dass ich mich von meiner Figur, dem Gewicht so bestimmen lasse. Es fühlt sich wie energetische Pest an. Keine gute Schwingung hat eine Chance. Alles ist sofort infiziert, ich verfaule durch diese niedrig schwingende Frequenz. Bäh. Weg damit.

»Das Thema ist ja völlig egal«, erkenne ich. »Der eine hat ständig Sorgen wegen des Geldes. Das nimmt dann so viel Raum ein, um mal nicht fortwährend Energie zu sagen, dass die positiven Dinge keine Chance haben, oder?«

»Sehr einfach ausgedrückt ja. Aber das ist letztlich keine große Erkenntnis. Wenn du dich mit Sorgen befasst, geht es dir eben nicht so gut. Doch es geht dabei vor allem um die Resonanz.«

Ach ja, da war ja noch das Gesetz der Anziehung. Herrje, ich leide wohl unter spiritueller Amnesie.

»Wer auf der Frequenz von Mangel sendet, der zieht immer mehr Mangel an. Erinnerst du dich, als wir im Wald waren? Da hast du gesagt, dass du dringend Kilos verlieren musst. Ich sag's mal mit dem Flaschengeist: ›Dein Wunsch sei mir Befehl.‹ Du musst also dringend Kilos verlieren.«

»Hä?«

»Du hast bestellt, Kilos zu verlieren, abnehmen zu müssen. Genau das bekommst du dann auch. Wenn du bestellst, schlank zu sein, dann bekommst du eben das. Schlank sein.«

»Das ist doch Korinthenkackerei. Sorry, nee, da sträubt sich in mir alles.«

»Ich kann mir super vorstellen, wie du auf dem Seminar die Meute aufgemischt hast«, amüsiert er sich.

Ich stehe auf und muss mich mal strecken. Konrad bleibt unbeirrt sitzen. Das ist echt ein harter Brocken. Der gibt nicht nach.

»Jaaaa, ich habe um Nachhilfe gebeten. Ist gut, ich bleibe.«
Dann setze ich mich wieder hin.

»Das mit den Frequenzen und der Anziehung hattest du aber ja grundsätzlich begriffen und auch akzeptiert, oder?«

Ich nicke ergeben.

»Du kennst das Beispiel aus der Fahrschule. Bist du mit dem Auto oder Motorrad in einer Kurve und hast eventuell etwas zu viel Speed drauf, dann siehst du den einzigen Baum in der Kurve. Wenn du dir vornimmst, nicht in den Baum zu fahren, nicht in den Baum zu fahren, nicht in den Baum zu fahren, dann fährst du höchstwahrscheinlich in den Baum.«

Ja, kenn' ich. Also das Beispiel. Bisher hatte ich alle Bäume unbehelligt links und rechts des Weges stehen lassen können.

»Das hat einen zweiteiligen Grund.«

»Boah, Lehrer, ey, nun rede mal nicht so pädagogisch!«

Er wirft ein Kissen nach mir und lacht.

»Also, dein Gehirn kennt das Wort ›nicht‹ nicht. Auch nicht ›kein‹ oder Ähnliches. Also stell dir nun keinesfalls Herrn Butschke nackt im Biohörsaal vor, während er mit lila Hamstern jongliert, die keine gelben Helme aufhaben. Mach das bloß nicht.«

Okay, natürlich hat er gewonnen.

»Wenn du also nicht vor den Baum fahren willst, dann kommt im Grunde nur ›vor den Baum fahren‹ an. Das ist der erste Teil der Begründung. Der zweite Teil ist, dass die Energie immer der Aufmerksamkeit folgt. Du denkst Baum, der Baum ist im Fokus, du fährst vor den Baum. Das lernt heutzutage jeder Fahrschüler in den ersten Stunden. Willst du also sicher durch die Kurve kommen, dann behalte die Straße im Blick, auf der du fahren möchtest. Die Energie folgt der Aufmerksamkeit. Du hast eine deutlich höhere Chance, auf der Straße zu bleiben.«

Ich hoffe, er bekommt noch die Kurve zu meinen Kilos und den Bestellungen.

»Wenn du deinen Gedanken so formulierst, dass du Kilos verlieren musst, dann ist deine Aufmerksamkeit auf dem Zuviel davon. Auf dem unerwünschten Gewicht. Ich sage jetzt absichtlich nicht Übergewicht, weil du weder Übergewicht hast, noch abnehmen musst aus meiner Sicht. Aber darum soll es jetzt nicht gehen. Du richtest die Aufmerksamkeit auf den Zustand, der weg soll, und nicht auf den, den du erreichen möchtest. Mir ist klar, dass beide Aussagen, also

›Kilos verlieren oder abnehmen müssen‹ und ›schlank sein wollen‹, dasselbe Ergebnis anpeilen, nämlich schlanker zu sein als zurzeit.«

Ja, es ist sehr theoretisch, aber ich kann noch folgen.

»Ich schnalle es so langsam. Deshalb müsste ich, wenn ich reich sein wollte, nicht sagen: ›Ich möchte mehr Geld‹, weil ich mich dann immer auf den Mangel an Geld und das noch nicht Vorhandensein von Reichtum konzentriere, sondern ... äh, ja was müsste ich dann sagen?«

Konrad nickt.

»Gute Frage und die Antwort erarbeitest du jetzt mit deinen Sitznachbarn in einer Gruppenarbeit.«

Will der mich veräppeln?

»Ich muss mal aufs Klo«, lacht er, steht auf und geht ins Bad.

Als ich ihm hinterhergucke, fällt mein Blick auf die Uhr in der Küche. Haben wir hier jetzt wirklich zwei Stunden gesessen? Mit diesem Mann verliere ich jegliches Zeitgefühl. Es ist schon abends. Mein Magen knurrt wie aufs Stichwort.

»Man möge mich bitte bekochen!«, rufe ich frech in die Wohnung.

»Dein Wunsch sei mir Befehl«, erwidert er, als er in den Flur kommt. »Aber Essen bekommst du erst, wenn du deine Frage beantwortet hast. Du wolltest Nachhilfe. Ich mache Ofengemüse und Lamm und du deine Aufgabe.«

Ich bleibe also im Meditationsraum sitzen und denke nach.

Streng genommen ist doch auch »Ich möchte schlank sein« dann nicht optimal. So werde ich erhalten, dass ich ständig den Wunsch habe, schlank sein zu wollen? Mir fallen die Affirmationen ein, die ich vor gut zwei Wochen auf dem Weg zur Arbeit gehört habe. Da sollte man ja sagen: »Ich bin schön«, »Ich bin gesund« und so weiter. Damit kam ich doch gar nicht klar. Hatten wir nicht im Wald auch darüber gesprochen? Plötzlich schäme ich mich. Er hatte mir doch alles schon erklärt. Damals schon. Er hatte gesagt, dass die Affirmationen gut, aber anfangs schwierig seien und man eine Vorarbeit leisten müsse. Visualisierung! Man soll sich den gewünschten Zustand so real wie möglich vorstellen, möglichst innerhalb der Meditation. Er hatte es den gegenwärtigen Moment genannt. Ich weiß das eigentlich alles schon. Ich hatte es offensichtlich ob der Fülle an Informationen irgendwie rausfallen lassen. Wie peinlich.

Ich gehe in die Küche.

»Herr Konrad, ich würde gerne meine Gruppenarbeit präsentieren.«

»Dann lass mal hören, Schüler.«

»Die Antwort lautet, dass jemand, der sich Reichtum wünscht, sagen und denken sollte: ›Ich bin reich. Ich habe immer genug Geld. Ich kann mir leisten, was ich möchte. Ich bin ein Gewinnertyp. Geld fließt mir zu. Ich bin ein Geldmagnet.‹ Damit ihm das nicht als Selbstbetrug vorkommt, sollte er sich im Visualisieren des Wunschzustandes üben. Er tut gut daran, dies regelmäßig zu machen — so lange, bis er fühlt, dass die reiche Version seiner selbst schon im Quantenfeld existiert. Danach quittiert er seine Bestellung mit einer höheren Emotion wie Freude und Dankbarkeit. Dann kann er darauf vertrauen, dass es bereits schon so eingetreten ist wie bestellt. Ihm werden daraufhin obige Sätze aufrichtig über die Lippen kommen. Er schwingt so auf der Frequenz von Fülle und Reichtum und es werden sich die passenden Chancen für ihn ergeben. Aufgrund des Gesetzes der Resonanz wird er mit seinen reichen Gedanken reiche Gelegenheiten anziehen, Ideen haben, Mut und Einsatzbereitschaft, um Reichtum zu erlangen. Ebenso ist es mit dem Schlanksein gelagert. ›Ich bin schlank‹ ist die Frequenz, die meinen Wunschkörper ermöglicht. Auch das wird durch die vorhin schon erwähnte Visualisierung zur Realität.«

Ich atme tief durch und frage: »Bekomme ich eine gute Note?«

Konrad nickt beeindruckt. »Ich sollte in Erwägung ziehen, in den Schulstunden öfter auf die Toilette zu gehen, wenn alle Schüler in der Zeit solche Erkenntnisse haben. Toll, Petra.«

Ich denke, ich gönne ihm alle drei Lammkoteletts.

KAPITEL VIERZEHN

»KISS MY ASS.«

Die Herausforderung des restlichen Abends besteht aus Lamm ohne Rotwein. Ein wunderbarer Rioja würde doch das i-Tüpfelchen des Genusses darstellen. Ja, Frau Schüler, du hast es wirklich schwer. Wirklich. Schwer.

»Wie oft muss ich denn diese Visualisierung machen? Du hast doch anfangs gesagt, dass ich eine möglichst tägliche Routine brauche, um wieder zum Club der positiven Swinger zu gehören.«

Konrad sitzt mir in seiner Küche an dem großen Eichentisch gegenüber und wischt sich den Mund mit einer Serviette ab, auf der in Großbuchstaben steht »Nimm mich« und im Kleingedruckten drunter »Bleib sauber«. Ich bin sicher, dass die in irgendeinem Paralleluniversum von mir designt wurde. Mein Humor.

»Gut, dass du das noch mal ansprichst. Ich bin da vorhin von meinem eigentlichen Plan abgekommen. Mit einer täglichen Routine meinte ich nicht das, was wir vorhin gemacht haben. Das war eine siebzigminütige Meditation.«

Ich staune — so lang kam mir das gar nicht vor.

»Ich meinte einfach, damit du im Flow bleibst, ist es hilfreich, mindestens einmal täglich etwas zu machen, das dich beflügelt. So sag ich das mal salopp. Eine kurze Visualisierung wäre eine Möglichkeit. Vorhin hat sich daraus etwas entwickelt, was bei dir offensichtlich überreif war. Deshalb haben wir das gemacht. Jetzt, wo du das Bild von dir im Quantenfeld gesehen hast und weißt, dass es existiert, fällt es dir vielleicht leichter, dich morgens vorm Aufstehen einfach kurz an dieses Bild zu erinnern.«

»Ja, schon, aber ich glaube, das ist nicht die richtige Routine für mich. Ich fand jetzt das innerhalb der Meditation so wunderschön, das möchte ich gern für mich noch mal wiederholen zu Hause.«

»Schau an«, grinst er. »Also doch freiwillig meditieren?«

»Ja, mal sehen.«

»Du kannst dir ein Dankbarkeitstagebuch anlegen. Haben wir auch schon mal drüber gesprochen. Kannst du mit den Jungs zusammen machen.«

»Weißt du was«, sage ich etwas erschrocken. »Damit bin ich doch schon mal angefangen. Ich habe das doch schon gemacht. Wann und warum habe ich damit aufgehört?«

»Das weiß ich nicht. Aber hat es dir denn gutgetan?«

»Ja, ich war total überrascht, dass ich mich beim Schreiben schon so gut gefühlt habe. Das ist ja wie mit den Deutscharbeiten über das

Glück. In dem Moment ist man nur mit dem Schönen beschäftigt. Dabei lächelt man ja sogar. Ich will das nicht mehr vergessen.«

»Du meinst, du wirst nun immer dran denken?«

»Ja, sag’ ich doch.«

»Nein, du hast was mit ›vergessen‹ gesagt. Die Energie ...«

»... folgt der Aufmerksamkeit. Ich danke dir. Ja, ich werde da jetzt täglich dran denken.«

»Es gibt sogar Apps, in die du das eintragen kannst. Schön ist aber auch ein Glas. So ein großes Vorratsglas. Es reicht doch, wenn du jeden Tag einen kleinen Zettel reinlegst, auf dem drei Dinge stehen, über die du dankbar bist.«

Die Idee finde ich total schön. Ich male mir das aus, wie Theo, Paul und ich abends vor dem Zähneputzen unseren Dank über drei Kleinigkeiten oder auch über Großes auf unseren bunten Abreißnotizblock schreiben, sie in das Dankbarkeitsglas legen und täglich sehen, wie es sich füllt. Die Energie der Dankbarkeit schwingt dann ja auch von diesen Zetteln. Ich bin bei der Vorstellung schon ganz gerührt. Das sage ich dann auch laut.

»Ja, in der Vorstellung jetzt ist es schön, nicht wahr? Und die Kunst ist es dranzubleiben. Angenommen, ihr habt abends Krach oder der Tag war blöd. Du kennst ja deine Abende. Hast ja erzählt, dass es abends oft im Chaos endet und die Harmonie sich versteckt hält.«

Ich nicke. Ja, das alte Problem. Alltag versus Vorhaben.

»Zieh es einfach durch, Petra. Wie oft putzt du dir die Zähne?«

»Zweimal am Tag. Morgens und abends.«

»Wie oft lässt du es abends ausfallen, weil du müde bist oder keine Lust mehr hast?«

»Vielleicht fünf, maximal acht Mal im Jahr«, sage ich.

»Warum nicht öfter?«

»Weil ich möchte, dass meine Zähne gesund bleiben«, antworte ich stolz darüber, nicht »nicht krank werden« gesagt zu haben.

»Gut, dann kannst du ab jetzt auch jeden Abend deinen Zettel schreiben. Damit deine Grundenergie gesund, positiv bleibt.«

Recht hat er.

»Danke, Konrad, du bist toll.«

Wir stoßen mit unserem Wasser an.

Im Laufe des Abends bekomme ich immer mehr Ideen, wie ich über den Tag meine Schwingungsfrequenz aufrechterhalten kann. Ich freue mich richtig drauf, all das auszuprobieren.

»Hast du Lust, morgen wieder mit mir wandern zu gehen?«, fragt Konrad in meine Gedanken hinein.

Ich gucke ihn lange an. Es kommt kein »Oh Gott, ich bin zu unfit und zu dick« in meinen Sinn. Ebenfalls höre ich keine innere Stimme, die mich vor Anstrengung warnt.

»Sehr, sehr gerne. Ich habe richtig Lust. Wann wollen wir los?«

»Um fünf Uhr morgens?«

Ich verschlucke mich am Wasser und demonstriere eindeutig, dass zwischen Mund und Nase eine offene Verbindung existiert. Wie peinlich. »Nimm mich« und »Bleib sauber« sei Dank, dass ich mich in Windeseile wieder trockengelegt habe.

»Um fünf? Bist du irre? Es ist Wochenende.«

»Wenn man immer nur das macht, was man immer macht, dann bleibt man so, wie man immer ist.«

Ey, Alter, du solltest echt ins Sinnspruchgeschäft einsteigen.

Ich glaube, den Gesichtsausdruck, den ich nun bei ihm sehe, nennt man feixend. Ich habe das bisher immer nur in Büchern gelesen und konnte mir darunter nie konkret etwas vorstellen. Man hört das auch nie in Konversationen. Niemand sagt feixen. Aber ich denke, an dieser Stelle möchte genau das Wort seinen Auftritt feiern.

»Was feixt du mich an?«, frage ich noch etwas außer Atem von meinem Hust- und Prustanfall.

Da muss er lachen. Das gefällt mir.

»Wir haben Ende Mai, morgens ist es sehr früh hell. Wir nehmen das große Fernglas mit, packen uns Frühstück ein und beobachten Tiere. Greifvögel, Rehe und so. Wir hören, wie die Natur aufwacht. Was hältst du davon?«

Ich gehe in Konrads Arbeitszimmer, reiße einen Notizzettel vom Block neben dem Telefon und schreibe in der Küche »Ich bin dankbar dafür, dass Konrad an meiner Seite ist« drauf und packe ihn in meine Tasche.

»Ich stehe also um vier Uhr auf, um dann um Viertel vor fünf wach genug zu sein, um unfallfrei zu dir zu kommen«, fasse ich zusammen.

»Schlaf doch hier«, sagt er so ganz beiläufig, während er den Tisch abräumt und die Spülmaschine bestückt. »Dann kannst du eine halbe Stunde länger schlafen.«

Ich gucke ihn nur unschlüssig an.

»Muss ich wieder Laub auf dich kippen?«, droht er spaßend.

Ich habe ja den Kulturbeutel mit und tatsächlich auch die Wanderhose. Allerdings keine Schlafsachen und keine frische Unterbuchse. Petra! Ich schlage mir mit den Fingern vor die Stirn und komme über meine selbstlimitierenden und obendrein albernen und spießigen Gedanken nicht hinweg.

»Sorry, geht nicht. Hab' keinen sauberen Schlüpfer dabei.«

Er starrt mich an.

»Du verarschst mich, oder?«

»Ja«, sage ich und halte die Rechte zum High Five in seine Richtung hoch.

Er schlägt ein, geht dann in sein Schlafzimmer und kommt mit einer pinken, engen Herren-Boxershorts aus Jersey in der Hand wieder zurück.

»Hier, leihe ich dir. Ist eh nicht meine Farbe.«

Ich nehme sie an mich. Dann lese auf der Rückseite »Kiss my ass«. Entgeistert lache ich und schüttle den Kopf.

»Du hast echt total einen an der Waffel«, sage ich.

»Hat mir der letzte Abi-Jahrgang geschenkt. Ich hab' sie am Spaßtag über 'ner Jeans tragen müssen. Ansonsten ist sie jungfräulich.«

Genau wie diese Nacht sein wird.

»Wo schlafe ich denn?«, will ich wissen.

»Wo du möchtest. Einhundertundsechzig Quadratmeter. Irgendwo wird es dir sicher gefallen.«

Wow, meine gemietete Doppelhaushälfte hat knapp vierzig Quadratmeter weniger Wohnfläche. Lehrer verdienen offensichtlich besser. Aber mir war die Wohnung ehrlich gesagt gar nicht so groß vorgekommen. Hundertzwanzig hätte ich getippt.

»Echt, so groß ist es hier? Hab' ich falsch eingeschätzt.«

»Na ja, ins Schlafzimmer wolltest du ja nicht gucken letztens.«

»Das ist ja auch etwas sehr Persönliches. Da muss man ja beim ersten Besuch nicht gleich rumschnüffeln.«

»Nachdem du meine Dusche benutzt hast, könntest du aber doch jetzt einen Blick riskieren. Dann siehst du, wo die restlichen Quadratmeter versteckt sind.«

Nun bin ich aber neugierig. Hat er da noch einen Fitness-raum oder eine Lagerhalle für Kleidungsstücke mit bescheuerten Sprüchen?

Ich folge ihm in Richtung Schlafzimmer und staune nicht schlecht, als er die Tür öffnet. Geschätzte zwanzig Quadratmeter Schlafraum sind stilvoll mit einem Bett und einem Schrank möbliert. Auf der Seite gegenüber der Zimmertür geht es auf eine riesige Dachterrasse, die zur Hälfte mit einer Glaskonstruktion überdacht ist.

»Wieso zeigst du mir das erst jetzt? Warum sitzen wir denn drinnen?«

»Du wolltest nicht in mein Schlafzimmer. Da muss man aber durch, wenn man auf die Dachterrasse möchte.«

Ich boxe ihn.

»Außerdem sollte man nicht sofort alles preisgeben«, zwinkert er mir zu.

Er drückt auf eine Fernbedienung und draußen gehen Lichter-ketten wie im Biergarten an. Was für eine wundervolle Oase. Große Grünpflanzen in Töpfen, mehrere Sitzmöbel aus Europaletten gebaut. Eine große Schaukel, auf der man bequem liegen kann mit Polster, ebenfalls eine Eigenkonstruktion. Das Highlight ist wohl ein großes quadratisches — tja, was ist es? — Himmelbett? An jeder Ecke ragt ein Holzpfosten gut zwei Meter gerade hoch. Man kann alle Seiten mit Vorhängen zuziehen. Als Himmel ist weißer Stoff gespannt.

»Sag mal, das ist ja wie im Urlaub hier. Ich bin begeistert. Dafür kannst du Eintritt verlangen!«

Er lächelt und ich sehe einen Hauch von Stolz in seinen Grübchen.

»Das war ursprünglich nur das Flachdach der alten Schreinerei da unter mir. Ich hab' lange mit den Behörden gekämpft, bis ich eine Genehmigung bekam, das als Dachterrasse auszubauen. Ist toll, oder?«

Ich nicke beeindruckt. Er geht zum Kleiderschrank, holt zwei Fleecepullis raus und drückt mir eine Decke in die Hand.

»Komm, wir mummeln uns ein und du erzählst mir was.«

Dieses Himmelbett ist der Knaller. An drei Seiten kann man sich mit Kissen an den Querstreben anlehnen. Ich rutsche in eine Ecke und beobachte Konrad, wie er eine große Duftkerze anmacht.

»Dann stören uns die Mücken nicht.«

Der Typ muss doch irgendeinen Haken haben, denke ich mir. Und dann fällt er mir wieder ein. Natürlich. Seine Vergangenheit.

Was er erlebt und durchlitten hat, das wünscht man niemandem. Schlimm. Doch nun sitzt er hier auf der schönsten Dachterrasse Bielefelds und scheint glücklich zu sein. Fast hätte er es nicht überlebt. Das wäre für mich fast verständlicher gewesen, als dass der Mensch nach solch einem Verlust mein Glückslehrer ist. Er ist mein Begleiter. Derjenige, den das Universum oder wer auch immer mir zur Seite gestellt hat. Mein Wächter. Der mich erinnert, den richtigen Weg zu gehen. Ich bin zutiefst dankbar in diesem Moment. Und auch voller Ehrfurcht. Vor dem Leben. Vor all den Chancen, die wir bekommen. Ich bin demütig. Ja, das bin ich.

Von meinem Platz aus gucke ich genau Richtung Südwesten und kann den Kamm des Teutoburger Waldes sehen. Ich habe ihn als Kind gehasst. Meine Eltern wollten jeden Sonntag einen Spaziergang dort machen. Wahrscheinlich war es gar nicht jeden Sonntag, aber als Kind nimmt man ja Situationen, Größenverhältnisse und Zeit vollkommen anders wahr. Nun wohne ich mein Leben lang in dieser Gegend und bin als Erwachsene nicht ein einziges Mal freiwillig in den Wald gegangen. Nur, weil ich schlechte Kindheitserinnerungen damit verknüpft habe. Langeweile und Anstrengung. Es ist gut, dass Konrad mich mitreißt. Morgen um fünf Uhr geht's hier los.

»Du hast alles richtig gemacht«, sage ich leise zu Konrad.

»Ja, ich weiß. Ich mache nur noch das, was ich liebe. Wenn es mir gut geht, dann bin ich gut in dem, was ich tue.«

Die Worte lasse ich eine Weile sacken. Frage dann aber nach.

»Aber was ist, wenn du einen Tag keine Lust hast, zur Schule zu gehen? Dann bleibst du ja nicht zu Hause, oder doch?«

»Nein, so meine ich das nicht. Natürlich habe ich auch schlechte Tage und bin auch mal bocklos. Aber das braucht es auch. Die Dualität Ying und Yang. Du verstehst, was ich meine. Du weißt irgendwann nicht mehr, was freudig ist, wenn du kein nervig mehr kennst.«

»Also, du meinst, wenn du nicht mehr unterrichten wolltest, so ganz grundsätzlich nicht mehr, dann würdest du aufhören?«

»Ja, genau so. Love it, change it oder leave it. Ich habe mein altes Leben verloren und die Chance auf ein neues bekommen. Ich liebe dieses Leben und ich liebe jeden Tag. Ich liebe auch die Arschlochtage, an denen alles schiefgeht. Sie sind die Erinnerungen für mich, dass ich nicht im Gleichgewicht bin. Dass ich nicht in meiner ursprünglichen Schwingungsfrequenz durchs Leben laufe. Jeder ist dazu bestimmt, glücklich zu sein und Vollkommenheit zu fühlen in jedem Lebensbereich.«

Mir fällt Rolf ein mit seinem Fünfkugelmodell. Und Johnny, der Einkugelspieler. Ich würde ihn gern noch mal treffen und fragen, ob er nach seiner Krebserkrankung in seinem Leben etwas verändert hat. Denn eins scheint mir inzwischen gewiss: Irgendwas muss einem scheinbar erst passieren, ehe man sich bewusst für einen anderen Weg entscheidet. Welchen man dann auch immer wählt.

»Was machst du denn dann, wenn du merkst, dass du nicht mehr im Flow bist?«

»Ich gehe zum Beispiel in den Wald. Danach bin ich immer wieder geerdet und angebunden ans große Ganze. Klappt aber ja nicht jeden Tag. Ich habe meine Rituale.«

»Jetzt mach nicht so ein Geheimnis draus. Ich würde es wirklich gern wissen.«

»Ich übe mich aktiv in Dankbarkeit. Ich schreibe nicht nur Zettel. Ich bedanke mich ständig. Für kostenloses Wasser, das vom Himmel fällt. Für den Strom, der mein Tablet auflädt. Für mein Auto, dass es mich zuverlässig hin und her fährt.«

Irgendwie bin ich enttäuscht. Ich hatte jetzt die magische Zauberformel erwartet. Irgendwas mega Spirituelles. Das Badewasser in Achten rühren beispielsweise. Möh.

»Glaub mir, das ist so viel wirkungsvoller, als du jetzt denkst. Ich beschreibe das nicht weiter. Probiere es einfach aus. Okay? Manches muss man erleben und nicht nur erklärt bekommen.«

Ja, geht klar.

»Wenn ich einen ganz miesen Tag habe, was allerdings wirklich selten vorkommt, dann mache ich tatsächlich eine spezielle Meditation. Ich meditiere ansonsten aber auch nahezu täglich. Man muss das nicht, aber es hilft.«

Für heute ist alles gesagt. Was für eine schöne Zeit.

»Ach, wo schlafe ich jetzt eigentlich?«

»Sehen wir dann.«

Wir gucken beide, wie der Wald das letzte Licht dieses Freitags schluckt. Ein paar Fledermäuse sausen über uns hinweg. Ich rutsche etwas tiefer und liege nun mit dem Kopf auf dem Kissen in die Decke eingekuschelt auf einem Himmelbett. Auf einem Dach in Bielefeld-Kirchdornberg. Ich liebe das Leben und das Leben liebt mich. Eine Entspannung bisher unbekannter Tiefe macht sich in mir breit. Alles ist wohlig und geborgen. Ich fühle eine Leichtigkeit, die ich gern für immer einfangen möchte. Glücklich.

———

Ich schrecke hoch und realisiere erst einige Momente später, dass ich eingeschlafen sein muss. Ich versuche, die Situation zu erfassen. Ich bin zugedeckt mit einer Bettdecke und noch vollständig bekleidet. Die dicke Decke muss Konrad über mich gelegt haben. Und wo ist er? Ich blicke mich um und sehe ihn ebenfalls unter einer Bettdecke auf dieser Bettschaukel. Es brennen inzwischen mehrere große Outdoorkerzen auf der Terrasse. Wäre das jetzt nicht Bielefeld, sondern Cornwall und nicht der Teutoburger Wald, sondern die berühmte Steilküste, hätte ich Sorge, in einem Rosamunde-Pilcher-Film eine der Protagonistinnen zu sein. Die Szenerie ist so kitschig, dass sie nicht dem wahren Leben ... äh, hat der jetzt gefurzt? Ich ziehe mir die Bettdecke über den Kopf und lache. Petra Pilcher, oh doch, das hier ist das wahre Leben. Großartig.

So richtig kann ich nicht mehr einschlafen, aber das ist in Ordnung. Ich zähle in Gedanken auf, für was ich alles dankbar bin. Einmal angefangen, kann ich kaum noch aufhören. Ich danke für meine wunderbaren Kinder. Für meine Eltern, die mich immer bedingungslos geliebt haben. Dafür, dass ich scheinbar immer beschützt bin.

———

Ich weiß nicht, wie viel Zeit vergangen ist, als plötzlich die Titelmelodie der *Sesamstraße* laut ertönt. Ich erschrecke mich fast zu Tode. Wer? Wie? Was? Genau das möchte ich auch fragen. Da begreife ich, dass Konrads Wecker klingelt. Er singt mit.

»Tausend tolle Sachen, die gibt es überall zu sehen, manchmal muss man fragen, um sie zu verstehen.«

Ich setze mich auf, hülle alle Decken um mich und schaue ihn müde an.

»Wie kann man schon morgens so gut drauf sein?«, frage ich.

»Man kann das, wenn man das will. Ich will. Wie gefällt dir mein Wecker? Den Song habe ich gestern extra noch als Weckton ausgesucht, Krümelmonster.«

»Guten Morgen, tut mir leid, dass ich einfach eingeschlafen bin«, sage ich.

»Wieso entschuldigst du dich? Du wolltest doch hier übernachten.«

»Ja, aber ... ja«, merke ich, dass ich es schon wieder kompliziert mache, obwohl es einfach ist, und stoppe deshalb.

»Möchtest du zuerst ins Bad?«

Ich nicke und gehe in die Decke eingewickelt Richtung Bad.

»Und zieh dir bloß 'nen frischen Schlüpfer an!«

———

Später sitzen wir oben an der Schwedenschanze. Das ist eine ehemalige Schutzhütte oben auf dem Kamm des Teuto und genau oberhalb des Parkplatzes, auf dem wir uns das erste Mal gesehen haben. Am Wandertag. Es ist fünf Uhr dreißig. Konrad packt eine Thermoskanne und zwei Becher aus und schenkt uns Kaffee ein. Langsam wird auch mein Geist wach. Der Körper musste ja bereits Höchstleistung abliefern und ist auf Touren.

»So, nun bin ich ansprechbar«, sage ich und bedanke mich brav für den Kaffee.

»Schau mal, welches Tier du als Erstes entdeckst.«

»Warum?«

»Weil Tiere immer auch eine spirituelle Bedeutung haben. Die, die du siehst oder die dir, wie gestern Tarantula, begegnen, bringen dir eine bestimmte Botschaft.«

Ich trinke vorsichtshalber noch einen Schluck Kaffee.

»Also wenn ich jetzt als Erstes eine Ameise sehe und du einen Rotmilan, dann heißt das was Unterschiedliches?«

»Ja, genau. Es ist kein Zufall, welches Tier du siehst.«

»Ist gut, ich wundere mich über gar nichts mehr.«

Ja, ehrlich, ich kann das annehmen. Wir sind im Wald. Hier sind sicher unzählige Tiere. Allerhand Käfer und Krabbelzeug. Vögel. Nagetiere. Wildschweine? Nein, ich denke nicht. Gesehen habe ich aber noch keins. Das mag daran liegen, dass gerade erst die Sonne aufgeht. Aber auch im Schein der Taschenlampe vorhin beim Hochlaufen war mir nichts Tierisches aufgefallen.

»Hör mal.«

Ich höre. Von weit her höre ich einen Hahn. Die Bäume rauschen und ein gemischter Vogelchor singt sich schon mal für den Tag ein. Aber da ist noch etwas. Ich kann es nicht beschreiben. In Abständen, wie ein Rattern.

»Das ist ein Specht.«

Oh, ich dachte immer, die machen so was wie tok, tok, tok. Ja, machen sie auch, aber scheinbar mindestens zehn Mal pro Sekunde. Cool, das wusste ich noch nicht.

»Gib mir mal dein Fernglas«, sage ich plötzlich.

Ich schaue hindurch und sehe Rehe unten in einem der Felder. Total süß, da sind auch Rehkitze dabei. Sie stehen da ganz lässig in der Gegend rum. Ich glaube, ihnen gefällt die Morgendämmerung.

»Was bedeuten Rehe?«, frage ich.

»Rehe als Krafttiere erinnern dich an deine Anmut, an deine Zartheit und auch an deine verletzliche Seite. Wenn du Rehe siehst oder auch ein Rehkitz, dann lohnt es sich für dich, dich mit deinem inneren Kind zu befassen. Es an die Hand zu nehmen und mit ihm zusammen den Zugang zu deiner weichen Seite zu finden. Sanftmut und Liebe sind hier auch die Schlüsselwörter.«

Mehr sagt er nicht. Ich lasse das mal wirken. Also, ich soll mehr Petra als Frau Schüler sein. Die Zartheit meiner Seele sehen? Ist ja eigentlich eine schöne Botschaft. Zart, sanft, weich. Das gefällt mir.

Das mit dem inneren Kind muss ich noch mal genauer nachfragen, aber das eilt nicht.

Konrad zeigt mit dem Finger nach links.

»Da kommt ein Turmfalke.«

Ich reiche ihm das Fernglas.

»Auf der Ravensburg wohnen einige. Kennst du die?«

Ist irgendwo bei Borgholzhausen. Ich war aber noch nie da. Ich kenne nur unsere Sparrenburg.

Konrad ist völlig fasziniert.

»Ich liebe diese Eleganz der Greifvögel. Warst du mal auf der Adlerwarte Berlebeck in Detmold?«

Ja, da waren wir in der Tat mal mit den Kindern. Die haben eine beeindruckende Flugshow mit Adlern, Falken und auch Geiern. Ich erzähle ihm davon.

»Was bedeutet nun der Falke?«

»Da gibt es viele Ansätze. Vom Boten zwischen den Welten über Ankündigungen von besonderen Ereignissen bis hin zu der Botschaft, durch Selbstliebe innere Weisheit zu erlangen und anderen bei ebendem zu helfen.«

»Und was gilt jetzt? Für dich?«

»Alles«, grinst er. »Ich habe zu Hause ein Buch darüber. Wir können irgendwann gern nachlesen.«

Wir sitzen dort bestimmt noch eine knappe Stunde. Danach laufen wir dann Richtung Peter auf dem Berge. An einer Bank mit wunderbarer Weitsicht packt Konrad ein kleines Frühstück aus. Das muss er gemacht haben, als ich im Bad die Unterhose gewechselt habe. Wir genießen den Frieden der Morgenstunden und schweigen. Danach gehen wir noch eine Weile, lassen den Fernsehturm rechts liegen und laufen runter zum Tierpark Olderdissen. Es ist kurz vor acht Uhr morgens und die ersten Eltern mit Kinderwagen schieben mit müden Augen die Brut durch die Anlage.

Das erinnert mich an Paul und Theo. Wie oft habe ich genau das Gleiche gemacht, wenn die Jungs ab fünf Uhr hellwach waren und der Tag schon um sieben Uhr morgens nicht enden wollte. Kaum ist man dann im Tierpark angekommen, schlummern alle Babys wieder friedlich ein. Ich war nicht die einzige Mami, die mit dem Kopf auf dem Kinderwagen auf einer Bank sitzend noch mal eingenickt ist.

»Da vorne ist der Schnullerbaum«, zeige ich Konrad. »Kennst du den?«

»Ja, da geben die Kinder ihre Schnuller ab und in der Nacht bringt die Fee dann ein Geschenk.«

Es ist ein riesig breiter, aber niedriger Baum, in dem unzählige Schnuller mit Schleifchen, Bändchen und manche auch mit Abschiedsbriefen hängen.

»Genau so hatten wir das Paul und Theo eigentlich auch erklärt, als wir wollten, dass sie mit vier Jahren endlich den ollen Lutschadapter abgeben sollten. Wir haben das feierlich vorbereitet und sind dann hierher gekommen. Als wir vor dem Baum standen und sie nun ihre Schnuller auch an den Baum hängen sollten, waren sie total entsetzt. Sie haben geheult und getobt.«

»Normal, oder?«

»Nein, es war wohl ein Missverständnis. Beide dachten, sie könnten sich dort einen Schnuller aussuchen. Es war doch an jedem ein Geschenkband.«

Konrad findet die Geschichte lustig und absolut nachvollziehbar.

»Wer schenkt denn auch schon einem Baum etwas?«, fragt er verständnisvoll.

»Und freundlich sieht der auch nicht aus«, stimme ich zu.

———

KAPITEL FÜNFZEHN

»WAS BEDEUTET EIN KÄNGURU?«

Wir laufen am Kletterpark entlang bis zum Bauernhausmuseum.

»Du hältst gut durch«, lobt Konrad mich.

»Ein Päuschen wäre aber schon schön«, sage ich.

Bei einer weiteren Tasse Kaffee fragt Konrad mich, ob alles okay sei.

»Ja, warum?«, hake ich überrascht nach.

»Du bist so still.«

Das war mir gar nicht aufgefallen. Ich habe so viel gedacht, seitdem ich die Rehe gesehen habe, dass es in meinem Kopf ganz und gar nicht still war.

»Alles gut. Bambi war nur im Verarbeitungsmodus. Das ist ja alles so spannend. Einerseits kommt es mir unglaublich komplex und viel vor, doch lässt es sich auf ganz wenige Grunderkenntnisse reduzieren«, sprudelt es aus mir.

»Lass hören, Bambi.«

»Wenn ich nun all das theoretische Wissen über Schwingungsfrequenzen, Energien, das Gesetz der Anziehung und all den Kram zusammenfasse, dann komme ich zu einem so unglaublichen Ergebnis, dass es mir offenbar die Sprache verschlagen hat.«

Ich muss mich noch mal sammeln und setze dann erneut an.

»Wenn meine Gedanken Schwingungen sind, diese Schwingungen ebensolche der gleichen Qualität anziehen. Wenn meine Vorstellungskraft in den Visualisierungen so mächtig ist wie bereits real Erlebtes. Wenn ich entscheiden kann, durch bewusste Gedanken, innere Bilder, was ich fühle, also auf welcher Frequenz ich sende, dann bin ich ja quasi mein eigener Schöpfer. Dann bin ich Gott?«

Ich gehe vor Konrad auf und ab, der mich genau beobachtet.

»Wenn man das jetzt alles in Perfektion beherrschen würde, man also keine Zweifel, Ängste, Abwehr und so hätte, dann könnte man sich doch seine Zukunft erschaffen, wie man sie gern haben möchte.«

Ich bleibe stehen und sehe ihn an. Sein Blick ist voller Stolz, aber auch unverkennbar gerührt. Seine Augen glänzen.

»Weiter, Liebes. Sprich weiter.«

»Ich bin Schöpferin meines Lebens. Ich kann mich aktiv dafür entscheiden, glücklich, gesund, voller Freude, meinetwegen reich und vor allem immer beschützt zu sein. Ich muss mich nur fortwährend daran erinnern, dass ich es mit meinen Gedanken erschaffe. Energie folgt der Aufmerksamkeit. Gedanken sind Energie. Energie sind Schwingungen. Gleiche Schwingungen ziehen einander an.

Denke ich an das, was ich nicht will, an das, was schiefgehen kann, an das, was ich nicht mag, dann ist meine Energie auch dort. Ich schwinge auf genau der Frequenz, die ich nicht will. Doch damit nicht genug, ich gehe auch noch mit all dem Unerwünschten in Resonanz und ziehe dadurch noch mehr davon in mein Leben.«

Mein Blick bleibt an Konrad haften. Der weint! Ihm laufen Tränen übers Gesicht, doch dabei lächelt er. Er sieht vollkommen glücklich aus. Ich bin ganz kurz irritiert, aber viel zu begeistert von meinen Erkenntnissen, um dem weitere Bedeutung zukommen zu lassen. Ich rede also unbeirrt weiter.

»Es ist, als hätte ich gerade den Schlüssel zu allem gefunden und wüsste, wo das Schloss ist.«

Ich schließe pantomimisch meinen Kopf auf und klopfe dran.

»Damit erschaffe ich meine Zukunft. Wenn jeder wüsste, wie groß die Macht des Einzelnen ist. Konrad, ich habe gerade einen multiplen Gehirnorgasmus! Wir könnten doch die Welt verändern! Mein Gott, wie großartig sind wir eigentlich? Und was machen wir stattdessen? Verbreiten schon morgens Katastrophennachrichten. Lesen Trumps Tweets und teilen sie in diesem Internetz auch noch. Damit richten wir unsere Aufmerksamkeit doch auf genau das Falsche!«, schreie ich fast ekstatisch.

»Damit ziehen wir immer mehr davon nicht nur in unser Leben. Energie vergeht nicht, sie bleibt im Feld. Das weiß ich inzwischen. Jeder ist also davon umgeben. Wie viel schöner könnte die Welt sein, wenn wir die Aufmerksamkeit auf Liebe, Freude, Gesundheit, Schönheit und Reichtum jeder Art richten würden? Je mehr wir davon ausstrahlen, umso heiler wird doch alles, oder nicht? Wenn ich als Einzelner eine sogenannte mittlere Schwingungsfrequenz habe, dann müsste das doch auch für die Erde mit ihren Bewohnern im Ganzen gelten. Halt mich für größenwahnsinnig, Konrad, aber wir könnten die doch anheben! Jeder Einzelne für sich und so auch jeder für die Allgemeinheit. Wenn nur allein alle Bielefelder das bewusst tun würden, dann gäbe es dreihundertdreißigtausend Mal höher schwingende Energien in Form von Liebe, Glück und Co im Biele-Feld. Jetzt stell dir doch mal vor, was das bewirken könnte!«

Ich breite meine Arme aus, schließe die Augen und drehe mich im Kreis.

»Wir wären alle von Liebe und Freude umhüllt. Ärger, Kriminalität, Depressionen, Missgunst und all der Schrott würden drastisch abnehmen. All das, was wir heute vermissen, wie Respekt, Anerkennung, Mitgefühl, Menschlichkeit, Hilfsbereitschaft, ein nachhaltiger Umgang mit unserer Erde, Herzlichkeit, Lebensglück, Liebe würde sich immer weiter vermehren, weil wir damit in Resonanz gehen und es dadurch sozusagen ansteckend ist. Wir sind die Retter, Konrad«, schließe ich.

Ich beruhige mich etwas und sage dann: »Hab' ich schon Schaum vorm Mund?«

Dann drehe ich mich zu Konrad um. Der sitzt auf der Bank und heult hemmungslos. Das hatte ich gar nicht mitbekommen in meiner Bambi-allmächtig-Euphorie.

Ich hocke mich vor ihn hin und lege meine Hände auf seine Knie.

»Habe ich was Falsches gesagt?«

Er schüttelt den Kopf.

»Nein, Petra. Ich bin einfach zutiefst ergriffen von jedem deiner Worte«, er wischt sich mit dem Handrücken Schnotten und Tränen weg. »Vor allem vom multiplen Gehirnorgasmus.«

»Hab' ich das gesagt?«, frage ich erschrocken.

Er lacht und nickt.

»Ich bin so überwältigt, weil das der Grund ist, warum ich noch lebe.«

Ich lasse mich nach hinten fallen und sitze nun vor ihm auf dem Boden. Was meint er?

»Die Krankenschwester, die Nina, die hat damals doch gesagt, dass ich hier noch gebraucht werde. Ich sollte genau das verbreiten. Ich bin so unendlich glücklich, dass ich dich erreicht habe, Petra. Du hast es verstanden. Wir alle sind die Schöpfer. Wir Menschen kreieren ständig unsere Zukunft. Wir manifestieren mit unseren Gedanken. Und es ist so wundervoll, dass es diese Seelen wie dich gibt. Abwehrend, zweifelnd und doch wissbegierig. Du hast jede Information innerhalb kürzester Zeit aufgesaugt und innerlich umgesetzt. Und du brennst dafür. Ich spüre das. Ich habe genau die gleiche intensive Erkenntnis nach dem Abschied von meinem alten Leben gehabt wie du jetzt. Deshalb bin ich so aufgewühlt. Es ist so einfach, so simpel, dass man es fast nicht glauben kann, oder? Aber ja, wir alle sind göttlich, schöpferisch. Ist es nicht unbeschreiblich wunderschön, das zu wissen?«

Ja, das ist es. Verdammt noch mal, ja! Ich lasse mich erschöpft rücklings auf den Boden sinken und strecke alle viere von mir.

»Die Göttin verspürt postorgastischen Appetit. Hast du noch ein Butterblödchen für mich im Rucksack?«

Konrad reicht mir ein Brot und wirkt selig.

Nach der Stärkung genieße ich jeden Schritt durch unseren fantastischen Wald. Ich glaube, der Wald und ich, wir schließen Frieden und werden am Ende noch Freunde.

»Du, Konrad, ich hab' da mal noch 'ne Frage. Oder fange ich schon an zu nerven?«

»Nie. Wirklich niemals. Frag!«

»Die Eva aus meinem Kurs hat ja gesagt, dass alles für etwas gut sei. Dass sie sich über Verzögerungen am Morgen freut, weil das Universum es extra so geregelt hat, um sie vielleicht vor etwas zu schützen. Mir ist das auf dem Rückweg vom Seminar auf der Autobahn ja auch so gegangen. Hab' ich ja erzählt. Kommt da nicht jetzt an diesem Punkt die Frage auf, ob das nicht irgendwer da oben steuern muss? Ich meine, woher weiß denn dieses Universum, dass es meinen Toast anbrennen lassen muss, damit ich nicht von 'nem Besoffenen umgefahren werde?«

Scheeeeeiiiiße!!!! Was rede ich da?

»Oh Gott, Konrad, entschuldige, ich hab' gerade nicht dran gedacht. Das kam so aus mir raus. Das wollte ich nicht.«

»Ist schon gut. Ich habe meinen Frieden damit. Alles okay, Petra. Hm?«

»Wirklich?«

»Ja. Das ist eine gute Frage. Manche nennen das Universum ja auch eine höhere Intelligenz. Manche sagen Gott. Andere Feld der Potenziale. Wir werden es derzeit nicht wirklich wissenschaftlich beantworten können. Damit haben sich schon so viele große Denker auseinandergesetzt. Hast du mal was von Deepak Chopra gelesen? Äh, gehört? Oder von Neale Donald Walsh? Die haben sich damit schon intensiv befasst. Ist hoch spannend, bisweilen wissenschaftlich anspruchsvoll, aber eben auch philosophisch.«

»Ja, das denk' ich mir. Gut, dann sollen die sich damit auseinandersetzen. Irgendwann befasse ich mich dann damit mal. Vorerst kann ich annehmen, dass da was ist, was uns lenkt. Man müsste doch dann irgendwie auch damit in Kontakt treten können, oder? Weißte, was ich meine?«

»Du meinst, dass du Zeichen erhältst? So was in der Art?«

»Ja, vielleicht. Damit tu' ich mich noch ein wenig schwer. Bekommst du denn so Zeichen?«

»Es kommt drauf an, wie man Zeichen definiert. Das hängt ganz tief mit dem Vertrauen darin zusammen, dass alles im Leben einen Sinn ergibt. Nichts passiert zufällig. Du hast natürlich nicht zufällig heute Morgen die Rehe gesehen. Wenn du so willst, war das ein Zeichen.«

»Ja, aber wer lenkt das? Wo waren die vorher? Switche ich zwischen den verschiedenen Quantenfeldern in unterschiedlichen Realitäten hin und her, nur damit ich Rehe sehen kann?«

»Nein. Die Rehe sind auf dieser irdischen einen Welt, auf der wir alle gerade sind. Aber du hast mit deiner Meditation gestern in dir etwas angestoßen. Du wirst deine Themen kennen und wissen, was dir in der Meditation begegnet ist. Vielleicht gehören die Rehe und ihre spirituelle Botschaft schon zum Beginn dessen, was du gestern visualisiert hast.«

»Aber ich bin noch genauso dick wie vorher.«

»Du bist perfekt, so wie du bist, um das noch mal klarzustellen. Das Reh steht für Anmut, Zartheit, Verletzlichkeit. Das Kitz erinnert dich an dein inneres Kind. Auch Sanftmut und Liebe. Erinnerst du dich an heute frühmorgens?«

»Klar.«

»Dann überlege doch mal, ob diese Schlüsselwörter was mit deinem aktuellen Thema zu tun haben könnten.«

Wir laufen hinter Hoberge weiter durch den Teuto und ich denke. Beim Bewegen fließen die Gedanken besser, stelle ich verwundert fest. Ich bin ja alles andere als anmutig. Ich empfinde mich selbst als tölpeliges Mannsweib. Ich wäre gern ein elegantes Reh. Warum sehe ich also Rehe? Soll ich meine Zartheit entdecken? Zarte siebenundneunzig Kilo? Verletzlichkeit. Hm, ja, das trifft schon auf mich zu. Ich bin eine zarte Seele. Nehme mir oft etwas zu Herzen. Bin ich also doch zart?

»Also könnte das auch eine Aufforderung sein?«

»Ja, ein Wink, eine Aufforderung. Alles möglich.«

»Vielleicht soll ich sanftmütiger sein? Vor allem mit den Kindern muss ich das sein, das weiß ich wohl.«

»Ging es denn gestern um die Kinder in deiner Meditation?«

Nein, es ging ja nur um mich.

»Ich soll zu mir selbst sanftmütiger sein?«

»Wäre doch eine Idee, oder nicht? Du redest wirklich schlecht von meiner Petra«, sagt Konrad.

So habe ich das noch gar nicht gesehen. Aber natürlich fällt mir das nun wie Schuppen aus den Haaren.

»Ich soll meine Anmut sehen? Ich soll sanft zu mir sein? Ich bin zart? Ich soll mein inneres Kind lieben und meine verletzliche Seite akzeptieren? Liebevoll mit mir sein?«

Konrad sagt nichts dazu. Inneres Kind. Ich glaube, dass ich den Begriff schon mal gehört habe. Ich kann mir grob vorstellen, was damit gemeint ist. Stand der auf der Beschreibung des Seminars? Das kann gut sein.

Konrad legt mir eine Hand auf die Schulter und flüstert.

»Da!«

Er zeigt auf eine Lichtung etwa einhundert Meter von uns entfernt. Da steht ein Reh. Mit seinem Kitz. Das gibt es doch nicht.

Aber in diesem Moment weiß ich, dass es kein Zufall ist. Dieses Gefühl des Wissens ist so deutlich und so unerschütterlich, dass ich tief berührt bin. Ja, das ist ein Zeichen. Ganz ohne Zweifel.

Wir gucken den Rehen einen Moment zu, bis sie von irgendetwas aufgescheucht werden und wegrennen.

»Noch Fragen zu Zeichen, Frau Schüler?«

Eine Million. Aber irgendwie auch keine mehr. Wie ist denn das jetzt möglich gewesen? Klar, wir sind in der Natur unterwegs, hier leben Rehe. Aber warum haben wir sie gerade jetzt in diesem Moment gesehen? Hätte ich vorhin keine Pause gebraucht, wären wir nicht zu dieser Zeit an diesem Ort gewesen, als die Rehe da standen.

»Wenn mein Krafttier gerade ein Eisbär wäre, der mir 'ne Botschaft überbringen soll, dann wäre es hier aber ungünstig«, spaße ich.

»Nö. Dann würdest du Eisbären auf Fotos sehen. Oder im Fernsehen. Jemand würde davon erzählen. Oder du hörst Grönemeyer, der hatte doch auf irgendeinem Album auch 'nen Eisbären.«

»*Mensch*.«

»Hm?«

»*Mensch*, so heißt das Album. In dem Video sieht man einen Eisbären. Ich war damals auf dem Konzert 2003 auf Schalke. Fünfundsechzigtausend Besucher. Da gab es einen riesigen Eisbären, weißt du, so ein Ding, wo ständig Luft reingepustet wird. Der tanzte dann immer so lustig.«

»Wie bist du auf den Eisbären vorhin gekommen?«

»Keine Ahnung, ich wollte einen Witz machen.«

»2003? In dem Jahr wurde mein Sohn geboren. Ich hab' ihm zur Geburt einen Eisbären gekauft. So ein Kuscheltier. Warum ich damals ausgerechnet einen Eisbären ausgesucht habe, weiß ich nicht.«

Er macht eine Pause.

»Falsch. Ich wusste es damals nicht. Heute weiß ich es. Der Eisbär steht für Furchtlosigkeit, Kraft, Frieden und Wandel. Für den inneren Heiler und vor allem für Herzenswärme. Er ist in sich ruhend.«

Ich muss schlucken. Ich habe wirklich nur einen Witz machen wollen. Ich hätte genauso gut einen Pinguin wählen können. Hab' ich aber nicht. Frequenz, ick hör dir trapsen. Und nun hab' ich ihn an diese traurige Vergangenheit erinnert, nur weil mein Unterbewusstsein schon den Eisbären empfangen hat, bevor mir der Witz eingefallen ist.

»Deshalb weiß ich, dass es ihm gut geht. Es geht ihm immer gut. Er hat keine Angst, dort, wo er ist. Durch seine Herzenswärme zieht er nur Gutes an. Er ruht in sich, das weiß ich. Und deshalb musst du dir auch keine Gedanken machen, wenn du von besoffenen Autofahrern erzählst. Ich weiß, dass alles gut ist, Petra. Alles ist im Frieden. Alles ist in der Liebe. Alles ist gut.«

Puh, ich bin erleichtert und ehrlich gesagt verdammt beeindruckt. Dieses Vertrauen und diesen Seelenfrieden, das möchte ich auch haben. Dafür werde ich alles tun.

»Danke, dass du mir das gesagt hast.«

Ich umarme ihn und gebe ihm einen Kuss auf die Stirn.

———

Wir laufen durch wunderbare, dicht bewachsene Waldwege. Ich liebe dieses Fleckchen Erde. Bielefeld, wie schön, dass es dich entgegen aller Behauptungen doch gibt!

»Ich habe eine Idee!«, rufe ich in unsere genießerische Stille.

»Hört, hört.«

»Ich bin so dankbar, dass ich das nicht für mich behalten kann. Weißt du noch, in was für einer Stimmung ich gestern bei dir angekommen bin? Ich habe alles niedergemacht. Alles für albern gehalten. Mies. Es sind wieder keine vierundzwanzig Stunden vergangen und ich bin wie ausgewechselt.«

»Du bist auf deiner ursprünglichen Frequenz unterwegs. Du bist nicht ausgewechselt. Du hast deine Schwingungsfrequenz, so beschissen das Wort auch ist, angehoben auf die Frequenz deiner Bestimmung. Freude. Vollkommenheit. Glück. Liebe.«

»Ja, meinetwegen. Ich möchte, dass die anderen Menschen sich auch gut fühlen. Ich will geben. Glück und Liebe verteilen. Weißt du, was wir gleich machen, wenn wir wieder bei dir sind? Wir entwerfen so kleine Kärtchen. Wie Visitenkarten. Da steht dann einfach nur eine schöne Botschaft drauf. Die verteilen wir. Wie diese Karten ›Wolle dein Auto kaufe‹, die man ständig auf Parkplätzen ans Seitenfenster gesteckt bekommt.«

Konrad bleibt stehen.

»Genial!«

»Wir könnten die auch im Supermarkt ans Schwarze Brett hängen. Oder Leuten heimlich in die Jackentaschen stecken«, kichere ich.

»Was schreiben wir drauf?«

»Toll, dass es dich gibt? Und auf die Rückseite ›Liebe‹.«

Konrad ist ganz aus dem Häuschen.

»Was für eine coole Idee. Und klein gedruckt schreiben wir drunter: ›Behalte mich oder gib mich weiter‹.«

Wir klatschen ab und spinnen die Idee noch sehr ausführlich weiter.

———

Gegen Mittag kommen wir wieder in Kirchdornberg an. Ich merke erst, wie fertig ich bin, als ich platt wie eine Scholle nach Finkenwerder Art auf meinem Dachterrassenhimmelbett liege.

»Man reiche mir das Kraftelixier«, ist alles, was ich in den nächsten fünfzehn Minuten sagen kann.

»Da ruft ein Handy nach seinem Opfer«, kommt Konrad irgendwann aus der Wohnung raus und reicht mir mein Telefon. Drauf steht: »Steffen ruft an.«

»Hi, was gibt's?«

»Theo hat gekotzt.«

Und? Schwebt er in Lebensgefahr? Soll ich zum Putzen kommen? Ist Olivia Vomitophobikerin? Ich bemerke sofort meinen Fehler. Falsche Frequenz.

»Wir brauchen Wechselklamotten. Kann Olivia gerade mit Paul ins Haus und frisches Zeug holen? Theo fühlt sich elend und will, dass ich bei ihm bleibe. Wir haben zu Hause angerufen, aber du bist nicht da.«

Olivia. Mit meinem Paul. In meinem Zuhause. Atmen. Plötzlich fällt mir das Känguru aus Marc-Uwe Klings *Die Känguru-Chroniken* ein: »Ach, mein, dein, das sind doch bürgerliche Kategorien.« Ich muss augenblicklich lächeln und sage: »Na ja, BHs wird sie mir sicher nicht klauen. Klar kann sie rein. Paul passt schon auf sie auf. Lieb, dass du vorher fragst. Schlüssel hast du ja. Gib mir mal Theo, bitte.«

Ich bin stolz auf mich und tröste meinen magenkranken Kleinen. Wow, das ging schnell mit dem Schwingungswechsel.

»Was bedeutet ein Känguru?«, rufe ich in Konrads Richtung.

»Und was machst du eigentlich drinnen?«

Als er auf die Dachterrasse kommt, liefert er die Antwort auf einem Tablett gleich mit.

»Belohnungscocktail und Häppchen. Kraftelixier, wie befohlen.«

»Können wir wirklich nicht heiraten?«, scherze ich.

»Im nächsten Leben, okay?«

»Was ist denn das für ein Cocktail?«

»Gurke, Minze, Lemon, Ingwer, Wasser.«

Klingt blöd, schmeckt super. Total erfrischend. Cracker, Weintrauben, Serranoschinken, Käsewürfel und so eine harte Wurst.

»Saulecker! Was ist das für 'ne Wurst?«, frage ich mit vollem Mund.

»Känguru.«

Ich schlucke es schnell runter und spüle mit dem Cocktail hinterher.

»War nur 'n Witz. Nicht alles sind Zeichen, Frau Schüler.«

»Ist es Reh?«

»Nein! Jetzt iss. Das ist ganz normale Chorizo.«

»Konrad?«

»Ja?«

»Es tut mir leid, dass ich erst immer so ablehnend und kritisch bin. Du machst das toll. Danke für alles. Danke für deine Geduld mit mir. Und ... kann ich noch mal hier duschen, bevor wir die Karten entwerfen?«

»Noch 'ne pinke Unterbuchse habe ich aber nicht für dich«, lacht er nickend.

———

KAPITEL SECHZEHN

»STEFFENS OLGA HEISST ELSE.«

Frisch geduscht komme ich zurück auf die Glücksoase über der alten Schreinerei.

»Ich nenne es Olga«, sage ich zu Konrad.

»Was oder wen?«

»Das Universum.«

»Olga? Nach deiner russischstämmigen Schwippschwägerin, oder was?«

»Nein, nach der Tante in meinem Navi.«

Pause.

»In der Dusche habe ich überlegt, dass doch das Universum alles weiß. Es kennt mein Ziel, wenn ich es benenne. Schlank zu sein beispielsweise. Dann guckt es auf seinen Plan des großen Ganzen, errechnet den Weg und führt mich zum Ziel.«

Konrad fängt an zu verstehen, was ich meine, glaube ich.

»Und wenn mir das Universum jetzt zum Beispiel die Botschaft der Rehe schickt, dann ist das so, als wenn meine Olga im Navi sagt: ›An der nächsten Kreuzung bitte links‹, nachdem ich Bensersiel Hafen eingegeben habe.«

»Du nennst dein Navi Olga?«

»Ja, die Trulla, die mit mir spricht. Hat deine keinen Namen?«

»Äh, nee? Das ist halt sie. Die Navistimme.«

»Egal«, fahre ich fort. »Wenn ich nun die Rehe nicht als Zeichen erkannt habe, die Botschaft nicht gesehen habe, dann ist das so, als wäre ich nicht da links abgebogen, wo Olga es angesagt hat. Sie berechnet dann sofort einen neuen Weg. Drei Mal rechts, dann geradeaus und links. Oder so. Olga hat das im Blick. Sie berechnet immer neu, gibt mir immer wieder Weganweisungen, bis ich am Ziel bin. Sie berücksichtigt Baustellen, Staus und Unfälle. Hindernisse. Sie sieht das, bevor ich im Stau stehe. Leitet mich um. Ich wundere mich vielleicht, warum die Route plötzlich geändert wird, die zurückzulegende Strecke nun länger geworden ist. Aber im Nachhinein kann ich den Grund erkennen.«

Konrad nickt erfreut.

»Das Universum ist wie Olga. Und weil für mich am Begriff Universum immer noch so etwas naiv Verklärtes wie am Einhorn haftet, nenne ich es so lange Olga, bis ich mit diesen Bezeichnungen meinen inneren Frieden geschlossen habe.«

»Der Vergleich ist wirklich super. Das Universum als Navi. Das passt gut«, sagt Konrad anerkennend.

»Ja, weißte, der Olga vertraue ich auch. Wenn ich das richtige Ziel eingegeben habe, dann weiß ich, dass ich in jedem Fall ankomme. Ich werde mich bei Zweifeln nun an diesen Vergleich erinnern. Es wird für mich immer der richtige Weg zum Ziel errechnet — vom Olga-Universum. Verpasse ich mal ein Zeichen, eine Chance, einen Wink, wie eine Ausfahrt auf der Autobahn, dann kann ich drauf vertrauen, dass ich wieder richtig geleitet werde. Im Zweifel muss ich halt mal wenden.«

»Genau«, ergänzt Konrad, »und dafür musst du dein Ziel wissen. Es visualisieren. Es der Olga mitteilen, und zwar konkret. Wenn du nach Gelsenkirchen in die Veltins-Arena willst, dann kannst du nicht ins Navi ›Fußballstadion im Ruhrgebiet‹ eingeben. Wie furchtbar wäre es für einen Schalke-Fan, wenn er plötzlich vorm Signal Iduna Park in Dortmund stünde und sich von BVB-Fans umzingelt sähe.«

»Wäre das furchtbar?«, frage ich unschuldig.

»Ja! Banause!«

»Ja, ich verstehe schon. Weißt du, was mir mal passiert ist mit Steffen damals? Wir waren auf einer Feier irgendwo in der Nähe von Schwerte und mussten nachts noch nach Bielefeld zurück. Ich blieb damals nüchtern und setzte mich nachts um eins ins Auto, schaltete das Navi ein und fuhr los. Steffen war neben mir schon eingeschlafen. Die Tante wollte ständig was anderes als ich. Ich war so sicher, dass sie falschliegt und habe sie schlichtweg ignoriert. Sie verlangte an jeder Ausfahrt, dass ich die Autobahn verlassen soll. Es war Steffens Wagen und ich kannte mich mit seinem Navi nicht richtig aus. Wir waren auf dem Hinweg zu früh und sind dann absichtlich noch etwas über Land gefahren. Eigentlich habe ich einen guten Orientierungssinn. Eigentlich. Durch dieses Rumcruisen vor der Feier hatte ich mich vollkommen mit der Richtung, aus der wir kamen, vertan. Als habe sich mein innerer Kompass verdreht. Das, was mir das Navi vorschlug, erschien mir nicht plausibel. Ich habe der schlichtweg nicht geglaubt.«

»Ich ahne, was kommt«, grinst Konrad.

»Zusammenfassend kann ich sagen, dass meine Beharrlichkeit im Verweigern sehr groß ist. Sehr. Groß. Ich kann rückblickend ehrlich gesagt auch gar nicht fassen, wie extrem mein Zweifeln an den Vorschlägen des Navis meine Sicht beeinträchtigt hat. Ich habe mich sage und schreibe fünfundsechzig Kilometer geweigert, den

Ansagen Folge zu leisten. Erst als ich auf einem Schild ›Köln 20 km‹ gelesen habe, war mein Widerstand gebrochen. Ich musste meine Niederlage einsehen und fuhr die nächste Ausfahrt raus. Steffen wachte in der Kurve auf und fragte, ob wir schon da seien.«

Konrad lacht sich kaputt.

»Tja, das war schwierig zu erklären«, gebe ich zerknirscht zu.

»Die Olga wusste die ganze Zeit den Weg und du hast dich eingemischt, weil du dachtest, du wüsstest es besser. Respekt, Frau Schüler, Respekt.«

»Else.«

Konrad guckt irritiert.

»Steffens Olga heißt Else.«

Er verdreht die Augen, aber ist weiterhin fröhlich.

»Du bist echt ’ne harte Nuss, Petra. Wie kann man denn fünfundsechzig Kilometer, also ungefähr eine halbe Stunde lang, nicht merken, dass man in die entgegengesetzte Richtung rast? Und das, obwohl Schilder entlang der Autobahn stehen. Und! Und dir die Else oder wer auch immer in einer Tour Anweisungen gibt, die deiner Handlung widersprechen? Ich bin fasziniert.«

Steffen war damals nicht wirklich fasziniert. Er hatte mir eine richtige Szene gemacht, was sicher auch dem Alkohol geschuldet war. Dem hatte ich es dann allerdings auch zu verdanken, dass er recht zügig wieder im Land der Beifahrersitzträume verschwunden war. Später war das jahrelang eine lustige Anekdote und »Köln 20 km« wurde zum Running Gag.

»Ja, ich weiß. Ich kann mich so vehement gegen etwas sträuben, dass ich blind bin. Und taub.«

Und blöd.

»Merkt man gar nicht«, lacht Konrad. »Aber mal im Ernst. Das hat sich scheinbar doch total geändert. Jetzt überleg doch mal, was du alles annehmen, lernen und umsetzen konntest seit deinem Seminar.«

»Ja, das war einfach jetzt sicher an der Zeit. Ich bin eben sanftmütiger geworden«, grinse ich.

»Ja, Bambi. Und was lernen wir aus deiner Geschichte?«

»Das Universum weiß den Weg, wenn ich mein Ziel genau benenne. Ich kann dem Universum vertrauen. Es weiß mehr als mein begrenzter Verstand. Kämpfe nicht dagegen an. Gehe einfach mit.«

»Du hast Universum gesagt — was ist mit Olga?«

»Die ist in meinem Sharan. Ich habe meine Lektion gerade gelernt. Das Universum ist großartig!«, rufe ich aus. »Hörst du mich, Universum? Du bist großartig!«

Mir fällt Konrads Spruch von gestern ein: »Wer das tut, was er immer macht, der bleibt das, was er immer schon war« oder so ähnlich. Gestern habe ich ihn dafür noch verspottet.

»Ich weiß auch, was du gestern meintest. Es ist wie beim Navi. Wenn du dich nicht bewegst, kommst du auch nicht an. Wenn ich mein Ziel eingebe, meinen Wunsch ans Universum visualisiere und nichts anders mache als sonst, ist es so, als bliebe ich im Auto vorm Haus sitzen und wundere mich, warum ich nicht ankomme. Dann schimpfe ich noch, dass das alles Blödsinn ist und die ganzen Bekloppten mit ihrem Universum allesamt einen an der Waffel haben.«

»Darauf noch 'n Stück Känguru?«, witzelt Konrad, während er mir eine Scheibe Chorizowurst reicht.

»Was schreiben wir nun auf die Karten? Lass uns mal brainstormen«, schlage ich vor.

Konrad holt Zettel und Stift für jeden.

»Na, dann schreiben wir jeder mal was auf, was uns so zufliegt.«

Nach einer Viertelstunde lesen wir abwechselnd vor. Konrad beginnt.

»Du bist ein Geschenk.«

»Ich glaube an dich.«

»Danke, dass es dich gibt.«

»Du verdienst nur das Beste.«

»Dein Lächeln verzaubert.«

»Ich bin stolz auf dich.«

»Mit dir geht die Sonne auf.«

»Du bist eine Inspiration.«

Ich gucke auf und frage Konrad, ob das wirklich auf den Karten stehen soll oder ob wir uns das einfach nur gerade gegenseitig sagen wollten.

Er zuckt mit den Schultern und guckt verschmitzt.

»Gute Frage, aber wenn ich mir das noch mal so durchlese, dann möchte ich dir auch all das gerne sagen.«

»Mhm«, nicke ich, »das geht mir auch so.«

»Konrad, ich muss dich noch was fragen.«

Er wartet ab. Wir sitzen uns im Schneidersitz auf dem Himmelbett am frühen Samstagnachmittag gegenüber. Ich sammle noch ein wenig Mut und leite dann meine Frage ein.

»Nach allem, was ich nun für mich erkannt habe, scheinen Liebe und Vertrauen die Schlüsselkonzepte eines spirituellen Lebens zu sein.«

Er stimmt mir zu.

»Ich habe das Gefühl, dich schon immer und für immer zu kennen. Du bist nicht nur Pauls Lehrer, sondern auch meiner. Du hast aufgrund deiner Geschichte deinen Weg gefunden. Du weißt so viel. Du bist angebunden an ...«, ich zeige mit einer großen Geste um mich herum, »das große Göttliche. An all das.«

Er wird ernster und merkt, dass ich gleich zum Punkt komme.

»Wovor hast du Angst?«, frage ich dann.

»Was meinst du?«

»Du hast mir in Münster am Aasee von deiner Vergangenheit erzählt.«

Sein Blick senkt sich.

»Danach hast du gesagt, dass du darüber nie wieder reden willst und keine Liebesbeziehung mehr eingehen möchtest.«

»Das stimmt.«

Wir schweigen einen langen Moment. Ich musste das ansprechen. Wenn er doch im Vertrauen und in der Liebe ist, verstehe ich nicht, vor was er sich sperrt. Wäre er nicht Konrad, würde ich es verstehen. Aber ein Mann mit all diesem Wissen, er kommt mir schon irgendwie erleuchtet vor, warum schließt er diesen Bereich von klassischer Liebe zwischen Mann und Frau aus? Kann man das überhaupt? Ich meine aus meiner fünfundvierzigjährigen Lebenserfahrung sagen zu können, dass man gegen das Gefühl der Liebe zu einem Menschen nur mit ganz viel Kraft aktiv ankämpfen kann. Man kann sich nicht einfach entscheiden, nicht mehr zu lieben. Es gibt sicher Strategien wie Flucht, Vermeidung und Ablenkung. Das mag für einen gewissen Zeitraum funktionieren. Aber eine Entscheidung gegen eine Liebesbeziehung klingt für mich aus Konrads Mund nicht stimmig. Dabei geht es gar nicht konkret um mich. Ich kann mir vorstellen, dass die Frauen bei ihm Schlange stehen. Was, wenn ihm eine wirklich gefällt und sein Herz berührt? Wie will er das dann abstellen? Das geht schlichtweg nicht. Außerdem gibt es doch auch so etwas wie Sehnsucht nach Haut und Berührung, nach

Küssen und Umarmungen. Nach Zärtlichkeit und Intimität. Und ja, wir wollen doch auch Sex. Plötzlich schießt mir der Gedanke durch den Kopf, dass es vielleicht möglich ist, dass er sich solche Bedürfnisse weggesoffen hat. Gibt's das? Oh Gott, vielleicht ist er impotent geworden! Wer weiß, was der auch sonst noch alles genommen hat in seiner Zeit im Abgrund. Ich habe auf der Stelle ein schlechtes Gewissen. Ich wollte ihn doch jetzt nicht bloßstellen. Ich nage an meiner Unterlippe. Konrads Hände liegen gefaltet in seinem Schoß. Er schaut auf seine Daumen, von denen der rechte am linken mit dem Nagel in die Haut drückt. Nein, ich entschuldige mich jetzt nicht für die Frage. Ich möchte es einfach wissen. Er war als mein spiritueller Lehrer die gesamte Zeit über in seiner Komfortzone. Ich als seine Schülerin musste mich am wandernden Meter ständig über meine hinauswagen. Nun muss er seine verlassen. Und gerne darf er sich dafür Zeit nehmen.

Mein Handy bewahrt ihn vor einer Antwort und zerstört die Situation. Mist.

Schon wieder Steffen.

»Hi Petra, Theo geht es nicht gut. Er ist auch ganz heiß. Weiß nicht so recht, was ich machen soll.«

»Okay. Soll ich mal gucken kommen oder willst du ihn nach Hause bringen?«

»Er will wohl hier bei mir bleiben, aber ja, wenn du einmal die Lage abchecken könntest. Ich glaube, hier ist ein Mama-Rat gefragt.«

»Ist gut. Ich komme in einer halben Stunde. Ist Olivia dann auch da?«

»Ja, aber sie fährt gleich. Wir wollten eigentlich mit den Jungs was unternehmen. Aber das geht ja jetzt nicht. Was soll sie hier rumsitzen.«

»Verstehe ich. Sag Theo, dass ich gleich da bin.«

———

Ich erkläre Konrad die Situation. Sage, dass es mir leidtut, ihn nun mit dieser Frage hier sitzen lassen zu müssen, ich mich aber später melde. Dann packe ich meine Sachen zusammen und fahre nach Schildesche in Steffens Penthousewohnung. Er hatte die wirklich coole Wohnung direkt nach unserer Trennung von einem Kollegen bei Dr. Oetker übernehmen können, als dieser als Patentanwalt zu einem Unternehmen nach Süddeutschland gewechselt war. Damals haben wir uns über den passenden Zufall gefreut. Jetzt auf dem Weg dorthin bedanke ich mich beim Universum, dass es das alles richtig gesteuert hat.

Ich klingle bei Steffen an und genau in dem Moment geht die Haustür auf und Olivia kommt raus. Super Situation.

»Hi«, sage ich, »da ist ja unser aller Nachmittag nun völlig durcheinander geraten, was?«

Ich klinge freundlich.

»Stimmt, aber weißt du, was ich immer denke bei so was? Wer weiß, wofür das gut ist. Zeigt sich ja meist erst hinterher. Hauptsache, Theo geht's bald besser.«

Wow, vielleicht ist es gar nicht Doppel-D. Könnte auch ein großes C-Körbchen sein. Die ist ja total nett.

»Ja, genau«, antworte ich. »Wer weiß, vor was er uns beschützt, hm?«

»So sehe ich das auch. Gute Besserung für deinen Sohn. Bis bald mal.«

Ich mag sie. Damit habe ich nicht gerechnet.

Ich nehme entgegen meiner Gewohnheit die Treppe in den vierten Stock und stehe außer Atem vor Steffens Tür.

»Du hättest nicht rennen müssen. Er ist nicht in Lebensgefahr.«

»Ich bin nur die Treppen gegangen. Alles gut.«

»Du? Freiwillig?«

Er lacht mich aus. Oder an?

»Ja. Komisch, ne? Mir war danach.«

»Mamaaaaa!«

Oh je, Theo sieht nicht gut aus.

»Theo hat auf Olivias Nachthemd gekotzt«, berichtet Paul sensationslüstern.

Zu viel Information. Also. Olivia hat auch hier geschlafen? Hat sie ihn getröstet und dann hat er auf sie gebrochen? Ich habe sofort Bilder im Kopf. Oder wollte er zu Steffen und dann war da Olivia im heißen Negligé? Stopp! Falsche Frequenz.

»Hey, Paulemann. Lass dich drücken. Dir geht's aber gut?«

»Klar.«

Ich knie mich vor Theo, der mit einem Eimer ausgerüstet in seinem Bett liegt.

»Na, Großer? Was ist dir denn auf den Magen geschlagen?«

»Was heißt das? Ich habe gebrochen.«

Ich fühle seine Stirn. Er ist ein wenig warm, aber Fieber ist das nicht.

»Ja, manchmal muss man brechen, weil man etwas Verdorbenes gegessen hat. Manchmal, wenn man sich einen Virus eingefangen hat. Und dann kann es sein, dass man Kummer hat oder einem etwas so gar nicht gefällt, dass man brechen muss. Dann sagt man, dass einem was auf den Magen geschlagen ist.«

Er denkt nach.

»Kann man auch von Angst kotzen?«

»Ja, auch bei Aufregung. Wenn etwas neu oder unheimlich ist.«

Ich mache mal die Tür zu und lege mich zu ihm. Theo ist ein Sensibelchen. Der ist so unglaublich empathisch, dass es mir manchmal unheimlich ist. Ich kann mir gut vorstellen, dass ihn einfach etwas beschäftigt.

Steffen guckt zur Tür rein. Ich gebe ihm ein Zeichen, dass ich mit Theo etwas allein sein möchte, er versteht und schließt die Tür wieder.

Ich kraule Theo die leicht verschwitzten Nackenhaare und sage ihm, dass ich ihn liebe und alles gut ist.

»Mama, ist es schlimm, dass ich Olivia mag?«

Ich antworte nicht sofort.

»Nein, es ist gut, dass du sie magst.«

»Aber dich liebe ich am meisten.«

»Ich weiß, mein Großer.«

»Du sollst nicht traurig sein, Mama.«

»Ich bin nicht traurig.«

Pause.

»Bist du denn traurig, Theo?«

Er zuckt mit den Schultern.

»Hast du Angst?«, frage ich.

»Ich habe Angst, dass es falsch ist mit Olivia. Ich weiß, dass Papa und du euch nicht mehr so liebt wie früher. Aber der kann doch jetzt nicht einfach eine andere lieben. Das geht doch nicht. Das ist ungerecht dir gegenüber.«

Ich küsse ihn auf die Schulter.

»Weißt du, Süßer, Liebe ist unendlich. Es gibt sie in unzählig vielen Formen und Varianten. Und Papa und ich lieben uns auf eine Art, die für uns gut ist. Wenn Papa und Olivia sich lieben, dann ist das eine Liebe, die für die beiden gut ist. Liebe ist unerschöpflich. Es ist für alle Menschen genug Liebe da. Das Einzige, was für die Liebe gefährlich ist, ist die Angst. Aus Angst machen Menschen komische Dinge. Aus Angst entstehen Missverständnisse, Eifersucht, Hass und Kriege. Liebe ist immer die Antwort.«

»Auf welche Frage?«

Ich überlege.

»Zum Beispiel auf die, ob es richtig ist, dass Papa und Olivia sich lieben. Ist es nicht schön, dass es nun noch mehr Liebe gibt? Zwischen dir und mir, Paul und mir und Papa und mir ist deshalb nicht weniger Liebe. Es ist einfach nur noch mehr Liebe hinzugekommen.«

Ich merke, wie es in Theo arbeitet, und bin ehrlich gesagt total überrascht über meine eigenen Worte. Aber sie stimmen. Daran gibt es nichts zu rütteln. Sie sind wahr. Es ist schön, dass es nun noch mehr Liebe gibt.

»Das klingt schön, Mama, aber es ist auch komisch. So fremd und neu.«

»Das verstehe ich. Wir müssen da alle erst noch reinwachsen, stimmt's?«

Theo nickt. Dann schläft er ein. Und ich auch.

Ich wache auf, als es an der Tür klopft. Paul kommt rein.

»Ich soll fragen, ob ihr etwas braucht.«

Benommen gucke ich auf die Uhr und stelle fest, dass ich zwei Stunden geschlafen habe.

»Ich komme«, sage ich und rapple mich auf.

Im Wohnzimmer setze ich mich mit Paul zu Steffen aufs Sofa. Er hat die großen Schiebetüren geöffnet und guckt nach draußen.

»Möchtest du auch ein Glas Riesling?«, fragt er mich.

Ich lehne ab. Wir erzählen noch ein wenig. Dann wiederhole ich meine Worte etwas abgewandelt vor Paul und Steffen noch mal und dann spielen wir zu dritt noch ein paar Runden Rommé. Das tut gut. So herrlich vertraut.

Die Kinderzimmertür geht auf und Theo kommt zu uns.

»Geht's dir besser?«, frage ich.

Theo nickt und sieht wirklich viel frischer aus.

»Na, hat es gutgetan, dass Mama bei dir war, mein Sohn?«

»Ja. Kann ich Pizza?«

Wir lachen und freuen uns alle zusammen, dass offensichtlich alles wieder beim Alten ist.

»Welche Sorte möchtest du denn?«, fragt Steffen ihn.

»Liebe.«

Steffen guckt verständnislos.

»Mama hat gesagt, dass Liebe immer die Antwort ist.«

»Gut, wenn Mama das sagt, dann gibt es Salamipizza mit Liebe. Möchtest du mit uns essen?«, fragt er in meine Richtung.

Ich stimme zu, weil ich glaube, dass das jetzt wichtig ist.

Er verschwindet in der Küche und greift auf seinen großen Tiefkühlpizzenvorrat aus dem Dr. Oetker Mitarbeitershop zurück.

»Los, jetzt müsst ihr mir aber sagen, wie das mit Olivias Nachthemd war.«

Theo kichert.

»Ich wollte schnell zum Klo, du weißt schon. Ich hab' es aber nur bis zur Badewanne geschafft. Da hab' ich nach 'nem Handtuch greifen wollen und ...«

»Danke, reicht«, unterbreche ich ihn und wir lachen alle.

Ich bleibe noch bis ungefähr sieben Uhr bei meinen Männern und mache mich dann auf den Heimweg.

Zu Hause dusche ich noch mal schnell und schreibe Konrad, dass ich nun wieder in Babenhausen bin.

Mit einem Glas Wasser setze ich mich auf meine Terrasse und atme mal durch. So ganz für mich. Ich bin so gern alleine mit mir. Ich verstehe die Menschen nicht, die ständig jemanden um sich herum haben müssen. Gemeinsame Schlafzimmer habe ich nie für erstrebenswert gehalten. Ein gemeinsames Bad ist ein Beziehungskiller. Getrennte Bäder sind dagegen oft unbezahlbarer Luxus. Ich glaube, so ein richtig klassischer Beziehungstyp war ich nie. Schon mit meinem ersten Freund habe ich kein gemeinsames Schlafzimmer haben wollen. Wir hatten in unserer Zweiraumwohnung eine große Schlafcouch im Wohnzimmer und ein Bett im Schlafzimmer. Das bedeutet nicht, dass ich immer alleine sein und alleine schlafen möchte. Aber ich brauchte immer schon die Möglichkeit, einen eigenen Rückzugsort zu haben. Ich finde, dass man nachts in Ruhe pupsen können muss. Ich will mich unruhig umherwälzen können, ohne dabei jemanden zu stören. Und natürlich will ich auch nicht gestört werden durch die Schlafgeräusche eines anderen.

Piep. Piep.

Konrad.

»Geht es Theo besser?«

»Ja, alles wieder gut.«

Piep. Piep.

»Hast du schon was gegessen?«

»Ja, bei den Jungs, eine Pizza.«

Piep. Piep.

»Kommst du noch mal?«

Ich überlege. Die letzten vier Wochen haben in mir etwas in Gang gesetzt, für das mir derzeit noch die Worte fehlen. Die Wochenenden mit Konrad sind so intensiv wie zwanzig Leben. Sollte ich nicht mal einen Gang runterschalten? Mal eine Pause machen? In was stürze ich mich da nur rein? Am Ende verliebe ich mich noch in den Mann und werde kreuzunglücklich, weil er entschieden hat ...

Piep. Piep.

Theo.

»Danke, Mama, ich habe jetzt keine Angst mehr. Liebe ist immer die Antwort. Kuss. Gute Nacht. Paul findet das auch.«

Meine wunderbaren Kinder. Was für Geschenke. Ich bin so gerührt und schreibe ihnen das auch so zurück. Und dann sehe ich das Zeichen. Liebe, Petra. Nicht Angst.

Piep. Piep.

Konrad.

»Bitte komm. Ich schulde dir noch eine Antwort.«

»Bin unterwegs.«

———

KAPITEL SIEBZEHN

»DICKUNDDOOF.«

Ich packe erneut meinen Buko für alle Fälle und fahre los. War das wirklich erst gestern, als ich Johnny getroffen habe? Irgendetwas stimmt hier im Raum-Zeit-Kontinuum nicht. Aber so mag es einfach sein. Das Universum lässt mich gerade auf der Überholspur rasen.

»Danke!!!«, schreie ich aus voller Kehle und meine das ganz genauso.

Alles waren Geschenke. Auch jedes Scheitern. Jeder Zweifler. All das hat mich so weit gebracht, dass ich nun nach nur vier Wochen auf diesem Weg so unglaublich wunderbare Erkenntnisse gewonnen habe. Nun lasse ich mich auf den Rest des Wochenendes mit Konrad ein. Oder vielleicht auch nur auf diesen Abend. Ich werde sehen, was kommt, und einfach mitfließen.

Aus Konrads Wohnung dröhnt laute Musik. Irgendein Jazz-Mix. Die Tür ist angelehnt und kurz erschrecke ich, weil ich denke, dass er betrunken ist. Doch dann erkenne ich, dass er einfach nur tanzt. Ja, das ist eine Herausforderung, nach so einer Musik zu tanzen. Hier ist der Epileptiker klar im Vorteil, denke ich.

»Los, tanz mit!«

»Nee, danke.«

»Zier di ned!«

Er schiebt mich auf die »Tanzfläche« im Wohnzimmer.

»Einfach fallen lassen und nur die Musik spüren.«

Gott, das sieht so bekloppt aus.

Das nächste Stück kenne ich.

»Das ist doch aus irgendeinem Film, oder?«

»Ja. *Die Thomas Crown Affäre*. *Sinnerman*-Remix.«

»Wie soll man denn dazu tanzen?«, schreie ich gegen die Musik an.

»Indem man dabei nicht auf andere achtet.«

Ich versuch's, aber ehrlicherweise fehlt mir der enthemmende Alkohol. Ich kann nach den Beats der Achtzigerjahre Musik tanzen, aber das hier ist speziell.

Ganz langsam komme ich rein. Mir gefällt der Song. Konrad tanzt wie im Rausch. Entrückt. Ekstatisch. Davon bin ich noch weit entfernt. Nach dem zweiten Stück ziehe ich erst mal die Schuhe aus. Da spüre ich den Bass besser. Nach weiteren drei Songs bin auch ich im Dancers-High. Ich fühle mich wie mit neunzehn im sagenumwobenen Café Europa in Bielefeld. Einfach großartig und jung.

Vollkommen unbedarft und mutig. Wild und naiv. Glücklich und im Augenblick.

Nass geschwitzt und völlig ausgepowert lasse ich mich irgendwann auf den Boden fallen und liege dort in einem beseelten Zustand, der seinesgleichen sucht. Ganz ohne Alkohol.

Konrad dreht die Musik leiser und legt sich zu mir.

»Das ist mein Rauschmittel. Ist auch geil, oder?«

»Jaaa, kraaassss!«

Ich muss kichern, wie ein pickliger Teenager.

»Ich bin soooo jung, Alter!«

»Darfst du überhaupt so lang aufbleiben?«, foppt er mich.

»Wieso, wie spät ist es denn?«

»Zehn Uhr. Ist schon dunkel draußen.«

»Wow, schon. Aber ja, ich habe Ausgang bis morgen Abend.«

Ich glaube, ich muss heute das dritte Mal duschen. Aus meiner Tasche hole ich einen hellblauen Spitzenslip und werfe ihn Konrad zu.

»Hier, war eh nich meine Farbe. Ich wollte mich revanchieren. Kann ich noch mal duschen?«

»Danke, das wäre doch nicht nötig gewesen, aber das ist ab jetzt mein Lieblingsschlüpfer. Und klar kannst du duschen. Muss ich auch gleich.«

———

Wir treffen uns auf der Dachterrasse wieder. Es ist etwas kühler als gestern. Konrad macht einen Terrassenofen an, den ich bisher nicht als solchen wahrgenommen hatte. Das Ding sieht aus wie ein säulenartiges Dekoelement. Es wird heimelig und wir sitzen wieder in unsere Decken gekuschelt auf dem Himmelbett.

Es liegt das Unausgesprochene noch in der Atmosphäre. Ich mag aber nicht anfangen. Deshalb warte ich.

»Ich kann es einfach nicht, Petra. Ich habe so viel überwunden. So viel geschafft. Weißt du, ich bin unglaublich stolz auf mich. Niemand kann sich auch nur ansatzweise vorstellen, wie schwer es ist, in meiner Haut zu stecken. Ich habe alles verloren. Und nun habe ich umso mehr zurückbekommen. Ich bin ein durch und durch glücklicher Mensch, obwohl ich meine große Liebe und meinen Sohn begraben musste. Ich habe meinen Frieden damit gemacht. Das meine ich aufrichtig. Ich bin im Kontakt mit beiden. Irgendwie. Das führt jetzt zu weit. Erzähle ich dir ein anderes Mal. Ich habe Drogen und Alkohol hinter mir gelassen. Aber glaube nicht, dass das immer nur leicht ist. Ich muss jeden Tag aufs Neue darauf achten, meine Schwingungsfrequenz hochzuhalten. Für mich ist es gefährlich, wenn ich mal ein paar Tage nicht gut angebunden bin an meine Bestimmungsenergie von Freude und Glück. Aber du kennst doch das Leben. Es ist nicht jeder Tag gut. Es gibt verdammt noch mal beschissene Tage. Und die muss es geben. Wir haben drüber gesprochen.«

Pause.

»Ein trockener Alkoholiker rutscht da ganz schnell mehrere Etagen tiefer. Expressfahrstuhl in den Spirituosenkeller. Ich will das nie wieder. Und ich weiß, dass ich es so, wie ich es derzeit lebe, schaffe. Ich bin für mich allein verantwortlich. Für niemand anderen und vor allem muss niemand Verantwortung für mich tragen. Das möchte ich keinesfalls. Ich kann meditieren, tanzen, wandern, wann ich will. Mich auf liegende Achten legen, ohne dass ich mich rechtfertigen muss. Und ja! Ich mache das tatsächlich. Wenn ich zu viele fremde Energien eingefangen habe, dann neutralisiere ich mich damit wieder. Ich mache so einige abgefahrene Dinge, die du nicht mal ahnen würdest. Dabei bin ich die meiste Zeit entspannt und im Vertrauen darauf, dass ich geführt werde.«

Er macht eine lange Pause und starrt ins Feuer.

»Ja! Ich habe Angst. In dieser einen Sache habe ich eine scheiß Angst, Petra. So eine Mann-Frau-Beziehung, die stellt doch jeden auch immer wieder vor Herausforderungen. Natürlich liegt das immer daran, dass man Erwartungen hat, die nicht erfüllt werden. Das riesengroße Thema der Selbstliebe ist der häufigste Trennungsgrund. Das, was wir selbst an zu wenig Liebe in uns haben, soll der Partner ausgleichen. Das läuft völlig unbewusst ab, führt aber zu Streit, Enttäuschungen und so weiter. Ja, mir ist vollkommen bewusst, dass ich hier gerade negativ bin. Ich möchte dir einfach eine ausführliche und verständliche Antwort auf deine Frage geben.«

Ich höre ihm weiter zu.

»Ich verteile Liebe und Glück um mich herum, weil es meine Bestimmung ist. Du hast es heute Morgen in einem Anflug von Erleuchtung selbst gespürt. Es ist großartig, dass wir Multiplikatoren der Energie des Universums sein dürfen. Ich liebe das! Das ist es, weshalb ich weiterlebe.«

Er schweigt, ist aber noch nicht fertig. Das merke ich.

»Ich habe es mit einigen Frauen versucht. Ich musste immer wieder die Reißleine ziehen. Das, was ich mit mir rumschleppe, mein Vergangenheitspäckchen und die Auswirkungen auf mein heutiges Leben, das beansprucht sehr viel Raum und birgt die lebenslange Rückfallgefahr. Ich muss jeden Tag eine Menge dafür tun, damit ich meine Bestimmung mit so viel Hingabe leben kann und in meiner Energie bleibe. Eine Partnerschaft, wie Mann und Frau sie normalerweise führen, hat da einfach keinen Platz mehr. Würde ich Raum von mir abgeben und das noch mit aufnehmen, was eine Partnerin mitbringt ...«, er schüttelt den Kopf. »Davor habe ich Angst, Petra.«

Er guckt mir nun tief in die Augen.

»Verstehst du das?«

»Ich verstehe das und bin sehr dankbar, dass du mir so eine offene Antwort gegeben hast.«

Ich lehne mich an seine Schulter.

»Konrad, ich bin froh, dass ich das jetzt weiß. Mir fällt nicht das richtige Wort ein für das, was ich jetzt sagen will. Ich habe nach Macken gesucht und keine gefunden. Oder Ecken und Kanten. Aber du warst bis vorhin aalglatt.«

Ich bin unzufrieden mit meiner Wortwahl, aber ich kann es nicht besser ausdrücken.

»Du bist noch so viel menschlicher jetzt. Du weißt das ja eigentlich alles mit der Energie und der Aufmerksamkeit. Mit der Angst und der Liebe. Du lehrst es sozusagen. Und die Tatsache, dass du auch einen Punkt hast, bei dem du eigentlich auf der falschen Frequenz unterwegs bist, nämlich die der Angst, und das bisher nicht ändern kannst, das macht dich noch liebenswerter und noch menschlicher.«

Er gibt mir einen Kuss auf den Kopf.

»Ich habe das noch nie jemandem so erklärt.«

»Warum denn nicht?«, frage ich.

»Weil ich bisher bei niemandem das Gefühl hatte, so verstanden zu werden.«

»Das war wohl ein Kompliment?«

»Das. War. Ein. Kompliment.«

Er rutscht runter und zieht mich mit, sodass wir beide nun auf dem Bett liegen. In Fleecepullis und Jogginghosen. Ich drehe mich auf die Seite und gucke ins Feuer. Er liegt seitlich dicht hinter mir, den Kopf in seine Hand des aufgestützten Arms gelegt. Sein Atem streift mein Ohr. Ich kuschle mich bei ihm ein. Ohne eine einzige Erwartung. Einfach, weil ich spüre, dass das jetzt genau das Richtige ist.

So liegen wir da, bis Konrad Holz nachlegen muss.

»Ich habe heute auch gedacht, dass ich eigentlich kein Typ für eine Beziehung bin«, breche ich die Stille.

»Warum? Hast du auch Angst?«

»Weiß nicht, eigentlich liegt es eher daran, dass ich gerne allein bin. Jetzt, wo meine Familie keine heile Bilderbuchfamilie mehr darstellt, brauche ich auch dieses Beziehungskonzept mit Zusammenwohnen und Bett und Tisch zu teilen nicht mehr. In meinem kurzen Moment heute Abend zu Hause habe ich überlegt, ob ich vielleicht immer schon eher der Einzelgängertyp war.«

Er legt sich wieder zu mir.

»Steffen war bei Oetker viel auf Reisen. Ich kenne es, mit den Kindern allein zu sein. Natürlich ist es anstrengend, alles allein schaffen zu müssen. Aber andererseits ist da dann auch keine zweite Erwachsenenmeinung, die diametral zu deiner steht und neues Streitpotenzial schafft.«

»Verstehe.«

»Ich gehe auch alleine zu Einladungen jeder Art, ohne mich damit schlecht zu fühlen. Es gibt ja so Leute, die kennst du gar nicht alleine. Solche Unds. ElkeundJan. GabiundChristian. DickundDoof.«

Ich verdrehe theatralisch die Augen.

»Die erzählen dann auch, dass sie nicht schlafen können, weil der Und-Christian eine Nacht mit Kumpels auf Herrentour ist.«

Konrad lacht. Schön.

»Ich schlafe so gerne alleine«, schwärme ich. »Ich genieße den Platz und die Stille und muss auf niemanden Rücksicht nehmen.«

»Aber Sex lehnst du nicht ab?«

»Äh, was?«

Ich bin völlig aus dem Konzept.

»Ich meine ja nur. Hat man dann nicht viel weniger Sex, wenn man getrennt schläft?«, hakt er nach.

»Ich sage nur: ›Man kann Single und gleichzeitig kein Pizza-Monster sein‹, Bursche«, erinnere ich ihn an seinen Spruch von vor zwei Wochen.

»Was soll das heißen?«

»Man kann getrennt schlafen und gleichzeitig keine Nonne sein.«

Er lacht auf.

»Schöner Spruch.«

»Und du? Keine Liebesbeziehung habe ich jetzt verstanden. Aber hast du auch keinen Sex?«

»Ab und an.«

Mehr sagt er nicht und das ist auch gut so.

Die Müdigkeit klopft leise an und wir gewähren ihr beide Einlass in unsere erschöpften Körper, ohne dabei einen Gedanken daran zu verschwenden, dass wir ja noch zusammen in einem Bett liegen.

Ich bin schon fast eingeschlafen.

»Danke, dass du meine Angst wahrgenommen hast.«

Er liegt mit dem Rücken zu mir. Ich rücke nah an ihn heran, lege meinen Arm um seine Brust und sage:

»Liebe ist immer die Antwort.«

———

Knapp zwei Wochen später werfe ich den Kindern aus dem Auto Kusshände zu und fahre vom Hof. Steffen nimmt sie wieder für die Zeit, in der ich zum zweiten Teil des Seminars fahre.

———

Ich hatte mich an dem letzten intensiven Sonntag morgens nach einem fröhlichen Frühstück von Konrad verabschiedet. Nach meinem Seminar wollte ich mich wieder melden, hatte ich ihm versprochen. Es war eine gute Entscheidung, ein wenig für mich zu sein, stellte ich die Tage nach unserem letzten Wochenende fest.

Mir war wichtig, dass ich nun all die Informationen und meine Erkenntnisse ganz in Ruhe für mich selber sortiere und in mein Leben bringe — und wer, wenn nicht Konrad, würde das nicht sofort verstehen?

Ich hatte, als ich Montagmorgen um vier Uhr fünfzig wie immer mit Rechenaufgaben geweckt wurde, eine Idee. Statt mich wie sonst missgelaunt auf dem Klo durch Facebook zu scrollen, die Waage zu verfluchen und mich über das kalte Wasser zu ärgern, habe ich mir meine Sportschuhe angezogen. Ich bin raus vor die Tür gegangen und habe meine Morgenlaune durch Bewegung in Energie verwandelt.

Ist eigentlich irgendwem schon mal aufgefallen, was für eine fantastische Luft morgens um diese Zeit zu atmen ist? Ich habe fast ein schlechtes Gewissen, mit meinem Kohlendioxid die Jungfräulichkeit des Morgens zu belasten. Die Luft ist so früh noch wie Samt und Seide.

Da ich am Montag nach dreißig Minuten Spazierengehen eine so viel bessere Stimmung als an jedem anderen bisherigen Morgen meines Lebens an mir feststellte, hatte ich das am Dienstag wiederholt. Am Mittwoch ebenfalls. Am Donnerstag hatte Theo mich gefragt, warum ich so sanft sei. Sanft? Ich?

Am Freitag hatte ich in die insgesamt dreißig Minuten fünf kleine Laufeinheiten von je zwei Minuten eingebaut.

Samstag und Sonntag hatte ich zu Waldtagen erklärt. An einem Tag sogar mit den Jungs.

Inzwischen ist es von montags bis freitags zu meiner Morgenroutine geworden. Ganz cooler Nebeneffekt übrigens: Ich habe warmes Wasser, wenn ich erst um Viertel vor sechs dusche.

Was das Gewichtsthema angeht, habe ich eine nie zuvor gespürte Ruhe in mir. Ich weiß, dass ich das Ziel Schlanksein ins Universum geschickt habe. Also bin ich schon auf dem Weg dorthin. Ich bin da absolut im Vertrauen. Die Meditation mit der Visualisierung hatte ich eine Woche lang täglich wiederholt. In der zweiten Woche hatte mir schon eine tiefe, angenehme Vorstellung von meinem Wunschkörper während des Duschens gereicht. Gewogen habe ich mich bis heute noch nicht wieder.

Ich höre jetzt auf der Fahrt nach Bayern ein Hörbuch zum Thema Dankbarkeit. Die anderen, die ich teilweise zu hastig gehört hatte, waren wohl noch nicht die richtigen gewesen. Dieses jetzt ist von Pam Grout, sie hat eine humorvolle Art, das liegt mir.

Die Kinder und ich füllen jeden Tag das Glas mit unseren Dankbarkeitszetteln. Wenn einer der Jungs mal keine Lust dazu hat, dann bestehe ich nicht darauf. Ich selbst aber ziehe es durch, wie das Zähneputzen.

Ich bin Konrad dankbar für alles bis hierher. Zwischen uns ist etwas, das ich mit den mir bekannten Worten derzeit noch nicht beschreiben kann. Diese Verbindung ist so besonders, dass ich sicher bin, dass wir noch mal fünfundvierzig Jahre mit dem nächsten Treffen warten könnten und dennoch dasselbe tiefe Vertrauen, dieselbe innige Seelenliebe genauso intensiv vorhanden wären wie in diesem Moment im Himmelbett auf der Dachterrasse am Samstag vor zwei Wochen.

———

Anfang Mai bin ich, ohne es vorher zu ahnen, die größte, aufregendste und wundervollste Reise meines Lebens angetreten. Die Reise zu mir selbst. Ich werde noch so unglaublich viel dabei erleben, sehen, begreifen und erfahren. Doch diese Reise, die mache nur ich. Für mich. Alleine. Auf meinem Weg werde ich Weggefährten treffen, neue Freunde finden, mich vielleicht von alten Freunden verabschieden. Ich werde auf Hindernisse stoßen, die mir den Weg manches Mal versperren. Es wird Unwetter geben, die mir die Sicht nehmen. Ich werde mich sicher mal verirren und Hilfe brauchen. Doch werde ich alles, was kommt, dankbar annehmen. Auf meiner Reise brauche ich keine Animateure, keinen festen Reisepartner und keinen ständigen Reiseleiter. Ich reise alleine zu mir. Und eins weiß ich schon jetzt: Es ist toll, dass es mich gibt.

————

Ich wünsche jeder einzelnen Seele auf dieser Welt aus tiefstem Herzen, dass sie genau das auch über sich selbst sagen kann. Der Weg beginnt immer mit dem ersten Schritt. Und Liebe ist immer die Antwort.

————

Auf der Höhe von Fulda gönne ich mir eine Kaffeepause.
Piep. Piep.
Ottokar.
»Frau Schüler, du glaubst nicht, was mir alles passiert ist. Wann kommst du endlich? Ich muss dir dringend was erzählen.«

————

ENDE

www.frau-schueler.de

@FrauSchueler

@frauschueler